Nino en la noche

Nino en la noche

CAPUCINE Y SIMON JOHANNIN

Traducción de
Robert Juan-Cantavella

LITERATURA RANDOM HOUSE

Título original: *Nino dans la nuit*

Primera edición: enero de 2020

Printed in Spain – Impreso en España

ISBN: 978-84-397-3686-8
Depósito legal: B-22.474-2019

Compuesto en La Nueva Edimac, S. L.
Impreso en Egedsa (Sabadell, Barcelona)

RH36868

Penguin
Random House
Grupo Editorial

Y se les llamaba mendigos o bien ladrones,
según su empeño en vivir.

ALBERT COSSERY,
Los hombres olvidados de Dios

1

–¿Paradis? ¿Nino Paradis? Pero ¿quién coño es tu madre, Amélie Poulain? ¿Qué has venido a buscar aquí, Nino? ¿Quieres deshacerte de tu nombre?

El tipo no levanta la cabeza de mi pasaporte, y como no digo nada vuelve a empezar.

–¡Que qué has venido a hacer aquí!

–Quiero servir a mi país, quiero ser útil por si hay otro atentado.

–La gente que quiere ser útil y jugar al boy-scout se mete en la policía. Tú si estás aquí es porque eres un muerto de hambre o porque estás harto de tu vida o porque te estás escondiendo, pero ya te puedes ir enterando de que no te va a servir de nada. Que no entreguemos a nadie a las autoridades civiles no significa que no podamos resolver los problemas por nuestra cuenta. Y tú, chaval, tú tienes cara de problemas. Así que investigaremos tu pasado hasta averiguar cuál de tus diez dedos fue el primero que te metiste en el culo. ¿Has tenido alguna vez problemas con la justicia, Nino? ¿Eres marica?

–No, nunca he estado en prisión.

–SARGENTO, cuando te dirijas a mí me llamas SARGENTO.

–Nunca he estado en la cárcel, sargento.

–¿Y entonces qué, eras camello? ¿Vendías droga?

–No, sargento.

–¿Y qué has hecho?

—Una pelea, eso es todo.

—Ya es algo. Aquí te vamos a llamar Paul Dubois, serás canadiense, nacido en Montreal el catorce de febrero de mil novecientos noventa y seis. Déjalo todo sobre la mesa, el teléfono y lo demás, ahí junto al escritorio. Ahora lárgate de aquí y me haces pasar al chino que viene detrás.

Joder, este tipo en vez de pelotas tiene erizos de mar, no va de coña.

Me levanto, recojo la mochila que acaba de vaciar y vuelvo a meter dentro los tres calzoncillos, los seis calcetines, las tres camisetas, las chanclas de plástico con tres rayas blancas, la toalla y el neceser y al salir le digo al siguiente que ahora la bronca le toca a él.

Tengo los hombros mojados por la lluvia, al venir me ha caído un chaparrón, vaya mierda.

—¿Eres tú, el que acaba de salir de la oficina? Te me pones detrás de la línea y me haces siete flexiones con los brazos extendidos, y luego a sentarte con los otros.

Dejo la mochila bajo el soportal, corro hasta la línea, hago diez para que quede claro que está todo bien y vuelvo a sentarme donde no llueve, junto a la oficina, a esperar que vaya pasando todo el personal.

Es la primera criba, a los que no tienen bastante fuerza en los brazos los despachan enseguida, han llegado hasta aquí para fallar en las flexiones y cagarla, ya hay tres que van a tener que largarse por eso. Está claro, esto es el ejército pero en peor, si uno no puede levantar su cuerpo mejor no intentarlo.

—¡VENGA, AL VESTUARIO! ¡AQUÍ LO HACEMOS TODO CORRIENDO!

Ese que grita es el sargento, así que corremos hasta la sala blanca y vacía del otro lado del patio, donde nos espera un legionario que se enciende tan rápido como el otro.

—¡DESNUDAOS, QUITÁOSLO TODO, LOS CALCETINES LOS CALZONCILLOS, TODO EL MUNDO EN PELOTAS! ¡MÁS RÁPIDO, QUE ESTO NO ES UN PUTO ASILO PARA REFUGIADOS!

Mientras la treintena de voluntarios que debemos de ser aquí nos quitamos toda la ropa que llevamos, nos van pasando unos equipos de deporte azules, todos iguales.

—SI OS VA GRANDE O PEQUEÑO OS LO CAMBIÁIS CON EL DE AL LADO. AHÍ TENÉIS LOS CALZONCILLOS NUEVOS. SE HAN ACABADO ESAS MAMARRACHADAS DE CIVIL CON LAS PELOTAS COLGANDO DE UN LADO A OTRO, ¿COMPRENDIDO?

—COMPLENDIDO.

—COMPRENDIDO CABO PRIMERO, LAS TRES RAYITAS AQUÍ EN EL PECHO QUIEREN DECIR CABO PRIMERO, ¿COMPRENDIDO?

—¡COMPLENDIDO CABO PLIMELO!

Lo hemos pillado todos más o menos enseguida, gritar comprendido cuando nos piden comprendido, aunque en verdad es lo único que ha entendido la mayoría, porque aquí los que hablamos francés no somos tantos. Los que no comprenden miran a los que sí y hacen lo mismo.

Los que se olvidan de gritar cuando toca fijo que no duran mucho porque de momento es todo lo que se espera de nosotros: gritar todos a una cada vez que ellos nos gritan. Más o menos lo que te esperas cuando vienes aquí.

Una vez vestidos, el legionario cabo primero nos manda a la carrera al centro del patio, donde nos espera el sargento. Nos colocamos bien rectos bajo la lluvia, más o menos en columnas y siguiendo las órdenes que nos grita el sargento.

—CUATRO COLUMNAS DELANTE DE MÍ.

Estar así entre tíos tampoco está tan mal, todos en fila bajo la lluvia vestiditos de azul. Y una vez bien colocados donde menos cómodo se está, el sargento empieza a explicarnos lo que hay que saber.

—ESTO ES COMO OTRO PLANETA, UNA INMERSIÓN ABSOLUTA, AISLADOS DEL MUNDO EXTERIOR. NADA DE ESCRIBIR, NADA DE LLAMAR POR TELÉFONO, NADA DE SALIR. LAS REGLAS NO TIENEN MUCHA COMPLICACIÓN, A QUIEN NO LE PAREZCAN BIEN YA PUEDE COGER EL PORTANTE, LA GUÍA DEL TROTAMUNDOS Y LARGARSE A LA PUTA MIERDA. ¿COMPRENDIDO?

—¡COMPLENDIDO SALGENTO!

Esto es para flipar, los que podemos apreciar la magia verbal del colega de John Wayne debemos de ser unos seis o siete, cuánto lo siento por los otros. Como no entienden nada, los pobres hacen como si acabasen de oír algo superserio.

Tienen todos pinta de no hacer preguntas, de no haber comprendido nada pero comprender al menos que si no lo comprenden tienen que hacer como que sí. No se espera menos de ellos, son gente motivada. Lo dicho, un flipe.

Yo también estoy motivado, pero el hecho de que yo sí comprenda la ironía del jefe, incluido cuando habla de mi madre, no juega precisamente a mi favor. Mejor me olvido y me concentro en lo que tenga pinta de orden.

Aún si gritamos SARGENTO, seguimos sin llegar a ninguna parte, es como si todavía estuviera fuera. Aún no hay nada decidido. Así que mientras espero algún tipo de certeza voy haciendo lo que me dicen. De momento no están tan mal, estas flexiones entre maromos bajo la lluvia.

A pequeños pasos vamos avanzando en dirección al comedor, una cantina en la que nos sirven calamares fritos y alubias verdes con una extraña salsa marrón. Por mí todo bien, el plato no me asusta, estoy acostumbrado a este rancho de camionero, pero los que vienen de la otra punta del mundo no parecen tener la misma confianza en que las cosas empanadas pueden comerse. Nadie rechista y todo el mundo coge su parte.

Una vez a la mesa, tenemos derecho a un BUEN PROVECHO al que respondemos BUEN PROVECHO SARGENTO, pero como aquí hay gente de una veintena de países suena a BON PLOCECHO SALGENTO. Trato de aguantarme la risa al ver a ese tipo de los Balcanes que hay al final de la mesa voceando como si se tratase de una especie de fundamento patriótico que tuviésemos que interiorizar. De alguna forma no se equivoca. No te preocupes, colega, tu respeto por el apetito del sargento ha quedado bien clarito. Una vez sentados, a todos se la suda la pinta que tiene el plato y se ponen a comer. Cuando le pregunto al tipo de mi lado de dónde viene empiezo a entender por qué.

—Tayikistán.

Entre los otros de la mesa hay también un etíope, dos nepalíes y el tipo que viene de un país del Este que no conozco o que no he entendido cuando lo ha dicho.

Pero la cosa no cambia mucho, hay que engullirse este plato de caucho con salsa marrón. No comentamos nada, aparte de los dos nepalíes nadie habla la misma lengua, así que cada cual se concentra en sus rodajas de aire rebozado. En el plato hay también una loncha de jamón y todo el mundo ha entendido que le conviene comérsela con corteza y todo.

Enseguida se hace de noche. Nos amontonamos en un dormitorio desvencijado pero limpio y, tras pasar por el baño, nos acostamos a la espera de las pruebas deportivas de mañana.

Me echo sobre el catre sin pensar en nada y me duermo enseguida lo mismo que todo el mundo, porque es lo mejor que puedo hacer. Un poco antes del alba tengo la impresión de estar despierto pero sigo dormido. Con esta duda sobrevolando el fondo de mis sueños, veo tu rostro y luego todo se pone en marcha al ritmo del ejército.

—¡VENGA BUENOS DÍAS DE PIE NOS PONEMOS DE PIE! ¡TODOS EN PIE A COMERSE LAS TOSTADAS Y LUEGO AL PATIO! ¡QUIEN NO SE AFEITE SE QUEDA SIN DUCHA, COGE SUS COSAS Y SE LARGA DE AQUÍ!

La sangre me sube enseguida y me despeja los ojos, salto de la cama, me pongo las chanclas rayadas de atleta cubano y me dirijo al baño. Ducha fría de un minuto en medio de estos tipos que están por todas partes, no nos decimos nada, nos frotamos bien, nos afeitamos aun cuando todavía no hay nada que afeitar. Y luego, después de un poco de comida muy sencilla, salimos y ya está la pista preparada para la primera prueba deportiva.

—TODO EL MUNDO EN FILA. ESTO ES FÁCIL. HAY QUE LLEGAR AL OTRO CONO ANTES DEL PITIDO Y VOLVER A ESTE ANTES DEL SIGUIENTE. PERO OS LO ADVIERTO, SI ALGUNO DE VOSOTROS ES EL PRODUCTO DE UN POLVO FORTUITO ENTRE UNA BABOSA Y UNA TORTUGA, NO OS SINTÁIS OBLIGADOS A INTENTARLO, DESAPARECED Y PUNTO. ¿LO HAS ENTENDIDO, GANG?

—¡COMPLENDIDO SALGENTO!

—PUES ESO, SI GANG QUE ES CHINO LO HA COMPRENDIDO TODO EL MUNDO LO HA COMPRENDIDO. HACEMOS ESTO Y LUEGO A COMER. MIENTRAS TANTO NO OLVIDÉIS QUE EL QUE QUEDE EN PIE AL FINAL ES EL MEJOR.

Bip, allá vamos, la distancia debe de ser de unos veinticinco metros, al principio no vamos muy rápido, corremos normal, solo hay que llegar al cono antes de que suene el otro bip. Tres minutos más tarde, los más pesados y los más cansados empiezan a resoplar. Al cabo de seis minutos el que resopla soy yo, el sargento ya ha sacado a una docena gritándoles siempre lo mismo.

—¡A UN LADO, TÚ YA HAS TERMINADO, TE VAS A BUSCAR EL PETATE Y LAS CHANCLETAS Y NO VUELVES A PONER UN PIE AQUÍ HASTA QUE HAYAS APRENDIDO A CORRER Y A RESPIRAR AL MISMO TIEMPO!

Seguimos acelerando, correr, bip, volverse, correr un poco más rápido, bip, volverse, correr un poco más rápido, bip, volverse, correr todavía más rápido.

Cuando quedamos siete en la carrera fallo yo también y allá que me voy a sentarme sin aliento en una de las sillas del patio, donde se amontonan los que se han quedado sin fuerzas para seguir corriendo a esperar que termine la actuación de los demás.

—Joder, pero ¿qué les dan de comer a estos en sus países? No saben por dónde se coge un tenedor pero es como si tuviesen tres pulmones.

Me vuelvo a la derecha y veo al tipo que acaba de hablarme.

–¿Tú también eres francés? Con un poco de suerte, si entramos, dentro de unos años nos pedirán que les gritemos a los demás. Qué coño, esto es el ejército francés, no van a quedarse con los negros. ¿Te imaginas recibir órdenes de un puto africano como ese que corre ahí? OK, para correr sirve, pero a mí que no me pidan que le obedezca, ni a él ni a otro como él. Las cosas tienen que estar en el orden lógico de las cosas.

Este imbécil ha intentado hacer una frase más larga de lo que el cerebro le da.

–¿Y el que ha entrado después de la ducha a controlar los dormitorios? Ese era marfileño y bien que te has achantado cuando nos ha ordenado que limpiásemos el agua del suelo con la toalla. Has hecho lo que todos, agachar la cabeza y limpiar.

–Ahora mismo no queda otra, si no hacemos lo que nos dicen, a la calle, así que yo a lo mío, pero francamente me jode tener que hacer lo que me dice un tipo que se lo debe todo a mi país. Esa gente tendría que besarme el culo cada mañana con su enorme lengua de capullo.

Hace una pausa que apesta a orgullo rancio, está claro que se maneja con el campo léxico de la verborrea racista pero que aún no se ha decidido a soltarse del todo.

–Me llamo Louis, me alegra ver que no soy el único de aquí en medio de esta selva.

–Ya, pero no sé si te habrás dado cuenta, Louis, de que esto es la Legión Extranjera, no los scouts de Versalles, ¿qué esperabas?

Este tipo me toca las pelotas, no me importaría atarle las cuerdas vocales al recto y usarlas como un arco para cazar palomas.

–Ya, pero un respeto, ¿no? Nosotros estamos aquí porque amamos a nuestro país, no hemos venido a fregar porque resulta que no sabemos hacer nada más.

–No le des más vueltas porque vamos a hacer todos lo mismo por el mismo sueldo, y los que han venido solo por eso por lo menos estarán contentos. Además, la pasta no va a servirnos de nada, hasta que no pasen cinco años de servicio no nos dejan comprar nada de verdad. Por no hablar del mogollón de franceses que nos hemos presentado. No me parece a mí que se estén dando de hostias por todo el país para venir a alistarse y salvar a la patria.

—¿Y eso no te jode, ver aquí a tantos extranjeros, sobre todo hombres no blancos como ese?

Lo que yo decía, se está soltando, estaba claro que este tipo es un imbécil. ¿Qué se esperaba al venir aquí, que se pondría a recoger fresas sujetándole la falda a la pastorcilla Bernadette? Me callo y dejo que siga hablando de su vecino al que le apesta la boca, de los pies podridos de no sé quién, de cómo la falta de higiene aumenta en función del nivel de melanina en piel. Está claro que aquí no pinta nada. Este tipo lo ve todo mal, se cree que echar mierda por la boca lo convierte en el culo más bonito.

Luego sigue con la comida que es asquerosa y con el dormitorio que está hecho polvo. Lo cierto es que el dormitorio es más bien rústico. Al cabo de un rato le entro al trapo.

—Por qué no te callas un par de minutos, si has venido a quejarte, mejor te largas. Aquí quejarse es de débiles o de maricas, y no sé si te has dado cuenta, pero desde que llegamos no nos hemos cruzado ni con unos ni con otros.

El tipo me mira como si le hubiese metido la polla en la boca para mearle en la glotis. Es la primera vez que uso la palabra marica en mucho tiempo. Pienso en Malik y en la colleja que me hubiese metido si me llega a oír, pero decirle eso ha servido para poner un poco en su sitio a este puto cabrón al estilo Nino, todo un placer.

Al final de la mañana ya han pasado todos los grupos y, como cada vez que hay una pausa, el sargento empieza a gritar.

—TODO EL MUNDO EN FILA, A POR EL RANCHO. Y MASTICAD BIEN PORQUE SI NO VAIS A ENCOFRAR EL RETRETE Y NO SERÉ YO QUIEN VAYA A ABRIR UNA VÍA, ¿COMPRENDIDO?

—¡COMPLENDIDO SALGENTO!

Parece que le divierta decir cosas que la mayoría de los candidatos es imposible que pillen, o eso o es el método local para aprender francés, quién sabe. Enseguida toca cantina, un alivio porque todos tenemos hambre. Yo esquivo al tonto del culo y voy sentarme en una mesa con Gang, que es el chino que ha fallado en las pruebas después de mí, con un bielorruso y un filipino.

El chino y el filipino charlan en algo parecido al inglés que en el caso del chino ni siquiera lo parece, mientras que el bielorruso permanece concentrado en sus espinacas con huevos duros.

Me meto en la conversación. Cuando les digo que soy francés, sueltan las tres palabras que conocen haciendo una mueca rara. Para ellos, un francés siempre tiene algo mejor que hacer que venir aquí. La Legión es para gente como ellos, los pobres de las regiones pobres.

Les explico lo que me atrae de esto en un inglés tan de mierda como el del chino.

–Yo estoy aquí porque es bien, ejército normal apesta, Legión mucho mejor, siempre cosas pesadas que llevar, like it, and you, good aquí?

Explicarlo todo con las veinte o treinta palabras que me sé es un coñazo, aparte de que no estamos aquí para hablar del pasado, ni para explicar por qué estamos aquí.

–Sí es bien, comida todos días, importante.

Sí importante, el deporte, una cama y pronto, si entramos, dinero para enviar, con el quepis blanco y toda la pesca.

Hablamos bajito porque hablar inglés en un centro de reclutamiento de un cuerpo de élite del ejército francés no parece la mejor idea, uno nunca sabe qué van a tener en cuenta para reclutarte. Así que ellos se manejan como pueden para ir desgranando las pocas palabras gabachas que han ido aprendiendo en la calle.

–¿Trabajar mucho tiempo en tu casa por la paga del legionario?

–En China un yeal.

–Same, más en mi región, lugar pobre en Filipinas.

–¿You come for the moneda?

–Yes the best chance para nosotros es aquí, no posible mejor en otro lugar, aquí bien, aunque tan lejos. Si no, no poder trabajar legal, obligado ilegal. Y vida ilegal no es bien vivir, una mierda.

–En Filipinas yo hecho ejército, superduro, prisión muy fácil y dinero nada. Aquí es bien, vosotros suerte en Francia.

–Joder ya lo creo tú lo has dicho, tenemos suerte.

Está claro que, a su lado, mi vida hasta llegar aquí parece un simple paseo, por lo menos me he podido permitir alguna que otra tontería.

–¿Quiere decir cuál jodel?

–Joder es fuck en mi idioma. Si algo no te gusta dices joder.

–OK, joder yo tengo el frío aquí.

–Eso es, te ha quedado perfecto.

–Quiero el jodel monedas.

–Eso también funciona.

Saben que están lejos, que no volverán en una eternidad si es que algún día vuelven. Su vida es demasiado complicada, tanto que ni puedo imaginarlo, es algo fuera de mi alcance. Para mí el destino de mis dos nuevos colegas es un misterio. No quiero hacer demasiadas preguntas porque se nota que la tragedia acecha al final de cada frase, así que para pasar el tiempo me limito a lo trivial.

–¿Cómo os llamáis, qué edad tenéis?

–¿El name and old? Yo se llama Gang ahora, allí veintisiete años, ¿tú?

–Yo se llama Groot.

–¿Groot?

–No es coña, soy Nino, tengo veinte años. ¿Y tú?

Se me ha pasado decirles mi nuevo nombre, pero Paul Dubois es una mierda de nombre, imposible acostumbrarse, no me entra.

–Ralph-Andrew, tengo veinticuatro.

Este también ha pringado, me digo pensando en el sargento que reparte los nombres.

–¿Y cómo habéis venido aquí guys?

–¿Aquí? A pie.

–Sí a pie.

–Él camina sobre el agua, yo policía china y nosotros llegar a Fontenay-les-bois para fuck los francesitos en la prueba de legionario.

Bueno ya está, un poco de risa, el bielorruso de al lado se ha unido a nosotros, no entiende nada pero es mejor que estar solo, así que se ríe cuando nos reímos porque aquí, para un bielorruso, ver cómo se echa unas risas un chino basta para reírse uno también y viceversa. Para mí es lo mismo, somos todos camaradas, como dice Gang.

Intentamos contarnos chistes pero no funciona porque no entendemos, aunque nos reímos igual porque es lo que nos apetece.

Ninguno de los dos es muy grande. Gang parece un gato mal alimentado desde hace tiempo pero Ralph no, su cuello es ancho como mi muslo, un tipo corpulento.

Pienso en los estragos de las guerras que han estado exportando ralph-andrews y jean-pierres a todos los rincones del planeta. Nada que decir, no han tenido muchas opciones, y aun así no han venido a darse la vida padre sino a comerse las balas en primera fila.

–Si no funciona la Legión, ¿qué vais a hacer?

–¿Si no Legión? No hay opción, es Legión o Legión. De momento hay Legión, no expulsado no salido así que adelante.

Un punto para ellos. Terminamos de comernos el yogur azucarado, vamos a devolver las bandejas y regresamos al patio, toca psicotécnico.

De pronto me enfurezco y se me revuelve el estómago, por qué he hecho esto, por qué estoy aquí en medio de estos galeotes dispuestos a morir por el salario mínimo.

Pienso que al lado de las suyas mis miserias son una mierda, y que el tal Louis es un puto imbécil. Como si haber nacido aquí significase algo. Cada cual empieza donde lo ponen, ni ellos ni nadie ha elegido nada. Una lotería, eso es todo.

Como decía el otro, aquí empezamos una vida extra. Aunque yo me digo que menuda estupidez, que yo ya tenía mi vida para hacer con ella lo que me diese la gana, y ahora voy por la segunda, la segunda del gran Nino.

Intento no pensarlo demasiado, pero ¿lo habrán descubierto ya? ¿Habría una cámara en alguna parte? Me suda la polla, aquí nadie vendrá a buscarme.

El cabo primero desembarca y grita como siempre que nos ve sentados.

—¡DE PIE, TODO EL MUNDO DELANTE DE MÍ!

Una vez colocados con el mentón bien alto, pienso que los calzoncillos de la Legión son una porquería, aquí dentro me siento comprimido. Y el tipo continúa, esta vez con otros tres que lo van traduciendo al ruso, al polaco, al inglés, y a los demás que les den.

—AHORA COMPROBAREMOS QUÉ TENÉIS DENTRO DE LA CABEZA, AQUÍ NO FORMAMOS EINSTEINS, PERO LOS DESCEREBRADOS CON EL COEFICIENTE INTELECTUAL DE UNA OSTRA VAN A TENER PROBLEMAS. EL LEGIONARIO ES INTELIGENTE, CONOCE SU MATERIAL. ¿LO HABÉIS COMPRENDIDO?

—¡COMPLENDIDO SALGENTO!

—BUENO, PUES ENTRAD AHÍ DENTRO Y PREPARAOS.

Dentro hay un aula normal y corriente, con paneles entre las mesas para que los candidatos no se inspiren en sus compañeros. Nos sentamos y empezamos a marcar casillas, encontrar secuencias lógicas, rodear formas y contar numeritos.

Al cabo de una hora todos hemos terminado, todos excepto los cuatro o cinco estresados que saben que la bota del sargento se va a estrellar en su culo para mandarlos a la casilla de salida. Y eso significa volver a la calle, con sus tres calzoncillos y sus seis calcetines. Después de eso ¿qué les queda?

Yo no le doy demasiadas vueltas, ni al antes ni al después. Por supuesto, cuando pienso en ti siento remordimientos, la he cagado bien, pero no se me ocurría nada mejor que hacer. Quizá una vez dentro, con el contrato ya firmado, sea como si todo eso no hubiese sucedido.

Y en un par de meses, después de arrastrarme por el lodo, de fregar los cagaderos con las manos y de la hostia que seguramente me meterás como preámbulo de nuestro reencuentro, tal vez pueda llevarte a tomar una copa en una terracita de una ciudad soleada.

—LAS PRUEBAS, PARA QUIENES LO HABÉIS LOGRADO, EL RESULTADO ES CORRECTO, ES SUFICIENTE PERO TAMPOCO ES PARA TIRAR COHETES, ¿OK? EL CHOCOLATE, LAS COCA-COLAS Y TODAS ESAS PORQUERÍAS AZUCARADAS OS VUELVEN BLANDOS. TODO ESO SE HA TERMINADO, AHORA CAFÉ NEGRO. EL CAFÉ NEGRO LEVANTA EL ÁNIMO. CAFÉ NEGRO Y PUNTO, OS TOMÁIS VARIOS DE BUENA MAÑANA Y A ALIGERAR EL ESTÓMAGO ANTES DEL EJERCICIO. Y NADA DE LECHE COMO LOS NIÑOS, NI CHOCOLATE NI TODA LA PESCA, QUE ESO OS ABLANDA EL CEREBRO. UN LEGIONARIO NECESITA TENER LA MENTE CLARA, EN GUARDIA. EL LEGIONARIO NO ESTÁ AZUCARADO, TIENE QUE SER DEMASIADO DURO DE MASTICAR INCLUSO PARA UN LEÓN. QUIEN MUERDE AL LEÓN ES ÉL, EL LEGIONARIO. VENGA, AHORA ESPERÁIS EN EL PATIO Y OS IREMOS LLAMANDO PARA LAS ENTREVISTAS.

Me entran ganas de pillar algunos galones aunque solo sea para ganarme el derecho a decir esas cosas. El tipo tiene veinticinco años de café negro sin azúcar a la espalda, me gustaría ver la cara de fiera que pone al bebérselo. Ni siquiera tiene músculos, parece que bajo esa piel no haya más que huesos y madera soviética petrificada. Es como si se hubiese quedado con lo más duro y se hubiese deshecho de todo lo demás.

En el patio, Taras, un ucraniano de veintiún años que tengo al lado, en Francia desde hace ya varios años, habla con

Jean-Paul, el único gabonés del grupo, de once años más que él, uno de los mayores.

Me agobia tener que esperar, así que me entretengo escuchando sus palabras proféticas.

–Hay que pensar hacia delante, Jean-Paul, siempre hacia delante. Si piensas hacia delante todo bien, si piensas hacia atrás piensas en problemas, y eso no es bueno.

–Sí, solo que no sé si mi esposa me dejó porque ya no me quería o porque el futuro apestaba a mierda. Si me cogen aquí, tal vez pueda volver con ella.

–Ahora no tienes que pensar en eso, no puedes pensar con el corazón, como se dice, no hay que fantasear, lo que tienes que hacer es centrarte en correr, saltar, respirar bien y bajar las orejas. Si pasas, cuando te den la paga envías el dinero y entonces lo sabrás, pero ahora mismo ponerte a fantasear no es bueno.

–Es que no me acaba de cuadrar el espíritu del ejército, el rollo físico está bien, pero, francamente, matar, para eso no sé si estoy preparado.

–Deja estar eso de matar, si no tienes elección no tienes elección, el curro es ese, ¿o es que crees que tienes elección, Jean-Paul? ¿Qué vas a hacer si vuelves a la vida de civil?

–¿Que qué hago? Sentarme en un parque hasta que, con un poco de suerte, venga la policía a pedirme los papeles y me envíe de vuelta a casa a tragar arena.

–¿Y a ti la arena te gusta?

–No, no me gusta, pero cuando veo la ración que nos dan aquí no lo tengo claro.

–Te diré algo, Jean-Paul, yo vengo de Ucrania. Ucrania no es África, pero, vaya, allí trabajaba por menos de doscientos euros al mes, y cuando digo trabajar, joder, digo trabajar un montón. Aquí mucho más dinero para los extranjeros porque decimos OK a morir por Francia. Morir, eso a mí me da igual, lo importante no es eso, lo importante es el dinero. Con este sueldo puedo darle a mi hermana para que estudie, que seguro que le va a ir bien, solo hay que ayudarla. Luego le doy a mi madre, para ella y para mi hermano pequeño. Yo no necesito, aquí está la ropa, comer y dormir a cubierto, así que hago esto y cuando mi hermana acabe de estudiar ya veré, lo más seguro es que me largue. Pero no lo pienso, si pienso demasiado luego mi cuerpo recuerda todos los problemas, y entonces se acabó.

–Sí, tienes razón, pero a mí cuando dejo de pensar con la cabeza es el corazón el que me duele. Pienso en mi esposa y me digo que si me las apaño para que podamos vivir bastante bien tal vez ella vuelva, porque, ¿sabes?, yo no creo que haya dejado de quererme, si se ha ido es solo por desesperación.

–OK, pues entonces el objetivo es ese, recuperar a tu esposa. Pero mientras tanto mejor no verla, solo hay que pensar en las etapas que hay que ir superando. Cuando vine a Francia yo solo, no pensé en la familia que dejaba, miré lo que tenía delante. Si es una ciudad, hala, cruzo la ciudad, si es el bosque, hala, cruzo el bosque, si es la policía polaca, corro. Cuando desde Polonia vi Alemania, entre una y otra había agua, era invierno, y bueno, vi el agua y nadé, crucé la frontera y llegué a Alemania. Casi muero de frío, pero aquí estoy. De-ci-di-do, Jean-Paul. Una cosa cada vez. Tienes que olvidarte de tu esposa, especialmente en el despacho, con la entrevista, para pasar la entrevista hay que ser duro, decidido, tú piensas en la Legión y no en el resto, piensas como un soldado no como un romántico, aquí el pasado no lo quieren, quieren tu cuerpo, tu fuerza y tu ánimo para hacer la guerra. Tú haces como si el pasado no muy importante, importante el quepis blanco, nada más.

–Tienes razón, Taras, tienes toda la razón.

–¡TARAS, AL DESPACHO!

Ese que grita los nombres para que cuando sale uno del despacho entre enseguida el siguiente es el cabo.

Taras se levanta y acude a paso ligero. Mientras tanto, me sucede como a Jean-Paul, cuando la cabeza se detiene empieza a hablarme el corazón.

–¿Todo bien, Paul? ¿Paul…? ¿Estás aquí o qué?

–¿Eh?, disculpa es por ese nombre, no me acostumbro, en mi cabeza es Nino, no hay manera.

–Ni se te ocurra contárselo al sargento, no le hará ninguna gracia.

Este que ha venido a ocupar la silla de al lado es Naël. Le respondo sin ganas, con este ambiente marcial tengo la cabeza un poco embotada, oír gritos todo el rato siempre acaba por adormecerme.

–No te preocupes por mí, cuando estoy delante de él siento que ni el zurullo que tengo en el culo es mío, es de Paul Dubois, entonces sí me sale enseguida. Y tú, teniendo como tienes derecho a cruzar este país sin arriesgarte a que te envíen de vuelta a que te jodan los talibanes, la policía secreta o lo que sea, ¿qué haces aquí?

Prefiero preguntar porque, aparte del desvarío masoquista o la vena patriótica, al ver el destino que les espera a los muchachos de otros lugares, uno no entiende qué motivos tendría un francés para venir aquí. Hay algo que escapa a la lógica, como un desajuste.

–Derecho a cruzar el país, eso ha sido gracioso. Yo el país puedo cruzarlo, lo único es que me llevaría mucho tiempo, porque con esta jeta no puedo pararme ni en los semáforos.

–¿Ah, no?

Es verdad que no tiene un careto demasiado convencional, con esa enorme cicatriz en la mejilla, pero es solo porque de pequeño se cayó de la bici. Los ojos supernegros y unos labios que, cuando se cierran, dan la impresión de poder partir el mundo en dos. Una pinta de joderlo todo a su pesar.

–Te lo juro, si me encuentro con un poli me para fijo, a menos que esté ocupado en otra cosa.

–¿Ah, sí, te paran mucho?

–Si cruzo París en coche de norte a sur unas tres, cuatro veces. Si el carro es guapo, más. A pie ni te digo.

—No… vaya putada.

—Digamos que desde que acabé la secundaria tuve que acostumbrarme, o más bien asumirlo, era algo que estaba ahí, que seguro que me iba a llegar. Quiero decir que me puede pasar a mí antes que a otro. Pero en verdad si he venido es porque estoy harto de la ciudad. Desde niño todo ha sido hormigón, cemento por todas partes. Necesito algo de naturaleza o me voy a volver loco. Me gustaría entrar en el 2REG, cuerpo de ingenieros de montaña, olvidarme un poco de los capullos de la ciudad y ver cabras. ¿Y tú?

—Lo mío tampoco es exactamente un cuento de hadas, decidí venir aquí después de

—PAUL, TE TOCA, AL DESPACHO, MUÉVETE QUE NO ESTÁS AQUÍ DE VACACIONES.

Ya estoy de pie y allá que voy pensando hacia delante, no hacia atrás, bajo las orejas, correr saltar, tac-tac. Decidido.

Llego al despacho, el sargento me atraviesa con la mirada.

—Siéntate. ¿Por qué has venido aquí, Dubois? ¿Has preñado a tu novia y quieres escurrir el bulto?

—No, sargento, estoy aquí porque amo a mi país.

—Y aun así, ¿no tienes nada mejor que hacer?

—No, sargento, nada mejor que hacer.

—¿Este es tu teléfono?

Saca mi teléfono de un sobre.

—¿Por qué no tiene casi nada dentro? ¿Quiénes son los pocos números que quedan, Lale, Malik y los otros? ¿Gente a quien le debes pasta, Dubois? ¿Tienes deudas, es eso? ¿No quieres pagar tus deudas y vienes aquí a esconderte?

—No, sargento, las deudas no me gustan, nunca he tenido.

—¿Sabes que aquí se paga a la gente para ser malos? ¿Sabes que aquí ser bueno no es una opción? ¿Tú eres bueno o malo, Dubois?

—El legionario es agresivo en combate pero no odia al enemigo, sargento. Lo único que quiero hacer es cumplir las órdenes como un buen malo.

–No te hagas el ingenioso conmigo, o contestas a las preguntas normal o cierras el pico. ¿No serás uno de esos chulitos que vienen aquí a hacerse los duros porque los han abandonado? ¿Seguro que no? Porque si eres una llorona o has venido a esconderte porque has preñado a la hija del conserje lo sabremos enseguida. Solo porque la puerta esté abierta no quiere decir que esto sea un campamento de malnacidos. Así que contesta: ¿hay alguna en este teléfono con la que tengas una historia?

–Sí, sargento.

–¿Y te vas por patas porque sabes que te está esperando?

–No, sargento, no me está esperando.

–Entonces ¿te ha dejado? ¿Te burlas de mí, o qué?

–No, sargento, no me ha dejado, no me está esperando, ella hace su vida y punto.

–Y todos los meses que te pasarás sin ver a nadie, ni a tu familia ni a tus amigos, ¿crees que lo aguantarás?

–Sí, sargento, los camaradas aguantan, yo también aguantaré.

–No vayas a creer que estás hecho de la pasta de uno de esos compañeros de ahí afuera, que ha estado a punto de morir varias veces solo por venir aquí. Conozco a los que son como tú, no sois nada en comparación, unos mierdas, unos burgueses. El legionario no es un burgués, ¿estás dispuesto a palmarla si es necesario a cambio de cobrar menos dinero que quien recoge tu mierda?

–Con el debido respeto, sargento, de civil es lo mismo pero sin las armas, así que puestos a elegir prefiero aprender a disparar.

–Ojo porque vamos a hurgar en el historial de tu teléfono, ¿seguro que no eres marica? Te advierto que lo sabremos enseguida.

Mira que están obsesionados con eso, ¿o es que quieren hacerme creer que ningún legionario le ha chupado nunca las pelotas a un compañero? No hay más que ver la talla de los shorts del uniforme, parece que llevan un puto traje del Orgullo Gay.

–OK, ya veremos. ¿Estás preparado para dar tu sangre por Francia?

–Como le decía, sargento, prefiero darla por Francia que por Lidl o Michelin, al menos aquí hago ejercicio con los compañeros y aprendo a disparar.

–¿Eso es para ti servir a tu país? Y para ahorrar sangre, ¿estás listo para sudar?

–Me encanta sudar, sargento.

–Sal de aquí antes de que me dé por pensar que cada vez que abres la boca es para cachondearte de mí.

–A sus órdenes, sargento.

–A mis órdenes, eso es, y haz pasar a Miscojonenski, ahora le toca a él.

Aviso a Nikita, el bielorruso, y regreso a mi lugar a hacer el vago hasta que vaya pasando todo el mundo bien firmes.

Matamos el resto de la tarde así, al ritmo de los nombres gritados desde el despacho cada cuarto de hora.

Me fumo uno de los cigarrillos de Gang y me pregunto si una vez alistado habrá alguna forma de relajarse de vez en cuando con un peta de hierba.

Me digo que alguien que incluso antes de convertirse en voluntario se pregunta qué podría pasarle de conseguir algo de hierba no será nunca un buen elemento. Curiosamente, dondequiera que haya estado, el buen elemento nunca he sido yo.

Gang repasa a fondo el código de honor del legionario, así que le ayudo a aprendérselo.

Si no, la cosa está clara. Si se queda en blanco cuando le pregunten, el que se coma los ES UNA MIELDA y los PUTA BASULA con los que el caporal acompaña los enormes guantazos en la cabeza cada vez que algo no le cuadra seré yo. Así que se lo hago repetir hasta que le quede bien clarito.

–Legionalio, tú eles una voluntalio, selvil a Flancia con Honol y Fediledad. Cada legionalio es tu helmano de alma cualquiela sea su nacionalidad, su laza, su leligión. La misión eles saglada, la ejescustas hasta el flim y, si es necesalio, en coblate, poniendo en peliglo tu vida.

Eso ya no lo veo tan claro. ¿Qué quiere decir, que si el oficial me dice «vamos por allí pero tú vas primero» hay que ir? Honor, Fidelidad. Honor es morir. Fidelidad es hacerlo porque te lo piden. Si ese es el trato, de una forma u otra hay que abrir el camino. Eres voluntario, te dicen al principio. Eso significa luego no te quejes porque estabas avisado, si estás aquí es porque tú quieres, si lo que quieres es estar aquí haces tu curro y te achantas, y si tu curro es ir y palmarla, pues la palmas y te achantas. ¡Qué listos!

–En cumbate actúas sim pasión y sim odio, lespetas tus enemigos vensidos, nunca abandonas nialos mueltos, nialos helidas, nilas almas.

–En resumen, los colegas antes que las chatis.

–¿Qué?

–Nada, olvídalo, hablo solo. Gang, ¿por cuánto tiempo crees que vas a alistarte?

–Yo quielo cinco años y luego cinco después, y si todo va bien cinco después.

–Eso hacen quince años, joder, eso es mucho tiempo, ¿y quieres una familia?

–Antes la familia quielo chasqueal la boca a la miselia, jodel.

–Gang, dime una cosa, ¿qué es un chino pobre en China?

–¿Eh? Es nada.

–No, lo que quiero decir es, ¿con qué vive? ¿Qué tiene?

–¿Eh? Con nada, si no no es poble.

–Ya, y ¿cómo se las apaña?

–No se apaña, muele. ¿En Flancia?

–Depende.

–¿De qué depende?

–Depende, si es francés es una mierda pero al menos tiene derechos. Si no tiene papeles es mucho peor.

–¿Delechos? Ah, los delechos del homble.

–Sí, Jean-Paul dice que son los derechos del hombre blanco. Dicho rápido, los franceses pueden recibir ayuda para no morir de hambre, solo para sobrevivir, no te creas. Pero conseguirlo no es fácil, necesitas papeles, una dirección, una pesadilla, vamos, y aun así no es suficiente. Luego muchos de los que no lo necesitan dicen que ayudar a los pobres es mala cosa. La mayoría de los que lo necesitan nunca llegan a pedirlo, es demasiado complicado, y la gente que se ocupa del tema hace todo lo posible para que no te funcione por mucho tiempo.

–Nolmal, si él tlabaja polque hay pobles, mejol que los pobles no ganan todos dinelo, si no él no ilía más a tlabajal. Selía de tontos. Y si no tiene los papeles, es como yo, puede venil aquí si está en folma, si no es vida de clandestino, solo mielda.

–Sí, una mierda.

–Aquí es Uno y Dos y Tles Celos, hasta la basula es lica.

–No te creas, aquí también hay mucha gente para quien la basura es rica. Venga, repite eso una vez más.

–Legionalio, tú eles una voluntalio, selvil a Flancia con Honol y Fediledad. Cada legionalio es tu helmano de alma cualquiela sea su nacionalidad, su laza, su leligión.

Lo repetimos hasta que nos llaman para la cena, nos la zampamos rápido y volvemos al dormitorio. Ya en la cama no hablamos por no darle una excusa al capo-jefe para que se ponga a berrear. Pero los cuerpos sí los veo. Muchos están cansados, algunos incluso más que eso tras haberse chupado ya una vida enterita de miserias. Cicatrices en el pecho y a veces en la espalda. Cicatrices muy grandes, de esas que no se hace uno solo, y tatuajes en todas las lenguas. Talismanes cosidos con tinta sobre los corazones de unos tipos que se han presentado aquí con su pellejo y poco más, sus tres calzoncillos y sus seis calcetines.

Joder, qué deprimente. Hay uno, el tunecino, que incluso se tatuó los nombres de sus seres queridos porque le quitaron la bolsa donde llevaba sus fotos. Ya no tiene nada, solo esos nombres metidos a la fuerza bajo un pedazo de piel. Forman como un río de caracteres árabes que fluye a través de su torso, que nace encima del hombro derecho y acaba convertido en espuma debajo del pecho izquierdo. Una tormenta que se ha tatuado bajo la piel para no olvidar la odisea en zodiac que lo separa de su vida.

¿Por qué? Por la pasta. Calderilla, calderilla, calderilla. Tengo sueños extraños. Frente a mí yacen los cuerpos desnudos de los camaradas, los tonos de su piel fluyen por el suelo y se deslizan por las paredes. Crean arabescos de colores, blanco, moreno, negro, amarillo, rojizo. Un líquido tornasolado, una sustancia dorada que corre entre la piel y los tejidos que transportan la sangre. Miro los cuerpos, todos son translúcidos. Veo los vasos sanguíneos, las venas y las arterias, los latidos. La irrigación de los sexos y de las manos. Bajo los párpados, adivino unos ojos que se mueven agitados por la angustia en el doloroso baño del sueño.

Veo mi cuerpo, no se ha movido. Echado sobre la cama donde duermo. Camino lentamente por la habitación pisando los colores que se deslizan bajo la puerta hacia las duchas para meterse bajo tierra por uno de los desagües que salpican el suelo embaldosado. Todo se vuelve rojo para descender y dar de beber al diablo.

Al día siguiente todos estamos de pie, afeitados, la cama hecha al estilo militar y el cuerpo en posición de firmes. Hoy tocan pruebas médicas. Primero el dentista, todos los dientes uno a uno, operación, sí, no, OK. Mastica, aprieta fuerte, abre, cierra, OK.

Auscultar el corazón, respirar bien, delante, detrás, otra vez, a fondo, OK. ¿Fractura? ¿Operación? ¿Enfermedad hereditaria? ¿Sida?

Para algunos es un sinvivir, cosas que es mejor que no se sepan, un quiste de mierda en el muslo, un ojo que ve menos que el otro, un peso reducido al límite después de meses en la calle, en la carretera o en algún sitio peor, enfermedades por las que te expulsan definitivamente. El ambiente es tenso. La puerta del médico jefe está abierta, oigo que dentro el doctor le está leyendo la cartilla al aspirante voluntario Louis Tocacojones.

–¿Estás seguro de que quieres meterte en la Legión?

–Sí, estoy seguro.

–Ojo, eh. Esto no es el ejército regular, no te vamos a tratar como a esos soldaditos. Nada de derechos humanos, aquí se trata de devorar al hombre y punto. Aquí tienes deberes, del resto te olvidas. ¿No has intentado alistarte en el ejército de tierra? ¿Estás seguro de que quieres ser legionario? Porque te lo advierto, el legionario corre hacia al frente y no se detiene hasta que todo ha terminado.

–Quiero estar aquí para hacer respetar las leyes de Francia y fortalecerlas en todas partes.

–Ya, pero las balas no respetan las leyes, yo de ti trataría de meterme de antidisturbio, es más tranquilo, por la tarde zurras a unas ancianitas en una manifestación y por la noche te acuestas con la parienta bien calentito. Y si quieres hacerte el machito, te pones el casco para protegerte de las piedras. Aquí no tienes más que la boina para que sepan quién eres, y a nadie aparte del diablo para escapar de lo que te lancen a esa cabecita tuya. Y ya te adelanto que la guerra no se hace con bolas de petanca. Esto no es un juego, es cosa seria.

Y el tal Louis sale en calzoncillos, porque vamos todos en calzoncillos, tal vez para ver si tenemos algún problema con pasarnos el día con tíos en ropa interior, tal vez para que todo esto vaya más rápido. Lo veo desde el fondo del pasillo, se está volviendo más pálido que el pobretón de las Ardenas que es. Avanza un poco, ahora le da la luz que sale de la puerta abierta del siguiente despacho, y ahora se desploma. Primero se tambalea de forma extraña, dice «tíos», y luego se cae como alguien que hubiese intentado hacer el Ramadán pero sin beber nada en toda la noche.

Ahora se pone blanco, el fondo de sus ojos tirando a negro-violeta, los labios del color de la cera, en fin, un poema. Se convulsiona un poco, le damos un par de tortas para que se levante sin llamar al doctor porque entonces estaría perdido. Pero al parecer quiere perderse él solito, se agita y resopla como un pavo que hincha el cuello. Uno de los chicos se rinde y llama al doctor, que sale tan nervioso como yo cuando me pillo un dedo con una puerta y le da dos bofetadas a Louis.

—¡DE PIE, VENGA, LEVÁNTATE, SI NO TE PONES DE PIE SE ACABÓ!

Y el otro gime en el suelo porque la cabeza le da vueltas. Venga, chaval, no jodamos. A todos nos dan mareos al levantarnos. Además, ya puestos, disfrútalo, es uno de esos momentos en que el cerebro se coloca él solito, invita la casa. Ahora murmura alguna tontería y luego, como no quiere hacer ningún esfuerzo, lo cogen entre dos por debajo de los brazos y se lo llevan a otro sitio, justo en el momento en que él recobra las fuerzas para irse a tomar por culo fuera de allí. El doctor está furioso, tiene esas fosas nasales de eslavo tan dilatadas que podría esnifarse varios kilos de una sola vez.

—¡PERO QUÉ COÑO ES ESTO, PUTO IMBÉCIL! UN LEGIONARIO NUNCA HACE ESO, MENEARSE ASÍ, COMO UN NIÑO, ¡NI SIQUIERA SI ME DA UN ATAQUE AL CORAZÓN ME MUEVO YO ASÍ! ¡RIGOR! ¿COMPRENDIDO? ¡RI-GOR! ¡VENGA! ¡A PESAROS TODOS!

Pasamos a pesarnos, sesenta y ocho kilos. El tipo que lo anota me dice que me coma todo lo que me pongan o no me quedaré mucho tiempo. De momento, está dentro de los límites, pero en cuanto empecemos con los entrenamientos puede bajar rápido. Y si baja demasiado, mal.

Todos haciendo cola en gayumbos en medio del pasillo mientras el doctor da instrucciones para el siguiente paso.

—Cuando yo diga VÁTER MEAR, coges, meas en el frasco y me lo traes aquí. Una vez yo haya hecho la prueba, te vas a vaciarlo, limpias el frasco y se lo das al siguiente. ¿Está claro? ¡VÁTER MEAR!

Está clarísimo. Y sobre todo no estaba previsto, hostia puta mira que soy imbécil, obviamente un puto análisis de orina no es para ver si mis glóbulos blancos se lo están haciendo con los rojos, sino para comprobar si no resultará que somos unos jodidos drogatas.

Por otra parte, si no hubiese estado colocado nunca habría venido aquí, esta historia está jodida de antemano. Toda esta mierda empezó como pasa siempre, una noche que no podía dormir, así que claro que voy a tener rastros de todos los colores esperando a salir del armario. Y no se limitarán a decir que hay algo raro, lo que les va a estallar en la jeta es un puto castillo de fuegos artificiales, antes siquiera de ponerse a mirar van a ver a la Osa Mayor haciéndoles largas desde el fondo de mi meado. Solo me queda rezar para que la tira de la prueba se funda de inmediato al contacto con mi cóctel de orina a las finas trazas de drogaína.

Puto estrés, y no soy el único. Delante de mí va Nartay, es kazajo y no entiende ni papa, hay varios botes para mear, ni siquiera sé si es él quien va a darme el suyo después de lavarlo. Adjudicado, es eso o la puta calle. Así que lo intento.

–Nartay, no vacíes del todo tu pis, estoy en la mierda, déjame un poco.

–¿Eh? ¿Yo pis qué?

–Tu pis, pipí ahí, no tirarlo todo, para mí, yo no meo bien del todo.

–¿Tú no mear bien?

–¡No, no bien del todo!

–Ah, buena suerte entonces, si duro mear.

–No, no es eso, no tienes que…

–¡NARTAY! ¡VÁTER MEAR! ¡AHORA!

Mierda, detrás de mí a quién tengo, un noruego, no lo conozco, nunca hemos hablado, al carajo, no tengo elección.

–Eh tío, ¿entiendes francés?

–No, solo un poco.

–No lo vacíes todo cuando mees, no lavar, guardar pis para mí, yo fuera, no voy a pasar la prueba, prueba no OK si no me das tu pis, venga chaval no vaciar pipí.

–¿Tú la prueba? Yo perdóname, no francés bien todavía, no. No entiendo, perdóname.

Mierda, puta mierda.

–DUBOIS, ¿TE TOCA A TI?

–Sí, me toca a mí.

–Coges el frasco de Nartay, NARTAY ESPABILA, meas y vuelves.

La suerte está echada, me van a joder, directo a la calle, me van a devolver las cuatro chorradas que tuve que entregarles al entrar y a largarme rapidito. Fuera. Hostia puta, qué mierda.

Avanzo en calzoncillos hasta la cabina del cagadero vigilada por uno de los tipos del equipo médico. Entro y bueno, ya está, sé que estoy jodido, no hay salida, está claro. Decido jugármela con dignidad.

Meo en mi tarro y me preparo mentalmente para este día que quedará grabado para siempre en los anales de las supercagadas. Al menos voy a hacerlo bien, de pie hasta que todo pase. Vuelvo pero el doctor no está en su despacho, el otro tipo en bata que estaba con él sigue sentado detrás de la mesa blanca.

–Deja ahí el bote, pasas a la entrevista, te esperan ahí detrás.

Igual sucede algo que me saca del lío, al menos de momento nadie ha comprobado mi botecito. Paso al otro despacho a través de la puerta que los comunica y me siento con mi calzoncillo comprime-cojones en la silla que me espera frente al doctor y al sargento.

–A ver Dubois, ¿todavía quieres alistarte?

–Sí sargento.

–¿Estás seguro de que no tienes nada mejor que hacer? ¿No quieres estudiar, irte por ahí de fiesta como los demás?

–No sargento, lo que quiero hacer es esto.

–Dime, ¿tienes problemas con tu familia?

–Con mi familia, no no, ningún problema.

–¿Y estás seguro de que la chica de tu teléfono no es importante para ti?

–No, eso ya es pasado.

–Bueno, ya sabes que tienes buena puntuación, pero ¿estás decidido de verdad?

–Más que de cualquier otra cosa que pudiese hacer.

Es una respuesta de mierda ya que no veo una mejor opción que esconderme, pero eso ellos no lo saben. En su esquema mental, a nivel social yo aquí soy la flor y nata, y en cierto sentido no se equivocan.

–¿No vienes a esconderte, Dubois? A los que son como tú los tengo calados, cada vez que tienes que obedecer una orden es como si pillases el tifus, lo veo en tus ojos.

Este tipo está completamente enfermo, pero tampoco se equivoca en eso.

–Los otros no tienen gran cosa. A muchos de ellos lo que les atrae es la seguridad del empleo. Puede que tú tampoco tengas gran cosa, pero me parece que tu situación sigue sin poder compararse con la de la mayoría de los candidatos. En cualquier caso, no parece que estés aquí por eso. Ni por lo que muchos franceses, por amor a la patria, la virilidad, el sudor, la camaradería y el esfuerzo colectivo. Tampoco tienes pinta de ser un apasionado de la Legión que sueña con ver mundo, ni uno de esos que vienen aquí a buscar el punto de partida de una vida de aventurero.

–¿Eres marica, Dubois? ¿Estás aquí para verle el culito a tus camaradas?

–No, sargento.

Joder, ¿en serio?, este tipo es el rey de los imbéciles. El doctor coge el relevo, parece el jueguecito del poli malo y el poli bueno.

–Tienes que entender que, como no hemos encontrado nada realmente extraño en tu vida más que el hecho de que hayas venido aquí, pues eso, nos preguntamos por qué estás aquí.

–Y creo que tenemos algo muy parecido a una respuesta.

Es la voz del otro tipo de la bata, que habla a mi espalda. Pasa por delante de mi silla y se acerca a la mesa con el bote en la mano y una sonrisa triunfante.

–Voy a volver a hacerlo delante de vosotros porque esto es para verlo, una locura. Tiene diez de diez este chico, sonríe a la vida, positivo en todo.

Sumerge una tira ante la jeta de sus dos compadres y veo cómo abren la boca y se encienden ante el resultado. Desde mi sitio no lo veo bien, aparte de que el color cambia. Y vaya si cambia, hay rojo por todas partes. Tengo la sensación de que lo que me tomé se ha reconcentrado tantísimo que he acabado con el tiempo en que las sustancias podían dar positivo. Si me hiciesen un escáner saldría todo fosforito.

Buenos días señor, su orina es un mar de drogas. Pero es que no tendría por qué haber ido así, que el demonio apareciese en la fiesta con tantas cosas en los bolsillos no estaba previsto. Aquella noche me puse tan ciego que, casi una semana después, es como si me lo hubiese metido todo con el desayuno. Un cruasán y una rayita de coca, menudo idiota. Tengo demasiada rabia.

–Bueno, Dubois, eres la prueba viviente de que con un poco de voluntad uno puede con todo, te deseo lo mejor para el resto de tu vida.

–Gracias, sargento, lo mismo digo.

El tipo me da la mano y yo, todavía con los calzoncillos demasiado apretados que al menos ahora me podré quitar, me preparo para largarme de aquí para siempre.

2

Me han devuelto la ropa, no he podido quedarme con el chándal azul que nos habían dado, y eso que molaba.

Tengo mis cosas, el teléfono, la pasta, el pasaporte, las llaves que había escondido en un agujero en el suelo al lado de la entrada y algunas otras tonterías que llevaba en los bolsillos. Solo me queda volver a casa. Al menos tengo un lugar al que ir, una dirección que tomar al salir del cuartel.

Me han pasado unos billetes para el viaje. No me lo esperaba, muy amable por su parte.

Pero es una putada, ya me había montado la película rollo Nino del desierto, con los pantalones cortos de color beige y todo lo demás, y me molaba. Es el sino de los que quieren ir demasiado rápido, y yo he ido mucho a mi bola, eso es cierto.

Desbloqueo el teléfono. La sim es nueva, la compré en un locutorio antes de venir aquí. Rompí la vieja y metí esta. Al principio el tipo se puso a liarme con el sermón de que sin papeles no hay sim. Yo le dije pero si soy francés, ¿adónde quieres que vaya? Y joder, pagándole un poco más confió en la bondad de mi alma.

Esto es París, no otro sitio donde las cosas pudiesen ir mejor. Hace tiempo que estoy aquí, y he caminado desde siempre. He caminado y he seguido caminando, he pasado del París donde no hay lugar para nada al París donde hay demasiado para todo. Aceras demasiado grandes, edificios demasiado amplios, coches demasiado grandes. Nada que hacer, nada de todo eso basta para llenar el vacío que los ricos de por aquí construyen a su alrededor. Es el vacío de la pasta donde todos se van temprano a la cama entre cojines de seda, fragmentos de brillo en los labios y la polla en la mano. Es como en todas partes, solo cambia el decorado. Estos sitios no me gustan, son demasiado aburridos. Y para robar no resulta práctico, demasiada desconfianza a la vuelta de cada esquina por donde pasa el tren de la vida.

Sigo caminando y caminando porque en las ciudades no hay otra cosa que hacer y en París menos aún, caminar por los bulevares y los puentes. Así que camino. Cruzar París a pie es rápido, caminar hace que el paisaje de la Historia se deslice hasta que las aguas e incluso el cielo se van retirando. Cuando cruzo el Sena tengo el mundo entero a mi alrededor, así es París, estamos en el centro del mundo.

A veces me he dicho estás cansado Nino, deberías tomarte un respiro porque estás pensando como un imbécil, pero no hay piedad para unas piernas que lo tienen claro, si quieres ir más lejos no hay que detenerse. Así que seguía caminando.

Y fue así como pasé por primera vez por debajo del puente que separa los dos mundos, aunque entonces no lo sabía. No yo no sabía que aquí la mierda de paloma en cantidades industriales marca la acera con su sello sagrado, justo en el punto en que te deslizas de una dimensión a otra. Todo esto lo descubrí después, más tarde, cuando por fin tuve tiempo de mirar a mi alrededor. A base de pasar de una parte a la otra al final advertí la diferencia. Pero al principio solo caminaba, casi ni veía las palomas ni la basura quemada ni el camión sin motor ni ninguno de las otras ruinas que aquí y allá montan guardia a la entrada del suburbio.

Apenas me fijé en el Lidl. El albergue de emergencia me pareció una ciudad normal, pasé por el campamento y caminé hasta un edificio en el que sabía que me iban a joder, pero también que tenía que achantarme si es que quería la escasa maría que me pasaba el propietario. Así que barato. Porque no es que esté en posición de negociar. Nadie da la cara por Nino, y a Nino le toca arreglárselas.

El edificio estaba donde me habían dicho, en la esquina del cruce, junto al semáforo tricolor tirado al suelo. Llamé al tipo, un gordo hijo de puta de unos cincuenta años.

Dijo son 450 en efectivo cada mes. En un sobre y el sobre en mi buzón, aquí tienes las señas. Tienes hasta el siete para pagar, si no llamo a la policía por allanamiento de morada. No olvides que si te sale tan barato es porque se supone que allí no hay nadie.

Joder, ¿a eso le llamas casa? En el salón hay hasta agujeros en el suelo.

Al llegar me dije que, como es justo debajo de la ventana, si los llenaba de tierra podría plantar algo. Pero como debajo está el techo de los otros pasé de huertecillos, pagué el mes e instalé allí mis cosas. Desde ese día, me puse a hacer todo lo que al final me acabó llevando a un viejo cuartel al este de Vincennes junto con los sin papeles dispuestos a disparar unas cuantas balas por Francia.

Y hoy vuelvo a este lugar, que es lo mismo que volver a la mierda.

Ahí sigue el agujero en el suelo. Por debajo del parqué veo el techo de los de abajo. Mi cabeza se apoya sobre el montante de la ventana, tengo el cuerpo vacío de cualquier deseo, no me queda más que el recuerdo de tu piel sobre mi frente, tus dedos acariciándome los ojos.

Miro cómo abajo el mundo sigue y la gente carga sus bolsas, empuja sus cochecitos, hace girar las ruedas.

Veo el poco dinero que brilla en el fondo de los bolsillos, el amor en la jaula de cada cual, las marcas rojas en las venas del cuello. Los tejidos curtidos sobre unas pieles a las que les han robado el sol, y las miradas hechizadas por la fatiga y los deseos secretos. Observo el mundo por la ventana, te amo por la ventana y veo que del cielo caen, sobre mí y sobre todo el barrio, enormes gotas de desaliento. Me enciendo una pava que dejé en el cenicero al irme, y me devuelve un poco a la vida cuando el humo me llega al corazón. Estoy jodido. Jodido sin ti amor mío, sin ti esto es una trinchera. Doy una vuelta por el apartamento y vuelvo a la ventana.

La calle es un caos, el semáforo sigue roto y los pitidos de los coches sustituyen a los colores. Verde para todo el mundo. La gente tiene problemas para entenderse. Es casi de noche y ni el cielo sabe dónde está.

Al otro lado de la calle veo al viejo que mendiga delante del Coccimarket. Esconde su vaso de monedas entre la canaleta y la pared, porque aquí la lluvia llega de la mano de la noche. Veo cómo guarda detrás de la caseta de electricidad la caja en la que se sienta para no congelarse el culo y cómo se tambalea hasta ponerse en pie.

Se encienden las farolas y el viejo se tambalea un poco al volver a agarrarse al bastón, luego se larga a refugiarse de los problemas del mundo en la noche.

Veo a las viejas hadas de los suburbios interesándose por él y llevándolo lentamente a la parada del bus. El griego de al lado por donde suele pasarse está cerrado, así que hoy no tendrá su café de cada día. Se sienta en el banco y veo cómo bajan la persiana de hierro de la tienda y las espaldas que se doblan para salir y cerrarla desde fuera.

El personal de la tienda al completo está fuera, el vigilante, las cajeras y los que limpian, todos en la acera, la mayoría encendiéndose un cigarrillo.

Se han quitado los delantales, llevan una ropa feúcha, todos excepto el segurata negro, que permanece en las sombras y a quien no puedo ver bien.

Se estrechan la mano o se dan dos besos, unas risas discretas empujan el aire hacia lo alto, se abren paso en la calle hasta llegar a mis oídos.

Analizo el terreno. Es la primera vez que vivo en un sitio donde tengo el horizonte despejado. Ver más allá de la pared de enfrente resulta agradable. No por nada he ido metiendo un montón de sobres en el buzón de Don Cabronazo, por lo menos puedo disfrutar de mis vistas desde la ventana.

Tengo las escúters aparcadas ahí abajo, las torres, todo recto y otras tantas más lejos, al norte. La luz del ultramarinos en la acera de enfrente, ligeramente a la derecha. Y otros lugares cerrados aquí y allá, con plástico o pintura blanca en las ventanas, a la vieja usanza, y luego tiendas de alimentación general, estancos PMU, puertas de pisos, aceras en pésimo estado y calles mal iluminadas. Por la noche me gusta no verlo todo y adivinar qué pasa allá abajo. Además, si hubiese demasiada luz se verían todas las ratas que hay por aquí, correteando de un basurero a otro cuando no pasa nadie.

Lejos a la derecha, veo HOTEL brillando en rojo en lo alto de un edificio. Ya más tarde en la noche, cuando los demás están casi apagados, el rojo de ese letrero arde en la oscuridad del cielo. Me he acabado el peta.

Y aquí dentro no me lo he montado mal del todo, tengo el colchón encima de los palés, un hornillo eléctrico al lado para dar calor y una placas en la cocina.

Tengo la ropa que más me gusta doblada en un rincón, y el palo de madera que he fijado con clavos de carpintería en el marco de la puerta que da la otra habitación, para colgarme de él y alzar el cuerpo cuatro veces quince al día. Después del petardo no me apetece nada, es como los mareos.

Ahora lo primero es conseguir dinero. ¿Cómo? Ya lo veremos mañana. Respiraré el aire fresco del amanecer, me iré por ahí a buscarme la vida y algo saldrá en alguna parte, por lo menos para ir tirando hasta que encuentre algo mejor.

Tengo la cabeza que no me da, coqueteando con el vórtice de la depresión, pero es porque estoy demasiado cansado. Me digo Nino, no olvides que tú también puedes follarte el mundo, tienes una vida que vivir, y maldita sea no va a ser en la calle.

Mientras tanto, ahí arriba todo está despejado, esta noche no hay nubes, por lo menos no se adivina nada, de noche el cielo es amarillo a causa de todo lo que brilla aquí abajo.

Las horas han ido pasando, es tarde y ahora estamos solos la ciudad y yo, me pongo sudadera y parka, cojo los alicates y voy haciendo correr la calle bajo mis pies hasta la obra que está un poco más arriba, en dirección a la puerta por la que entramos en París.

Es una obra grande, cavan agujeros, construyen cosas, pero nada que robar excepto las excavadoras, así que detrás de las vallas metálicas no hay vigilantes.

Cojo los alicates y corto la brida que sujeta las partes móviles de la valla, saco uno de sus pies de la base de hormigón, entro y cierro detrás de mí.

Hay tres grúas en la parte delantera, así que voy a subirme a la más grande y a cagarme en todo desde allá arriba para matar el tiempo que me separa de ti.

Me pongo los auriculares, compruebo los cordones de mis zapatillas falsificadas y me dirijo a los primeros travesaños de la escalera mientras subo el volumen para oír mejor la danza endiablada de estos cheyenes.

Empiezo a subir, el metal me enfría las manos. Sigo adelante sin pensarlo demasiado, como si estuviese tan acostumbrado como el tipo que se enramará mañana para ponerla en marcha. Cuando llego arriba, me instalo en el asiento y ya. Me enciendo el canuto que me he hecho antes de salir para no tener que liarlo con los dedos congelados. Me gusta el frío de las alturas, sentir en la cara las corrientes de aire que pasan entre las torres hasta darme en la jeta. Puedo gritar tanto como quiera: total, desde allá abajo no se oye nada.

La hierba es fuerte y se me va la olla entre las barcazas de las cementeras, porque lo que se ve desde aquí no son precisamente los barcos turísticos del Sena. Abro un poco la ventanita de cristal para que salga el humo y ver mejor el paisaje, las luces y los faros giratorios.

Cuando ya tengo demasiado frío bajo, con las estrellas heladas del petardo invernal dando vueltecitas en mi cerebro. De regreso a casa saboreo el efecto Míster Freeze, y cuando llego me quito los zapatos, enciendo el horno eléctrico al lado de la cama y me duermo entre el edredón y el colchón.

A eso de las seis me despierta el vecino de abajo, o más bien su pis, que cae en cascada al fondo de su retrete y corre entre las paredes al tirar de la cadena. Ni siquiera abro los ojos pero me levanto para ir yo también, bañado por el azul de la noche que empieza a desvanecerse.

Todo fluye muy lejos, por debajo de la calle, uniéndose al caudal de los retretes de los alrededores.

Y hay animalejos que viven ahí. Eso es lo que pienso mientras intento no mearme fuera, cosa que sucede una mañana sí y otra no porque el agujero de mi polla a menudo se pega en el medio y divide el chorro en dos direcciones diferentes. Es algo que no dura más que unos segundos, el tiempo que le lleva a ese trocito de piel despegarse por efecto de la presión, pero basta para ponerlo todo perdido.

Termino y vacío el cubo de agua en el agujero, ya que, como tantas otras cosas en este cuchitril, la cadena no funciona. De vuelta en la habitación pienso en desconectar el horno y luego me vuelvo a dormir. Aunque ya es de mañana, me digo que mañana te llamaré.

Despierto y me muerde el frío, entonces decido no hacerlo. De todos modos, sabes dónde estoy, nos dimos diez días, quince como máximo. Prefiero esperarte que escuchar tu voz y luego seguir esperándote.

Hasta entonces, tengo que apañármelas. Consulto los anuncios locales en mi smartphone cutre con el wifi de un vecino cuyo código adiviné a la tercera, contraseña 1234. Más tonto y no nace.

No hay nada, teleoperadores, VTCs, vehículos pesados y mensajeros. No tengo carné, aunque conduzco la mar de bien desde hace tiempo. Y sé perfectamente que si tengo que vender seguros por teléfono, a menos que me pongan el equivalente de un salario suizo, voy a acabar ahorrándolo todo para pulírmelo en una escopeta y armar un sindiós. Timar a la gente por teléfono es algo que no puedo hacer. Lo intenté una vez, cuando era más joven, hasta que me echaron por decirle al señor Ducrozet al otro lado de la línea que si no le interesaba podía irse a tomar por culo, que si no quería hablar conmigo lo que tenía que hacer era no contestar.

Hace frío pero tengo hambre, así que me pongo mi ropa de pésima calidad y me voy a la carnicería del barrio.

Aunque no sea demasiado sensato voy a regalarme medio pollo asado. Tampoco es que sea un experto en tema sensatez. Conservo el recuerdo del olor a ti que se me echa encima cuando al cruzar la calle el sol se deja ver por un instante. Veo a unos hombres bebiéndose de pie unas latas demasiado frías en invierno y tibias en verano.

También yo he pasado por ahí, controlo toda la gama, me las he soplado de todos los colores, navigator, maximator, verdes, rojas, negras, etc. Menuda mierda. Un caldo asqueroso para joder la mente del pobre cuando el curro o el barrio ya le ha reventado el cuerpo. Los ochenta y tres céntimos de precio y los ocho grados de la lata son todo un reclamo para infelices y otros que quieren ponerse jumera por poco dinero.

Yo soy más maniático que infeliz y paso de beber de solano. Se acabó todo eso, y ya hace tiempo que no bebo alcohol más que cuando es bueno, a menos que sea gratis. Saludo al viejo delante de la tienda, le devuelvo una sonrisa que podría vender como chatarra por un billete azul, y me vuelvo a casa a vigilarlo desde la ventana mientras me como mi dosis de hormonas gentileza del carnicero.

Una vez que los huesos del pollo están bien relucientes doy una vuelta por el apartamento a ver si queda algo que pueda vender.

Tengo las herramientas que me encontré antes de pasar por el cuartel de la Legión, un taladro, una radial y unos destornilladores. Me quedaré con los destornilladores y venderé el resto, eso serán un par de billetes. Pero con esas baratijas no voy a tener para mucho tiempo. Tengo que encontrar un trabajo, algo de verdad, con su salario, sus horas, algo normal. ¿Y tú? ¿Tú vas a hacer lo mismo? ¿Así es como va a ser nuestro viaje juntos? ¿Vamos a tener que achantarnos y fusionarnos en ese vacío que se extiende por todas partes, detrás de cada ventana?

Así voy matando los días que me separan de ti, poca cosa, paredes frías, sábanas no muy limpias entre las que me masturbo muy a menudo y papeles largos liados en forma de cono sin casi tabaco.

El tabaco no me gusta mucho, solo cuando bebo. Y no he bebido desde hace mucho tiempo. Visto lo que me pasó la última vez no está mal.

Voy a esperar a que vuelvas tú para manejarme con todo eso. De todas formas, sin ti no tengo nada que celebrar, ahora la fiesta no me llama. Fue cumplir veinte años y tomar el color del delirio, ya no tengo la piel blanca de la porcelana, he comido demasiado techo.

Mis ojos tienen el tono de la luz de los baños de las estaciones, un azul demasiado oscuro para asomarse a lo que hay dentro y encontrar las venas.

Tengo unas hermosas ojeras, eso sí lo he hecho bien. Si me saliese algo de pelo en las mejillas me harían parecer un poco mayor. Pero nada. Ni el menor rastro de virilidad entre una oreja y la otra.

A mi edad eso de la virilidad tampoco es gran cosa. Una buena hostia, un berrido como de mono y cosas rotas. Todo eso me suda la polla. Nunca he tenido nada que demostrarle a nadie excepto a ti.

Luego doy con un anuncio que me ofrece una posible salida de emergencia.

Ayudante en servicio de catering. En el peor de los casos me pondrán una pajarita y haré como que creo ir a la moda.

Dice «Llamar durante el día», así que llamo.

El tipo contesta. ¿Lo he hecho alguna vez? Claro. ¿Tengo algún problema con no saber cuándo voy a trabajar y que me llamen en el último minuto? Ninguno. ¿Tengo espíritu emprendedor? Ni te digo. Pasado mañana en la central, a las siete, OK.

Anoto la dirección, no es aquí al lado.

Ni siquiera sé qué hay que hacer exactamente o cuánto pagan.

El tipo tiene bien claro que no habrá problemas para encontrar voluntarios, así que para qué preocuparse.

Pero yo sé que tú estás ahí, en alguna parte, cada vez más cerca. Esta noche o mañana tendré tu boca en la mía. Me basta con presentir que vienes para olvidarme de la niebla nauseabunda en la que se abisma el futuro. Espero que te las arregles.

Estoy prácticamente sin blanca pero quiero hacerte un recibimiento por todo lo alto, para que te sientas bienvenida en esta mierda de apartamento.

Con ponerme cualquier cosa que no sea un chándal agachando bien la cabeza bajo la capucha parezco la persona más normal del mundo. Tengo el gen del ladrón de gallinas, así que al despertar cojo la poca pasta que me queda y me voy de caza a Carrefour.

Tengo una chaqueta especial desaparición, le he desgarrado el forro en línea recta de una axila a la otra y eso convierte mi espalda en una bolsa enorme. Es como el saco de Papá Noel pero en discreto, aquí uno no alardea de sus pertenencias, sobre todo si no las ha pagado.

¿Qué vamos a comer hoy? Animales muertos, leche de vaca violada, gambas pescadas por esclavos o tomates italianos regados con la sangre del enemigo del clan que controla la fábrica. Tengo la sensación de que detrás de cada artículo, en cada sección, han jodido a alguien en alguna parte o bien tratan de metérmela a mí.

A veces pienso que igual abuso un poco de la hierba, que a nivel paranoia eso no me ayuda. Pero no puedo sacarme de la cabeza que detrás de cada lata de conserva hay un muerto.

Veo a los fantasmas de los niños de Kenia corriendo en el paquetito de Mars para meterme granos de cacao en la boca.

Uno de ellos me dice si lo compras es que lo apruebas. Si lo robas, no está bien pero no es lo mismo. Así que a la mierda, meto los Mars en mi armadura de Juana de Arco callejera y me deslizo por el suelo liso de la tienda.

Hay tanta mierda en los estantes que ni sé qué llevarme, estoy pasando por una fase rollo medio ambiente y paso de la carne porque no quiero comerme un filete de Tintín y Milú.

Con el frío que hace, me pillo un vodka polaco que bastará con dejar una noche en el alféizar de la ventana. Revientо el antirrobo con un golpe de muñeca hacia la izquierda al estilo Nino y meto la botella en el forro.

Me apetece una pizza pero es demasiado grande, así que me decido por el queso, cuatro o cinco de los caros. Cojo el camembert más top de la sección y lo cambio de caja con el más pobre, escondido bajo el logo descuento. Lo hago para no salir con las manos vacías. El camembert camuflado es la pequeña guinda del pastel, mi palito en la rueda de Carrefour, algo bueno comprado casi honestamente, un poquito pagado pero sin tener que desembolsar por ello una hora de trabajo limpio, aunque no trabaje.

Quito despacio el envoltorio de las mandarinas corsas para que sean como las españolas, que cuestan cuatro veces menos, peso la bolsa medio vacía, le pego la etiqueta del precio y vuelvo al estante para acabar de llenarla.

Hago la compra a una cuarta parte de su precio, soy el ladrón de caballos de los tiempos modernos y eso me hace tan feliz como papá padre cuando mea desde el puente sobre la cubierta de un barco un día de lluvia. Voy cogiendo sin prisas un montón de cosas verdes y bio empaquetadas individualmente en sus cajitas, que como están pintadas con hierbas, venden a precio de oro, le quito todos los envases y voy a pesarlos en las bolsas de verduras para pobres a un precio que me parece más apropiado, el más barato, qué coño.

Siento que estoy corrigiendo un error, haciendo algo normal, algo positivo.

Aun así, miro a un lado y al otro, no me fío de los ancianos que se pasan el día esperando entre la mousse de pato y la ratatouille hasta encontrar a alguien con quien perder su buen cuarto de hora hablando de tonterías. Ya no van al café, vienen a Carrefour, por eso creen que es más su casa que la mía, así que cuidado con los viejos porque a menudo no les gustan demasiado los jóvenes.

También he robado unas latas de pescado, pasta fresca con setas y pimientos en escabeche. Tengo que tener cuidado al caminar para que todo eso no haga mucho ruido en mi espalda. Recuerdo con una sonrisa los tiempos en que pensaba que el código de barras era un antirrobo.

Al salir, le doy una moneda a la vieja loca que se pasa el día entero deambulando frenética delante de la puerta del súper y esquivo a los predicadores de un partido a los que les gustaría enrolarme para hacer del mundo un lugar más justo. No me paro, no tengo tiempo y me suda la polla, así que aparta colega, tengo una pasta que cocinar.

3

—¿Estaba bueno?

Miro tus ojos clavados en los míos. Has llegado hace un rato, nos hemos comido la mitad de las cosas y bebido otro tanto de la botella. Los dos sabemos que ahora nos centraremos en ella y el resto lo dejaremos de lado.

Tienes las manos un poco rojas por el frío pero también cara de contenta por el rencuentro, en verdad no estabas furiosa, solo un poco enfadada. Yo tenía miedo de que durante este tiempo hubieses encontrado a alguien, que apareciese un carroñero y, con la excusa de consolarte, se aprovechase de tu desgracia para follarte.

Porque casi todos quieren follarte, lo sé, eres guapa. Veo tu cabello castaño volverse rubio a la luz de las velas que he colocado por todas partes. No es que quede tan romántico, pero como se supone que no vivo aquí no me gustaría que me echasen ahora que el puto alquiler está pagado por una semana más. Así que, con las bombillas apagadas, nos arriesgamos a quemarlo todo mientras miramos embobados cómo se endurece la cera en la mesa de centro Ikea de cinco euros que me encontré en la calle.

Me preguntas si me he estado cuidando, si tengo noticias de los demás. No, he estado esperando a que volvieras para vivir de nuevo, desde la última vez que te vi he estado solo con mis pensamientos. Juego a seducirte un poco con el ruido de fondo del vecino de arriba moviendo sus muebles, porque es casi medianoche y desde que murió su esposa esa es la hora a la que saca de paseo la cómoda. Luego vuelves a todo eso, a lo que te he estado contando.

–Estaba preocupada, Nino, toda esa historia es una locura, menos mal que no te pillaron, no lo habría soportado. Has hecho bien al mentirme y decirme que te ibas a casa de tu madre hasta que las cosas se calmaran. Me pareció raro, pero en vista del problema no me hice más preguntas. Jamás se me hubiese ocurrido algo así, no va contigo.

–Yo tampoco sé si estaba convencido, no le di muchas vueltas, ¿sabes?, aquella noche estaba tan borracho que seguí adelante, me pasé por aquí pero antes de siquiera pensarlo ya estaba allí.

–¿Cómo se te ocurrió, qué sabías tú de todo eso?

–Una vez conocí a un tipo que me lo comentó, que me dijo que era algo a tener en cuenta como último recurso.

–¿Y cuánto tiempo te quedaste?

–Unos días, el tiempo suficiente para que me echasen, ya ves.

–Vaya, mi pequeño soldado, me cuesta imaginar que pudiese acabar de otra manera. Nino en el ejército, la verdad es que eres un poco inocente por pensar que algo así podía funcionar. ¿Tienes un cigarrillo?

Te doy un Marlboro senegalés vendido por tipos que no tienen nada mejor que hacer para sobrevivir, y te veo encendiéndolo con el cirio enorme que robé en la última iglesia en que me metí. Es práctico porque no se acaba nunca. Debería ir a buscar más como ese.

¿Por qué no iba a funcionar lo del ejército? No me ofende, es verdad que no soy muy grande, pero para mí eso no es lo importante, en mi cabeza tengo pelotas suficientes para enfrentarme a diez tipos como armarios.

Nos fumamos en silencio el enorme petardo que acabo de liarme y luego hago un poco de Nino fanfarrón porque el vodka me suelta la lengua. Y con esa sonrisa tuya la sangre me hierve. Acabo en tus brazos, a veces tengo miedo de que me dejes.

Me pasas el dedo por la frente, bajas y resigues la nariz, atraviesas mis labios hasta el final de la mejilla. Me acaricias y siento calor por todas partes al sentir que me quieres.

–Otro tema es que encontré un trabajo, en catering. Hasta que salga algo mejor.

Eso te sorprende. Pero como todo está por empezar, debes de pensar que es un comienzo como cualquier otro. Lo apruebas, porque después de tantos fracasos tenemos que animarnos el uno al otro porque nadie va a hacerlo por nosotros.

–¿Cuánto van a pagarte?

–No lo sé.

–¿Cómo que no lo sabes? ¿No te lo han dicho?

Sigo con los ojos cerrados y tus manos siguen acariciándome la cara, casi me dan ganas de gritar de lo bien que me sienta, eso y escuchar tu voz hablándome dulcemente.

–No sé, no me lo dijo, solo me dijo dónde y cuándo tenía que presentarme.

–¿Y vas a ir?

–Pues sí no tengo mucha elección.

–Lo has dejado todo en plan Nino. ¿Ya está, se acabó?

–En verdad ni siquiera empezó, lo intenté, pero ya viste lo mal que salió. No puedo aprender nada con ese tipo de gente. Es como un idioma que no conozco, un idioma donde las palabras son la ropa, los gestos, un montón de referencias que no conozco, además me suda la polla, es un ambiente de payasos. Visto lo visto está claro que no era para mí.

Miramos las llamas de las tres velas que juntas forman como una sola encima de la pequeña tabla en que hemos pegado sus culos encima de los restos endurecidos de las otras. Te has echado la colcha sobre los hombros, debajo se deslizan mis dedos buscando tu piel.

–Me gustaría que hubiese ido de otra manera, ya sabes, no lo he hecho aposta todo eso.

–Es normal que reaccionases así, no qiero que te preocupes por eso.

Haces pausas entre unas palabras y otras, y entre esas palabras veo cómo el aire caliente que sale de tu cuerpo entra en contacto con el frío que nos rodea. Me alegro de estar a solas contigo. De no tenerte más que a ti para crearme un nuevo mundo. Tenemos los restos del naufragio, acabamos de encallar y ahora nos va a tocar construir paredes sólidas si no queremos morir en la tormenta. Entre el vodka y el canuto he pillado un buen colocón.

Divago, pierdo el norte y nos teletransporto a los créditos de Tarzán, me digo que a la mierda los problemas, todo esto nos es más que la primera pantalla del videojuego de mi vida. De todos modos te lo pregunto.

–Entonces ¿qué, estás segura de que no se ha quedado jodido?

–Estoy segura, no llegó a estar ni tres días en el hospital, aunque cuando lo recogieron pensaron que estaba muerto. ¿Con qué lo golpeaste, Nino?

–Con los puños, y luego con el suelo. ¿Lale?

–¿Sí?

–Siento haberlo estropeado todo, ¿dejamos a un lado el tema? Pasamos a otra cosa, ¿te parece?

Alzo la vista y veo tus ojos sobre mi cabeza, tus ojos que derraman sobre ella todo lo que arde en su interior. Tengo amor y eso no es poco.

–Claro, no te preocupes, no es tan grave, para mí por lo menos no. Nos tenemos el uno al otro y eso es lo que cuenta. Además hiciste lo correcto. No te culpes por eso, ese tipo es un cabrón. No creo que haya presentado cargos, me sorprendería que se atreviese. Él tampoco fue a la policía. Lo más seguro es que se hubiesen reído de ella, le hubiesen dicho que eso le serviría de lección y la hubiesen mandado a casa.

Pero ahora se han acabado este tipo de historias, ¿de acuerdo? Ahora debemos cuidarnos el uno al otro.

Y yo cuidaré de ti, le reventaré la boca a todos los que quieran olisquearte el culo.

Pero por mucho que quiera ser yo el que protege y golpea con las rodillas, tú esa mierda con la que la gente mira a los demás la conoces mejor que yo, la empatía de las pollas, todo eso.

Veo tus ojos desde abajo, tus pequeñas fosas nasales cuyos bordes reflejan en amarillo anaranjado el resplandor de las llamas. Sé que me quieres. Lo que no sé es hacia dónde vamos. Cómo va a ser, con qué vamos a vivir. Tú tampoco lo sabes, pero ahora es de noche, así que lo hacemos. Porque ha pasado mucho tiempo, porque el sexo nos permite no pensar demasiado en todo lo otro, porque aquí no estamos más que nosotros, piel contra piel.

Cuando me levanto para salir en busca de algo de pasta mientras tú sigues dormida ya es por la mañana, aunque todavía está oscuro. La central está en otro suburbio más al este, tengo que coger un tren a París porque aquí todo pasa por París. La ciudad aún no se ha vestido de día, tengo el estómago revuelto, la sensación de tener cosas atascadas entre la garganta y el culo, siento náuseas.

Al final del cielo oscuro veo a las putas tiritando en las aceras y disparando sus cansados Vámonos mi amor a los coches, y luego a los mendigos que duermen debajo de los bancos, ya que con todo lo que les sueldan encima es imposible acostarse. El vagabundo en París viene después de la paloma, el perro, el gato. En la escala de la simpatía está grosso mierdo a la altura de la rata. A mí me suda la polla, yo prefiero las ratas a las palomas, por lo menos se contentan con cagar en el suelo y no desde alturas insospechadas. Por otra parte, para ganarse un poco de aire, un poco de empatía en la mirada de la gente, cada vez son más los vagabundos que se ponen un conejo u otra cosa así bonita en el cuello del abrigo o en las rodillas. Eso le da a la gente una razón para mirarlos. Y, así, los ascienden un poco hacia el mundo de los humanos.

Transito sin problemas entre ese masa de gente que se ha levantado antes de la hora que marcan sus cuerpos, es algo que se lee en sus caras. A mi alrededor tengo la prueba de que la mejor manera para que se te ponga la jeta agria es levantarse demasiado pronto todos los días para ir a trabajar. Menuda mierda. Nadie se tiene en pie, todo el mundo lleva el cuello en un ángulo extraño para mantener la cara abismada en el teléfono. Los únicos que no van así echan la cabeza hacia atrás o contra la ventana, con la boca abierta y los ojos cerrados, buscando un poco más de limbo para sumergirse en él un rato antes de hacer lo que tienen que hacer. Cuando me rasco la oreja con el meñique, este me dice que no se mueren precisamente de ganas. No quiero saber lo que piensa mi dedo corazón, que se levanta por cualquier cosa.

Me consuelo como puedo diciéndome que al menos no soy lo suficientemente rico para caer en toda esa mierda, la internet permanente, la vida falseada y los anuncios de gomitas porque al parecer ahora los teléfonos nos escuchan cuando follamos.

Al final he llegado a tiempo, he seguido las indicaciones que había apuntado en un trozo de papel y ahora estoy frente al gran hangar gris al que me dijeron que viniese.

Delante de la puerta de servicio hay algunas personas fumando, cuando me acerco el olor de ese tabaco triste me provoca náuseas.

No será aquí donde me haga rico, aquí no huele a dinero.

Pero no he venido para eso. He venido para conseguir con qué llenar el sobre del hijo de puta que me alquila su refugio anti buenas noticias. El día a día, como se dice, minuto a minuto. Entro y me encuentro con un tipo que tiene pinta de todo menos de agradable, metido en un traje desechable que oscila entre la bolsa de vómito de una compañía de bajo coste y lo que vendría siendo ropa.

El tipo sostiene una tabla con una hoja sujeta en la que hay una lista, apenas levanta la cabeza para hablar conmigo.

–¿Eres uno de los nuevos?

–Sí.

–¿Cómo te llamas?

–Paradis, Nino.

–Paradis, ah, vaya apellido más idiota. ¿A qué hora te dijeron que vinieses?

–A las siete.

–Bueno, si quieres quedarte, tendrás que hacer un poco más de lo que te pedimos. La próxima vez arréglatelas para pasar por la puerta con al menos cinco minutos de margen, es mejor eso que al revés y es el tiempo que vas a necesitar para cambiarte. Aquí no solemos pagar a la gente para que se ate los cordones, ¿OK? Ve con los demás a la sala de reuniones, el jefe está a punto de llegar, y no toques la máquina de café, aquí primero se trabaja y luego vienen los caprichos. Lo mismo con los baños, no contratamos al personal para que se la pase meando. ¿Está claro?

–Está claro.

–Entonces a qué esperas, haz lo que te he dicho, la sala de reuniones está al otro lado.

Me suda la polla, el café no me gusta. Así que aquí me tienes, dirigiéndome a la pequeña habitación al otro lado de un hangar lleno de máquinas y toritos. Cuanto más me acerco, mejor veo a través de la ventana las pocas jetas que hay, no mucho más contentas que la mía de estar allí, bronceándose en silencio bajo el blanco de los neones.

Menuda estampa, tienen más bolsas bajo los ojos que yo granos en la espalda. Entro en la habitación, somos una docena, algunos sentados alrededor de una mesa, otros de pie contra la pared. Soy uno de los más jóvenes, no debemos de ser más que dos o tres menores de veinticinco años, el resto son más viejos, ya bien maleaditos por el tamiz del trabajo poco gratificante.

Apenas he cerrado la puerta detrás de mí, vuelve a abrirse de golpe con una estridencia que precede a quien, a partir de ahora, llamaremos el jefe.

Es pelirrojo, el jefe, gordo y con una sotabarba que le da un aire no demasiado benevolente.

–¡TODO EL MUNDO EN PIE! SI YA ESTÁIS CANSADOS, SIEMPRE PODÉIS VOLVER A CASA. ¿Y QUÉ ES ESTE DESORDEN? OS ADVIERTO QUE NO ME HE PARTIDO LA ESPALDA PARA QUE LA GENTE VENGA A MI CASA A TOCARSE LAS PELOTAS. A ver. ¿Quiénes son los nuevos?

Los que levantamos la mano somos cuatro, yo, otro joven, una mujer de mediana edad y un tipo que debe de andar por los treinta y que tiene pinta de haberse pasado diez con Subutex, rollo los ojos allá al fondo de dos pozos en compañía de un par de gatos muertos.

–Los nuevos se quedan aquí conmigo para que les cuente cómo va esto, los otros a la entrada a ver a Luc, hoy los equipos los hace él.

La tropa se levanta y va a buscar al encargado que me encontré en la puerta de servicio. El jefe se sirve un café y lanza su perorata sin siquiera mirarnos.

–Antes de nada espero que seáis conscientes de la suerte que tenéis de estar aquí, entenderéis que para este trabajo, sin experiencia ni cualificación, no me faltan candidatos, de modo que si queréis quedaros tendréis que demostrarme que lo deseáis de verdad. Todos vosotros habéis contestado al anuncio para ser extras, extra significa además, de refuerzo, así que tenéis que estar operacionales todo el tiempo. La paga puede ser en cheque o en efectivo, como prefiráis. Se os pagará al final de la jornada. El trabajo no es muy complicado, estaréis o bien en logística, que es preparar las bandejas, cargar y descargar, o bien en servicio, y entonces ponéis las mesas y servís a los clientes. Hay desde congresos hasta bodas, la clientela es variada, así que cuento con que controléis el ambiente y cuidéis vuestro aspecto según las circunstancias. Aquí estáis como interinos pero sin la agencia. Si alguna vez rechazáis una función, ya sea por esto o por aquello, tanto me da, estáis fuera. Lo mismo con las enfermedades. Aquí no nos ponemos enfermos, si nos llega el aliento para ir al médico a buscar una baja por enfermedad, nos llega para mover el culo y venir a trabajar, así que conmigo no vale nada de eso. Si os pillamos comiendo o hablando más de la cuenta fuera de los descansos marcados, estáis despedidos. Si vais al baño cuando se supone que tenéis que estar trabajando, lo mismo, y si no vais lo suficientemente rápido también. En cuanto a los teléfonos es muy fácil, os olvidáis de ellos a menos que el que llame sea yo. ¿Comprendido?

–Comprendido.

–Bien, cuando os dirijáis a mí me llamáis Señor, así que venga, todos a una, ¿comprendido?

–Comprendido Señor.

–OK, de momento es suficiente. Vosotros dos, los jóvenes, os vais al vestuario a buscar un uniforme, hoy os toca servicio, los demás a los camiones.

Hay algo que se me escapa de todo esto, igual soy tan temerario porque se me va la pelota pero apenas tengo tiempo para pensarlo y ya lo he dicho.

–Disculpe señor pero ¿cuánto van a pagarnos?

El tipo levanta esa jeta suya de estar pensando todo el rato que igual se la metes sin darse cuenta. Él verá.

–¿Perdón?

–Nadie nos ha dicho cuánto nos iban a pagar.

–¿Por qué piensas en el dinero antes de empezar?

–Me gustaría saber con cuánto puedo contar, eso es todo.

–Al principio son siete euros cincuenta la hora, pero eso es para los que trabajan hasta el final, así que no pienses que si nos dejas plantados en mitad de la jornada vas a ver un puto duro. Ahora largo de aquí.

Una vez cambiados, pantalón negro y camisa negra no demasiado ajustados, yo y mi colega, que no ha querido decirme más que su nombre por miedo a que lo echen, vamos con nuestro equipo que nos espera en los camiones. Nos sentamos dentro y nos ponemos en marcha.

4

–¿Cómo ha ido?

Me derrumbo en el suelo sobre el montón de cojines que hacen de sofá en la madriguera que nos hemos cavado aquí. Seis pisos de piedra y cemento sin ascensor. Tengo la espalda sudada porque fuera hace frío y subir las escaleras me ha recalentado la piel.

–De aquella manera. Hemos estado en un encuentro de unos tipos que fabrican bricks de leche y piensan que el Tetra Pak los convierte en gente maravillosa. Yo servía el alcohol, no ha sido muy complicado. Lo jodido es pasarse todo el tiempo de pie, me han dado zapatos demasiado pequeños. Mañana veré si puedo cambiárselos a alguien, en el vestuario no encontré nada más grande que un 42. Luego el jefe me ha hecho dejarlo todo para ir a revolver entre las existencias buscando su botellita de whisky japonés de los cojones, la quería para enjabonar a su cliente, el que organizaba la jugada. Por lo que se ve era algo caro. Ahí estaba él, diciéndole vas a ver es japonés, estos japoneses hacen maravillas con el whisky, es como un sushi pero con su buena turba, ese tipo de gilipolleces. Ha sido un sindiós, la puta botella perdida. Y eso que el otro le decía déjalo estar tomaré otra cosa pero no, el muy cabrón le ha respondido que me pagaba lo suficiente para que encontrase la botella que él quería. Obviamente el tipo paga, y paga para que hagamos lo que pide. No iba a decir déjalo, supongo que pensó que eso le iba a hacer quedar como un imbécil.

–¿Y encontraste la botella?

–Sí, en el fondo del camión medio escondida debajo de un viejo mantel, pero no quedaba ni una copa, cuando la ha visto por poco le da algo, el que va a fumar va a ser el que se encarga del aprovisionamiento en la central. El tema es que su colega le ha dicho déjalo me tomaré un pastís. La puta delicia japonesa le importaba una mierda, pero como el jefe la había pedido había que encontrarla. ¿Y tú?

–Fui a la casa de Ava a recoger algunas cosas. Yo también voy a buscarme algo para ir tirando.

Aparto la mesa a la izquierda para despejar el camino y me arrastro hacia ti evitando el agujero. Me siento como en un edredón pero al revés, hace demasiado calor y alrededor de mi cabeza está todo negro. Estamos perdidos, pero no demasiado preocupados por estar perdidos, es difícil ver el futuro de otra manera cuando nunca nos lo hemos planteado, así que ahora mismo no nos preocupamos, lidiamos con lo que tenemos y ya. Tu mano en mi espalda recorre la humedad que la empapa, qué placer sentir tus uñas dibujando en ella fórmulas protectoras.

La semana sigue su curso y yo vuelvo a la central al final de cada noche para salir desde allí hacia el oscuro Palacio de Congresos, un lugar más feo que mandar a la abuela a por droga.

Tengo los pies jodidos por culpa de estos zapatos. Observo a estos tipos, porque los que me piden copas sin siquiera mirarme son tipos casi todos. Si pudiesen conseguir su bebida sin decir palabra ni hacer nada, si yo pudiese mover el culo bandeja en mano y mantener la cabeza más baja que la suya sería mucho mejor para ellos. Les jode ver mi jeta al otro lado del mostrador, preferirían una segunda Lydie, como la que reparte los programas en la recepción. Afortunadamente se limitan a cruzarse con ella, la pobre ya hace bastante con cargar con los programas y los números de las habitaciones de hotel Ibis de dos estrellas. Yo al menos no estoy solo, Mathilda sirve los softs a mi lado. Es rumana, cuarenta y cinco años.

No hablamos, nos andamos con ojo. Pero a veces nos metemos un lingotazo a escondidas. Lo ideal es durante el almuerzo, cuando todos están en la sala y el vino está sobre las mesas, cuando nadie nos molesta, nadie excepto los borrachos que piensan que el vino no es lo suficientemente fuerte para aguantar, después de veinticinco años de esas delicias gastronómicas, rodajas de pollo frío decoradas con brócoli y bocados de corazón de palmera a la tarama de mis cojones. Pasarse una vida ahí metido no es precisamente envidiable, ahora entiendo por qué se deprimen. Viendo ese desfile de vendedores de botellas de plástico, me digo que algunos no necesitan gran cosa para sentirse satisfechos, basta con un poco de jerarquía que los ponga en su sitio, siempre y cuando justo debajo tenga a alguien más, por ejemplo nosotros.

Igual que después de cada turno, la última noche del último día de función vamos a recoger nuestro sobre con el nombrecito escrito y le decimos gracias señor al jefe que nos lo da. Quién debería darle las gracias a quién. Nadie le debe nada a nadie excepto él, que me debe dinero a mí. Yo no le debo nada aparte de renquear de vuelta a la estación por culpa de estos putos zapatos. Parece ser que si quiero otros tengo que comprármelos yo mismo, y que si no me los pongo más vale que no vuelva.

Mathilda camina junto a mí y yo me siento tan aliviado por haber podido ponerme otra vez mis viejas zapatillas de deporte que solo con eso ya me siento feliz de la vida. Me sé de un puto gordo pelirrojo que me diría que si me siento tan feliz es gracias a él. Luego pienso en la pasta. Hoy el día ha sido largo. Diez horas, diez horas de pie con veinte minutos para comer. Había que cubrir el resto porque faltó alguien. Me he cagado en sus putos muertos.

Saco las cuentas. Diez horas, setenta y cinco euros, sigue siendo mejor que lo que el colega Gang ganaba en China, pero sigue sin ser gran cosa. Setenta y cinco euros de mierda. Mathilda hace la misma suma en su cabeza.

–Nino, ¿a ti te parece que nos pagan bien?

–No. Sobre todo porque es en negro, es una paga de mierda. Normalmente, si es en negro, son al menos diez euros, ¿no?

–Es lo que dice mi hija.

–No sabía que tenías una hija.

–Tiene quince años, un poco más joven que tú, una buena chica, ella dice que lo que gano aquí no es suficiente. Sobre todo no entiendo por qué no nos pagan las horas que hacemos cuando llegamos, o las que hacemos cuando lo recogemos todo.

Yo lo que no entiendo es a qué se refiere, así que le pregunto.

–¿Qué quieres decir con que no nos pagan?

–Pues eso, que no entiendo por qué solo cuentan desde el momento en que empieza el servicio, porque el resto también es trabajo, eso no es normal.

–Mathilda, ¿cuánto te ha dado hoy el jefe?

–Como los otros días cuando es así de largo, sesenta euros. Por diez horas, no es mucho.

Me paro en seco. Mathilda me está mirando con las cejas arqueadas bajo el pañuelo que se ha puesto en la cabeza para protegerse de la llovizna que se nos ha venido encima. Ese hijo de perra le roba quince pavos al día. El muy cabrón ha llegado donde está jodiendo a todo al que ha podido joder durante toda su puta vida. Este tipo es un miserable, estafa a esta señora porque no ha hecho nunca otra cosa que trabajar por una miseria. Controla caso por caso, y el caso rumano para él está claro. Si lo necesitas, irás de todos modos a buscar la felicidad.

–El jefe te está robando horas.

–¿Cómo que me está robando horas? ¿Eso qué significa?

–No te paga la instalación y el almacenamiento mientras que a mí sí me los paga, te está robando dos horas al día. Yo tengo setenta y cinco euros, ten, míralo.

Le entrego mi sobre, ella cuenta los billetes, despacio. Veo cómo la catástrofe se cierne sobre su rostro desde los pliegues de su alma. Sesenta euros no es mucho.

Quince euros de más se convierten en una pasta. Me duele que la hayan jodido así, no sé qué decirle. De repente su gesto se ha endurecido, es como si acabase de envejecer cinco años de golpe.

–Mañana le voy a decir que eso no es normal, que tiene que pagarme lo que no me ha pagado.

–Mathilda, mañana es fin de semana, mañana no habrá nadie, hay que esperar a la semana que viene para que nos llame.

–Vaya, es verdad.

Y entre dientes, lentamente, dice mierda. Luego ya no dice nada más mientras nos subimos al tren, donde tenemos la ventaja de hacer el recorrido a la inversa del flujo de los cuerpos.

Al menos tenemos sitio para sentarnos. Los asientos están desgastados hasta el reborde, justo donde viene a rascarte el hueco interno de las rodillas. Cuando me siento, tengo cuidado de no hacerlo demasiado fuerte para que esos cojines no me escupan su nube de polvo al perfume de las treinta y cinco horas.

Mathilda no tiene tanto cuidado con sus riñones y se abstrae en lo que ve a través de la ventana, se abandona a un paisaje engullido por la niebla naranja y la inmunda llovizna amarilla que fluye de las farolas.

Cuando llego estoy muerto y tengo una sola idea, colocarme y entregarme a lo que sea que pueda encontrar hurgando en el sueño. Me enciendo lo que queda de un canuto lleno de verde que me ofreces como recibimiento, y después de darle un par de tientos siento cómo aumenta la distancia que separa mi cerebro de mi cráneo, cómo disminuye la presión, cómo el interior de la cabeza deja de rapear contra el hueso para poder salir.

Tú me cuentas cuál es el plan. Malik te ha llamado, acaba de volver del pueblo y nos espera para celebrarlo. Su abuelo murió hace un tiempo y después del lío del funeral y toda la pesca finalmente ha regresado. A mí también ha intentado llamarme, pero como no he contactado con nadie desde que rompí la sim vieja y engañé al paki para conseguir esta... Desde el otro lado de la habitación, te hago señales de humo por la boca en señal de conformidad. De momento no me muevo mucho, porque sé que pronto se montará un lío de los gordos. Estoy acumulando energía, eso es todo, hibernando un poco a la espera de que salgan más estrellas.

Con la mirada perdida en el agujero del suelo, pienso que podría hacer algo para arreglarlo, clavarle encima alguna mierda, un trozo de lo que sea para no acabar cayendo dentro, para no meter el puto pie y atravesar el techo de los de abajo.

Tú y tu bolsa de Mary Poppins habéis mangado una botella de Havana Club y algunos limones. Yo antes de subir he comprado la Coca-Cola en el colmado del otro lado de la calle. Casi muero otra vez al cruzar por ese maldito semáforo que sigue durmiendo en el suelo. Siempre esa sensación de que hostia puta, el tipo de detrás del volante tiene que hacer un esfuerzo que casi le arranca un miembro para frenar y no atropellarme. Me jode esa especie de ley universal según la cual soy yo quien tiene que parar para no morir aplastado por un idiota. Lo he oído llegar y me he quedado allí quieto en medio de la calle hasta que él también se ha parado. Luego le he dedicado mis dos dedos corazón de bien cerquita y me he largado. Es algo que me encanta, joder a los capullos que van en coche.

Pero esta noche voy a ver a Malik. Mi colega de siempre, el puto granuja que me llevó a los arbustos del Louvre porque a los dieciséis años su cuerpo estaba demasiado caliente para no adentrarse en la ruta del éxtasis del culo. Yo lo esperé en un banco aguantando el chaparrón de piropos de un montón de tipos demasiado viejos hasta que él averiguó lo que sea que necesitaba averiguar. Luego volvimos a casa, él feliz de haber follado y yo feliz de tener un colega feliz. Hasta que un día se nos ocurrió que podría buscarse a un viejo con pintas de rico al que pudiésemos desplumar fácilmente. Esa misma noche encontramos uno. La idea no era pegarle pero él no quería soltar la pasta, así que hubo un pequeño forcejeo y salimos de allí con seis billetes en el bolsillo y no precisamente orgullosos de ello. No valió la pena, quedamos en que una vez y no más.

Al principio fue él, Malik. El primero antes que tú. El pedazo de pergamino sobre el que está escrita de momento la mayor parte de la epopeya de Nino. Malik, mi hermano de día, mi hermana de noche, mi ángel de la guarda cuando me deja algo de pasta. El que todo lo sabe, a quien uno no miente nunca.

Conozco a Malik desde antes que a todos los otros, cuando éramos niños, desde que salí del fuego para caer en las brasas. La cosa vino así, sin más, como imantados el uno por el otro. Luego zas, perdimos el contacto, mudanza, paro, VPO, el puto instituto, él que se fue más lejos y yo que pasé a otra cosa.

Volvimos a encontrarnos unos años más tarde en otra ciudad, una como esta en que vivimos ahora, una que folla a lo bestia con París por todas sus calles, los dedos de asfalto en los agujeros una de la otra.

Desde entonces aquí estamos gravitando juntos, en los bordes del vórtice parisino, yo alrededor y él bien adentro. A él hasta ahora le han ido bastante bien las cosas, sobre todo si lo comparo conmigo.

Cuando nos reencontramos después de todo ese tiempo, estaba en medio de una pelea en un callejón al lado del club al que, sin saberlo, íbamos los dos. Él quería mear tranquilo, pero tres imbéciles lo siguieron porque llevaba unos buenos tacones y cuando los lleva puestos menea el culo como una brigada de bomberos. No puede evitarlo, unos pocos centímetros y se convierte en toda una madame de burdel. Para aquellos tres cerditos, aunque se pasen el tiempo entre cojones en la oscuridad, verlo menear así el culo desde lo alto de sus tacones fue demasiado.

Lo que no pensaron los muy gilipollas es que un tipo que se da el lujo de ir a mear con unos taconazos de doce centímetros, solo entre las sombra de este puto barrio, sabe defenderse.

A uno ya le había deshecho la cara con un gas mexicano comprado en internet, y a otro le estaba aplicando lo que más tarde me describiría como su llave de la foca muerta, mientras yo sujetaba al tercero pisándole la boca, yo que también quería mear allí.

Desde el suelo, descargó todo su peso sobre las piernas del botarate al que tenía bien cogido con los brazos y le hizo un placaje a cámara lenta en que se echó su cuerpo encima, como una masa maleable y pesada, una triste foca extinta cayendo del cielo.

Con el golpe, el tipo expulsó todo su oxígeno, su cutis azulado combinaba de maravilla con la ropa de zorrita de Malik. El del gas, echado en el suelo inconsciente con la cara como violada por una pizza saboyana, me hizo pensar que, si nos las arreglábamos para evitar un muerto y para meternos tranquilamente un poco de coca, todo aquello no dejaba de ser un buen calentamiento. Pero antes había que controlar el juego.

Malik inmovilizó al tipo con las rodillas una a cada lado de la cabeza hasta que este empezó a asfixiarse violentamente. En su frente aparecieron un montón de venas que salían de debajo de su piel como para saludarnos. Mientras tanto, yo mantenía al mío en el suelo a una distancia segura, amenazándolo con un trozo de madera que pillé del suelo. Miré a Malik, le salía un poco de sangre de la nariz y le brillaban los ojos con el orgullo del unicornio que aplasta a los coyotes a golpe de pezuña y lentejuela.

Yo unas horas antes me había metido un tripi y estaba flipando.

En todo aquello veía la danza eterna del universo, las fuerzas del cosmos defendiéndose de los ataques del caos, el auténtico inicio de una época heroica. Luego le dije deja que se vaya o te va a vomitar la lengua en los cojones, y nos fuimos.

Él dejó caer a aquel desgraciado, que se levantó como pudo, y luego le dio una patada en el culo y lo mandó a besar ladrillos.

Yo dejé al mío allí mismo y salí del callejón para ir a ponerme en la fila que se había formado a la puerta del club. La una de la mañana, hora punta.

Cara de culo a los tres quesos seguía tirado en el callejón, mientras nos fundíamos en la cola esperé que tuviese algo de suerte misericordiosa.

Una vez bajo la luz de las farolas vi pupilas dilatadas por todas partes, me volví hacia Malik y también yo puse los ojos como platos. Menuda pinta que llevaba. Dentro de mi cabecita recorrí la distancia que separa la Tierra del sol sin poder creerlo por culpa del ácido, pero maldita sea, era Malik, Malik en versión segunda temporada. Siempre había sido un poco gordo y ahora en cambio estaba impresionante, con unos brazos que eran como una pierna mía, pero que llevaba con tanta gracia que aún te gustaría verlos más crecidos. Tenía un aire a Beyoncé pero con grandes músculos y barba. El pelo rizado de su pecho sobresalía de su body color malva, cubierto en la parte inferior por unos shorts de vinilo negro. En los pies sus enormes tacones negros con suelas de plataforma, su arma favorita desde siempre para domar el gran circo de imbéciles que a menudo se alza a su paso.

Cada gesto de aquel tipo era para mí algo mítico. Acababa de reencontrar mi faro en medio de la noche, apenas tuve tiempo de sentir mis lágrimas de tipo débil que asomaban a mis ojos y él estalló en una carcajada, y yo con él, para no quedarme solo llorando como un mierda después de haber pateado a aquellos memos como guinda del pastel del reencuentro con mi mejor amigo.

–¿Así que no olvidas a tus viejos amigos Nino?

–Hostia puta Malik estás hecho una bomba, ¿qué ha pasado?

–Me he convertido en quien quería ser. Y tú, ¿en qué andas?, estás bien musculazo diría yo, ¿qué le has hecho a tu cuerpo de pollo?

–No me toques las pelotas, eso tú, que te has convertido en una verdadera mula. Yo hago flexiones, de todos modos no tengo nada mejor que hacer.

–Ven, no nos quedemos aquí, primero vamos a beber para agradecerle a los cielos que hayan reunido nuestros proyectos de borrachera y luego hablamos.

Lo había encontrado. Acababa de salir de la oscuridad del callejón más mujer que la Virgen aunque no era virgen desde hacía mucho, pero eso yo ya lo sabía. Me había reencontrado con él, mi instructor de vela, mi maestra de ballet, mi adorado husky, mi tipo de confianza.

Me dijo gracias cielo, te debo una pequeña, mientras me arrastraba hacia la puerta del club adelantando a un centenar de personas hasta darle un beso al armario congoleño que hacía de cerbero en el Ramsès, la pequeña colonia de los infiernos, cuyo umbral ya estábamos cruzando. Del brazo de Malik yo era como una joven novia introducida en la corte, allí dentro conocía a todo el mundo y yo, aparte de a él, tras tres años de ausencia, a nadie.

Después de unos treinta besos, una raya en el váter y otro shot de vodka, nos sentamos en un sofá mugriento a un lado de la pista donde podíamos oír lo que decíamos.

Me contó que después del instituto acabó dejando sus estudios de arquitectura porque eran demasiado caros, desde el primer año había sentido la distancia que crea entre los alumnos el tener o no tener pasta y se dijo en un tris que chupar pollas para pagar con qué construir maquetas de apartamentos de un lujo que él nunca iba ni a oler le resultaba demasiado deprimente. Al cabo de tres meses de arruinarse por nada y vérselas canutas para recibir la pasta de la beca, empezó a trabajar en clubes que luego exprimía al máximo, porque enseguida conocía a un montón de gente y apenas pagaba nada.

Primera clase, ya lo creo, estaba orgulloso de tenerlo conmigo. Siempre supe que Malik se convertiría en alguien aún más extraordinario que el adolescente dispuesto a quemarlo todo que había sido unos años antes.

Una vez reconstruido el pasado, me dijo ¿ves a aquella chica de allí? Le van los cachorros como tú, me ha pedido que te emborrache y te drogue para pasarte por la piedra. Yo le dije OK. Envíame todo lo necesario para estar en condiciones de que me follen. No nos costó recuperar los reflejos. Con él no hay rodeos ni palabrería de mierda, uno va directo al grano, sobre todo si es tema follar.

Así ha sido desde el principio. Yo lo sé todo de él, hasta el precio de un enema en oferta, y él lo sabe todo de mí, incluso el ruido que hago cuando lloriqueo.

La chica de la que me hablaba no eras tú, Lale, todavía no. Era una amazona de cuyo rostro no me quedé más que con los reflejos rojos de su vestido en las mejillas cuando nos cruzamos. Malik dijo Pauline, te presento a Nino.

Ella dijo hola Nino con una voz de la que fluían torrentes de sexo mientras me agarraba del antebrazo, me miraba fijamente a los ojos, luego rápidamente al cinturón o justo debajo y de nuevo a los ojos. Mi polla, bestia brava y dócil, se puso inmediatamente en guardia ante aquel alto mando del Estado Mayor de las calentorras.

Su vestido era realmente corto. Cuando se inclinó sobre la barra para gritarle su pedido a una cara pálida y traslúcida llena de chatarra le vi las bragas. Desde entonces, en un rincón reptil de mi cabeza ya no pensé en otra cosa que en aquel pedacito de algodón, y con la cocaína aquello quedó más o menos en ¡LAS BRAGAS! ¡FOLLAR! ¡FOLLAR! ¡FOLLAR!

Ella entonces me pregunta Nino, ¿qué haces por aquí? Yo domino bien las turbulencias de la borrachera y le digo no sé, he venido sin más y me he encontrado con Malik, un viejo amigo, nos habíamos perdido la pista. Aparte de eso no hago nada especial, ando en mis cosas, estoy a lo que pasa, espero una oportunidad, ya ves.

Creo que es mejor que hacer uno de esos viajes de comemierdas, con una mochila apestosa a la espalda en países donde todos los de mi edad son más pobres que yo. Me queda algo de pasta, pero no por mucho tiempo. Después tendré que trabajar, a menos que dé un buen golpe.

Ella me dijo uauu, así que eres un chico malo. Qué cool. Es cool sí, luego pensé que qué más te da que qué tonterías te salen de la boca que en realidad ya me la estás chupando con la mirada.

Qué edad tienes, Nino. Yo había celebrado mis diecinueve años no hacía mucho con un montón de hierba y música a tope en los auriculares, bailando solo en el tejado del edificio de la universidad, donde le alquilaba la habitación de extranjis a un estudiante que vivía en la de su novia tres puertas más allá.

Eso les permitía a los dos relajarse un poco a la hora de buscarse la vida, eran ciento veinte euros menos que sacarse de las venas para educarse, y yo es lo más barato que había encontrado por un espacio con las dimensiones exactas de una celda de prisión, nueve metros cuadrados y sin retrete. París, esa gran moribunda cuando llega la noche y hay que encontrar un lugar donde dormir.

Malik estaba a punto de fundir el metal de una de las jaulas del podio a fuerza de frotarse contra ella cuando se unió a nosotros para hacer una pausa.

Se pidió una copa mientras Pauline, mucho más mamada que yo, me metía la mano en el paquete. Apenas me terminé la copa ya estaba listo para volver a poner las fosas nasales en su excelente coca sacada directamente del culo de una mula colombiana.

Ahí nos pasamos por lo menos una hora cotorreando en el baño, contándonos la vida, lo que cada cual se había perdido de la del otro, hasta salir de allí con el cerebro batido en nieve, completamente pegado al techo del cráneo.

A punto de dar comienzo la primera de esas larguísimas noches bailando con el diablo, esperando hasta agotar cada canción para celebrar enseguida el nuevo ciclo del sol y su salida del abismo.

Todos los fines de semana reanudábamos la oración al astro rey, éramos como sacerdotes egipcios pero sin sus aburridos rituales. Follábamos con Apolo bailando toda la noche, sudando la gota gorda para que la barca del dios Sol se deslizase en ella y encarase el final del túnel hasta llegar al cielo una vez más. Yo mi túnel lo encontré en la boca de Pauline, cuyo dedo índice, para asegurarse de que mi polla se ponía bien dura a pesar de todo lo que me había metido, encontró el suyo en mi culo.

Me acosté con Pauline unas cuantas veces. Era divertida, inteligente y estaba buenísima pero poco más, y eso que me molaba mil que me la comiese con un dedo metido en el ojo del cíclope.

Lo supe después, Lale, la primera vez que sentí tu boca dándome de beber.

Cuando probé las aguas sagradas de tu cuerpo, te comí el culo y acaricié los pelillos allá al fondo de tus pequeños shorts. Entonces me di cuenta de que era ahí donde quería descansar mi cabeza el resto de la noche.

El momento en que me viste, en que me escogiste, fue unos tres meses más tarde, el tiempo que nos llevó a Malik y a mí volver a vivir pegados como dos putas asociadas.

Sé que asustaste a la otra chica que estaba conmigo, y no moví un dedo para evitarlo. Eras la más fuerte, así que cuando te hiciste conmigo y la otra, decepcionada porque yo no hiciese nada, se enfadó, esperaste al momento adecuado para barrer con sus mechas brasileñas los meaderos de los baños mixtos del bar donde estábamos. Eso me hizo mojar los pantalones.

Luego me llevaste a tu habitación a jugar al caballito mecedor sobre mi polla el resto de la noche hasta el alba. Asfixiaste a la serpiente y yo escupí toda el agua. Otra noche en que la barca del sol atravesaba el mundo subterráneo flotando sobre la corriente que salía de mis pelotas, otra noche en que salvaste el mundo gozando de mi boca. Al día siguiente me dolía la mandíbula y tenía una llaga enorme bajo la lengua, allí donde el frenillo entra en contacto con los dientes de debajo de tanto forzar para darte placer.

Me dijiste que estaría bien que volviésemos a vernos, quédate un poco por aquí aunque no sepas aún muy bien qué hacer. Y ya no me moví. Excepto estos días, el tiempo que me ha llevado volver a ser persona después de haberme colocado con toda la gama de colores que puede encarnar una pirula y que me echasen del ejército para volver a esperarte aquí.

Contamos con nuestra pasta y con Malik, que nos permite no tener que gastar más de la que tenemos. Te ha dicho que nos pasásemos por su casa para el before, que es como llamamos al aperitivo de medianoche en el que no solo bebemos, porque el alcohol por sí solo sigue siendo demasiado aburrido a la vista de todas las otras cosas que uno puede meterse ahora por la nariz o por la boca.

Nos tomamos aquí unas copas de Havana Club y se hace tarde, así que nos movemos. Caminamos con las manos en el culo hasta el metro dirección París Norte y, cuando llegamos a los bajos de su edificio, nos toca pasar en fila contra la pared para no pisar a la gente que duerme en el umbral de la puerta.

Un sexto y tampoco hay ascensor, pero al menos tiene buenas vistas, llegamos agotados y jadeando. La puerta se abre a un apartamento que viene a ser el doble del nuestro, es decir, además de una pequeña cocina, un pequeño baño y un pequeño dormitorio, hay una pequeña sala de estar y otra habitación minúscula que hace también de dormitorio. Es casi grande, y en casa casi nunca duerme solo.

Malik me frota la cabeza como si fuera su sobrino favorito y se mezcla con un mar de tipos jóvenes que anda metiéndose gotas de GBL mezcladas con cualquier cosa que sepa menos asquerosa siempre y cuando no lleve alcohol. Yo paso, ya me he puesto bastante tibio y arrancar mi primera noche en tanto tiempo con un coma, joder no gracias.

Hay muchos chicos, la mayoría de ellos van de negro, peña dark con las cejas decoloradas, la nebulosa Malik, toda una galaxia alrededor del más fuerte de los corazones. También otros jovencísimos, que vienen a parar aquí porque mola más que sus casas. A Malik le suda la polla, es un anfitrión cojonudo, casi cualquiera es bienvenido y si alguien se pasa, saca su atronadora voz de Zeus que hace temblar a los muertos y puerta rapidito. Si hace falta da alguna que otra torta, y si de verdad hace falta, saca el bate.

El apartamento vibra con el sonido, te busco porque quiero manosearte y darte algunos muerdos al menos un minuto. Así son los prolegómenos de cada fiesta, al ataque con la polla por adelante, el ridículo vendrá más tarde.

Te encuentro en la cocina, no te has movido de allí, venga al palique con Ava. Cuando te largaste de la casa de tu tío ella te hizo sitio en su cama, te dio un techo para que pudieses dormir a cubierto y sin que nadie te jodiese la vida hasta que nos volvimos a encontrar y te viniste a tiritar junto a mí. Sigue en la universidad, aunque para vivir tiene que robarlo casi todo.

Doy media vuelta, no quiero entrometerme en pleno guirigay de chicas buenas.

Malik me intercepta cuando vuelvo al salón, me presenta a Nico, Alec y Tom, tres tíos, uno con una falda negra y roja, unos slim y unas docs y una sudadera negra talla XXL sobre un cuerpo muy fino. Lleva Amor pintado a la espalda, se lo hace él mismo con acrílico. Es feo, pero qué más da, quién soy yo para decirle cuando la noche se nos lleva a todos por delante.

Rechazo una llave de ketamina de uno de sus colegas, él no. No me va mucho esa mierda, me abisma en una puta barca sobre unos mares demasiado movedizos.

Para Malik es diferente, él está estable, y tras un mes de abstinencia en el pueblo se siente goloso. Coge el teléfono que hay conectado a los altavoces, limpia la pantalla en mi hombro y lo coloca plano. Mezcla un poco de coca y ketamina con su tarjeta de la Seguridad Social, me sonríe y exclama ¡Calvin Klein! Pajita, snif, un golpe de cabeza hacia atrás y luces verde y rosa bailando despacio en el aire a nuestro alrededor. Malik también baila y todo el mundo empieza a sacudirse duro, a armar lío. Nico y Bishop, a quien llamamos así porque antes de dejarlo todo y venirse aquí estaba en un seminario de Boston, han ido a cambiarse y ahora vuelven moviendo los brazos, un poco menos humanos, un poco más criaturas. Un vestido hecho con una esterilla de gimnasia rosa y una cuerda de saltar, tul y pintalabios rojo, botas de siete leguas y peluca de bruja. Todo un puto look.

Yo soy dragón de fuego y tú dragón de hielo y bailamos, dejamos que el aire fluya entre nosotros, le hacemos cantar cosas dulces y cosas de sexo. Desde el fondo del paraíso asciende ahora un teclado hasta colmar las murallas y hacerme mover el cuello, cuando alguien vuelve de la cocina con un bol de cóctel a base de ginebra y violeta. Lo pruebo y pienso que aunque me apetece un mai, mejor esperar a estar un poco menos taja porque si fumo ahora la bola va a darme vueltas en dos sentidos diferentes.

Hay mucha gente, colegas, camaradas de la fiesta, solo gente que vuela bajo unas luces menos blancas que las que nos ofrece el día. Nada importa mientras haya bebida y buena música y el sol siga escondido.

Le paso mi costo a esa parejita de chavales que no parece comer lo que les apetece, seguramente porque a los diecisiete lo que más les interesa no es precisamente comer. Descubren esta pequeña felicidad del entre mundos, después de la escuela obligatoria y antes de las cascadas de mierda que te golpean la espalda y te impulsan una vez ya estás metido de lleno en la vida. Se llama libertad, es hermosa y no dura mil años.

Cuando llega la hora de la misa negra, nos adentramos en grupo en los abismos del club y te veo eléctrica y brutal así que te arrastro a bailar. Pegados uno al otro voy reconociendo cada centímetro de una piel que veo mejor cuando las luces son rojas. Estás ardiendo y yo también, pero la única agua que bebo es la de tu boca. Toco tus dedos en tus caderas y no quisiera que esto acabase jamás.

Tengo el corazón colmado de ti y los oídos llenos de una lujuria que me golpea las sienes con cada subidón de éxtasis cada vez que cierro los ojos. Vamos donde los otros, dibujo en el aire figuras aleatorias que hacen que Malik se parta de risa.

Siento que me caigo igual que se me ha caído el vaso, que resbala de mis manos por tercera vez. Apoyado en la pared disfruto de un descanso en este cuarto pequeño donde todo el mundo fuma.

Nos queda tela para varias horas pero no tengo energía para dejar que el gris del cielo me saque los ojos, así que hacia las seis me anticipo para llegar a casa a acostarnos antes de la catástrofe y poder cerrarle las persianas en los morros.

En el metro tu cabeza sobre mi hombro, cierras los ojos y esperas al final de la línea. Yo intento leer los carteles, pero no puedo porque las ventanas se mueven demasiado rápido. Es el primer metro, uno de esos en los que quedarse dormido no es demasiado problema. Cuando llegamos te doy un beso, luego huimos de la tos de invierno del metro y de esos pasillos que apestan a meado frío.

Una vez al aire libre, no nos queda más que caminar, colgados uno del otro, evitando los agujeros de acera remendada. Pasamos por los vertederos, los árboles más bien sucios y los restos de camionetas sin motor donde duermen personas que no tienen dónde dormir.

Hay palomas arriba volando y ratas abajo galopando, viejos sacando las bolsas de plástico de las papeleras de forma metódica para destriparlas y ver si hay algo dentro que valga la pena. Eso ensucia las calles pero a mí no me molesta.

Lo que sí me jode es lo mal que pintan las cosas si no sale algo pronto. Pero enseguida lo olvido porque tú me dices que me quieres y con eso, con miseria o sin ella, me basta para seguirte en la parte trasera de todas las furgonetas destartaladas del mundo.

Una vez en casa, el horno encendido y tu cuerpo desnudo bajo el cobertor, me lío un último porro al son de los vecinos de abajo que riñen a tres bandas, él, ella y el bebé que grita. Mi cabeza me susurra que, joder, en esta vida eso de tener hijos tampoco es que sea obligatorio.

Siento tu boca sobre mi cuerpo, me dejo caer mientras el humo asciende y tú vas descendiendo, te doy la vuelta y me dispongo a tapar el altercado de abajo, pues preferimos nuestros gritos a los suyos.

5

En el momento en que suena el teléfono todavía estoy debajo de las sábanas, pero en cuanto veo que es un número que no jugaría a la lotería aparto mi cabeza de tu suavidad.

Tú sigues durmiendo, completamente desnuda, con el pelo cubriéndote el rostro, y como un león al que le joden la siesta gruñes por el ruido que hago. Yo también voy en pelotas, pero abro la ventana un instante para escupir lo que remonta cuando me aclaro la garganta, la melodía matutina del fumador. Pero cierro enseguida porque tienes frío y me das patadas para demostrarlo. Contesto.

–¿Paradis? –Es el jefe–. Te necesito mañana a las 5.30 en la central, ¿algún problema?

–Hmm... Ningún problema, me las arreglaré para llegar. Pero a esas horas igual es difícil, por tema transporte.

–Si es complicado te las apañas, haces autostop o tomas un avión, pero estás allí a la hora.

–OK OK allí estaré, no hay problema.

–Eso es, hasta mañana Paradis. Por otra parte, Paradis, me estaba diciendo, ¿es un apellido de verdad?

–Sí señor ese es mi verdadero apellido.

–Vaya es gracioso, leído me parecía normal pero dicho suena un poco tonto.

–Si a usted le parece señor.

–Que tengas un buen domingo Paradis, y no olvides volver a bajar para venir a trabajar.

–No se preocupe allí estaré.

Qué cabronazo. 5.30 es una puta mierda. Me enciendo una punta de petardo que andaba por ahí y cuento las horas que me quedan antes de tener que salir, luego vuelvo a dormirme.

Cuando salgo estoy en medio de la nada, de una oscuridad pringosa, del amarillo de las luces que lloran el cansancio de la calle. Todo se me viene encima, desaparezco al fondo de unas paredes que me engullen.

Nada es cálido, leve, nada es como tu cuerpo que todavía se arropa un poco en el trozo de mundo que ahora dejo atrás.

Camino rápido porque necesito la pasta y no quiero que me echen la bronca.

Camino rápido porque a estas horas no hay metro y tengo que llegar a la central cuando toca para que no me joda la mala coordinación de las fuerzas de la noche y del comienzo del día.

No era fácil pero llego a tiempo, mi teléfono está en hora, el resto está en hora, son las 5.30 pero no hay nadie. Solo yo, el frío, los ladrillos y las farolas que mean su fulgor a sus pies.

Espero. Espero un buen rato en la puerta de servicio y luego doy una vuelta al hangar.

No hay nadie. Espero una hora. No quiero llamar porque si el que se ha equivocado soy yo voy a quedar como un idiota y me van a despedir por llamar al jefe a unas horas a las que al jefe no se le llama.

Y si el que se ha equivocado no soy yo, si ha sido él el que me ha hecho levantarme a estas horas de mierda también cerraré el pico. Porque no hay otra. Así que no digo nada, espero.

Los primeros no tardan en llegar, los cocineros que abren cajas y cocinan cosas precocinadas. Le pregunto al jefe del equipo si tiene alguna idea de por qué estoy aquí tan pronto. Me dice que no lo sabe pero le hace gracia, me dice que mientras espero a mi supervisor mejor me pongo a limpiar los váteres y el vestuario porque si estoy aquí no es para holgazanear.

El resto de mi equipo llega dos horas después que yo, a eso de las 7.25. Me digo que no debí de entender nada porque estaba medio dormido y como justo después me encendí los restos de un peta los datos no debieron de llegarme claros.

Estoy jodido por haber tenido que esperar al raso sin terminar la noche como quería, y por haber tenido que tragarme ese olor a lejía y a fregona en los cagaderos como único desayuno. Sigo al equipo al vestuario.

Luc llega y hace la llamada. Me pregunto si en su ficha dice que yo ya llevo aquí dos horas, a menos que realmente me lo haya imaginado y mi cerebro haya inventado frases que nadie dijo.

No hay jefes a la vista, nos cambiamos y de camino hacia el camión voy con los dedos de los pies encogidos porque así los zapatos me molestan menos. Nos pasamos el día sirviendo en la fiesta de jubilación de un ejecutivo de una empresa de informática, un garito que vende software de gestión para centros escolares. La gente no es muy guapa, un poco deforme, su ropa un pelín más cara que la del personal de Coccimarket de delante de casa pero aun así horrible. Cuando tienes dinero pero no tienes buen gusto, más vale irse a la mierda que salir de shopping. Las mujeres tienen los culos y las tetas caídas y los tíos michelines por encima del cinturón, y eso que no son viejos. Cuando me piden que les llene un plato con esto o con aquello, por lo menos una vez de cada dos siento ese olor atroz del café soluble mezclado con el del cigarrillo. Ante ese desfile de alientos podridos, tengo que esforzarme para no servirles un poco de la bilis que trata de abrirse paso hasta mi boca.

En la empresa también hay dos o tres jóvenes algo mayores que yo. No nos parecemos. Tampoco ellos tienen muy buena pinta. Demasiado culo sentado, demasiada docilidad integrada desde la primera escuela. En las vías de la vida, han decidido recorrer el camino trazado y dejan cortésmente que los de los michelines derramen sobre sus orejitas litros y litros de paternalismo sobre lo que hay que saber acerca de cómo funciona el mundo. Y todo eso sale de unas bocas llenas del tocino rancio de tantos años como han pasado esperando a ser lo suficientemente viejos para justificar su pinta de gente con pasta y se dicen que ese es el camino, que a su edad mejor achantarse delante de ellos y dejarles hablar porque así es como funcionan aquí las cosas. Treinta años de carrera para desfilar ante un residuo de juventud, pozos de ciencia excavados en el agua, nada debajo de la fachada, solo el viento que hace silbar los bordes del agujero y susurra en mis oídos.

Uno de los viejos se inclina un poco sobre una joven al hablarle y yo me digo que eso me suena, tipos apoltronados en la edad y la grasa que inclinan su cuerpo imponente para meterte la boca en la cara y arrojarte todo su contenido, convencidos de estar trajinando con algo de un valor enorme. Y veo a la chica hacer lo que siempre ha hecho la juventud, esperar a que todo eso pase con mucho cuidado de no alimentar al parásito.

Apesta a una miseria que no es la miseria de los bolsillos, sino la de las cabezas y los culos.

Y para terminar, una emoción casi tan rebosante como les rebosan de la boca las tartaletas del bufé. El superior que dice unas palabras sobre el viejo que se va, con todas esa bolitas blancas debajo de los ojos. Él, que si el placer del trabajo bien hecho y el orgullo de haber formado parte del proyecto. El otro que si el chiste de mierda de rigor y que se acabó, gracias por tu vida. Total, tampoco tenías pinta de tener nada mejor que hacer.

Lo recogemos todo, cogemos el dinero, cuento el mío y veo que las dos horas de más no están contadas, está claro que debe de habérseme ido la olla, mejor dejarlo correr que hacerme mala sangre.

Al llegar me cuentas que tú también has encontrado algo para ir tirando mientras esperamos.

Mientras esperamos a qué, eso ya no lo tenemos tan claro. Mientras esperamos a encontrar el truco mágico para manejarse con la vida sin tener que aguantar todas estas mierdas.

Vas a cuidar de unas niñas, una familia en París, en Saint-Paul. Tú eres la que a decir de las niñas tenías un aspecto más agradable, según las fotos que enviaste con la carta de presentación que pedía el anuncio.

En este momento aún no lo sabes, pero los padres son tan tacaños que sufren en lo más íntimo de su ser por pagar por el servicio.

Los tacaños no me gustan. Las niñas tampoco. Pequeñas zorrillas salidas del coño asqueroso del palacio de la estupidez. El infierno del dinero, la lepra del puterío royendo el corazón de unas criaturas que han venido a aterrizar en el seno de una familia que gana mucho y ahorra demasiado.

Pero de todo eso de momento no sabemos nada, nada del culo de siete años que berrea dos pisos más abajo para que le limpien todo cuanto no ha convertido en celulitis juvenil, y que le sale por el agujerito de esa asquerosa y pegajosa masa que te va a tocar limpiar con tus preciosas manos. Nada del pánico que leerás en sus ojillos cuando le propongas que le dé uno de sus viejos pares de zapatos a su amiga de clase que tiene los suyos destrozados.

Nada tampoco de la mirada de adoración de los padres a su descendencia. Como si fuese tan sumamente valioso cagar la sangre de tu sangre en forma de esas cositas pequeñas y ruines, y alimentarlas para que crezcan y crezcan y pasen a formar parte de los seres que se zamparán la tierra, el cielo y los astros.

Pero de momento es una buena noticia, te pagarán ocho euros la hora al final de cada semana. Trabajarás los lunes, martes, jueves y viernes desde después del colegio hasta que lleguen los padres. Cuatro horas cada vez, ciento treinta euros a la semana.

Mientras me lo cuentas todo, yo me siento como si flotase en cometa sobre el cielo de Kabul porque apenas he dormido. Recibo un mensaje del jefe. Mañana a las 7.30.

Está claro que me equivoqué. Dos horas de más en el trabajo, qué idiota, no puedo creer que haya hecho eso.

Al día siguiente lo mismo, llego y me cambio, no hablar, no mear y toda la pesca, al final casi me acostumbraré, casi haré como si allá en el fondo del estómago no hubiese nunca la presión suficiente para atravesar la jaula.

Llegamos al escenario del día, un simposio de gente del cemento que habla de técnicas para hacer hormigón y de costos de transporte. Transcurrida una hora sin novedad, el jefe, que hoy está aquí, me da diez pavos y me dice que ya no me necesita, que en el evento hay menos gente de la que esperaba, que he terminado. Luego se larga y yo allí, con la pasta suficiente para comprar papel de váter, pasta de dientes y poco más.

Me jode un poco, pero como fuera casi hace buen tiempo, como si fuésemos a darle esquinazo al invierno, y lo que queda de esa luz no va a durar para siempre, salgo. Voy a dar una vuelta, veo el agua fluir bajo los puentes pero los zapatos me joden los pies, así que al final pillo el metro y luego el tren hasta la central para recoger mis cosas y vuelvo a casa.

Paso por la tienda a comprar lo que necesito y me doy cuenta de que por culpa del metro y del autobús no me queda bastante para la pasta de dientes. Tampoco es tan grave, cojo el tubo, miro a derecha e izquierda y lo robo. En el tren no pago nunca, demasiado caro y los nazis vestidos de verde mierda pocas veces están por allí.

Al día siguiente lo mismo, llego a la hora que toca, hago lo que toca y al cabo de poco más de dos horas me viene el tipo y me dice que puedo irme a casa, me dice para mañana miras el tiempo, si hace bueno vienes, si no no vienes.

Yo le sugiero que si es para decirme que me vuelva a casa apenas llego no está obligado a llamarme. Él se me acerca y, con la mayor cara de hijo de puta de que es capaz, me dice que si no estoy contento siempre puedo dejar de venir y quedarme en mi sofá viendo cómo pasan las horas.

Al final me he dado cuenta de que me estaba jodiendo la vida por pura diversión. Todo por Mathilda, a quien ya no he vuelto a ver. Al volver a la central para cambiarme me ha quedado todo clarinete. Como estábamos solos, el tipo que se encarga de la limpieza cuando salen los equipos, que ya era la segunda vez que me veía volver al poco de haberme ido, me ha contado la historia. Mathilda llamó al jefe para que le pagase sus horas, o por lo menos para intentarlo. Debió de decir mi nombre, él debió de decirle que se fuera a la mierda, y luego debió de colgar para ponerse a cavilar cómo joderme. Y cuando eres jefe no hace falta ser muy listo para imaginar cómo joder al personal, hasta el más capullo es capaz de hacerlo.

–Mierda, ¿y ahora qué hago?

–Te vas a tu casa y aquí no vuelves más. Ahora ya no va a parar, va a seguir haciéndote lo mismo hasta que te hartes, ese es su método.

–¿Y no bastaría con decírmelo y ya está? ¿Tiene que ser aún más puta que la puta de su madre?

–Así es como más le conviene, no le cuesta nada y tiene a su gente tranquila. En cuanto a ti, un día estás aquí y al siguiente ya no, pero él no te ha despedido, has sido tú. Has hecho lo que tú querías, él se ahorra los gritos, los otros no se enteran de nada y todo arreglado.

–Qué hijo de puta. No tiene nada mejor que hacer qué putada y yo me he dejado joder pero qué idiota. ¿Tienes un cigarrillo por ahí?

–Toma, pero espera, vamos a la puerta a fumar. Ya ves, uno nunca se imagina hasta dónde puede llegar la gente, pero no te preocupes, ya encontrarás otra cosa. Tal vez incluso sea mejor que aquí, además eres joven, puedes hacer lo que quieras así que apáñatelas y sigue adelante. Olvida todo esto y mira a la vida de frente.

Me fumo el cigarrillo, digo adiós, miro a la vida de frente y me largo. Compro diez pavos de crédito para mantener viva la sim de mi teléfono. Llego a casa con los diez euros que me quedan en el bolsillo, me he colado en todos los transportes porque no parece que vaya a ponerse a llover billetes ahora mismo, billetes no tengo más que uno y es de solo dos dígitos, un 1 y un puto 0.

6

–¿Hola papá? Soy Nino, no sé dónde estás ahora, supongo que debes de haber vuelto. Este es mi número por si quieres llamarme. Por aquí todo bien, buscándonos la vida pero Lale vive conmigo, estamos juntos, me gustaría que la vieras. Si no no importa nos las apañamos. Avísame cuando oigas mi mensaje, si podemos iremos a verte.

La cama devastada por el aliento y los cuerpos agotados en sábanas húmedas. He soñado que tu piel sabía a una fruta exótica. Veo tu fantasma en una luz blanca. Una luz que me resulta conocida, que ya he visto antes, es la luz de la mañana.

Mis ojos se abren a la pared de enfrente. Para hoy quiero oro, una fortaleza, la compañía de las fieras y un gran espejo. Abandonar finalmente el rombo de las Bermudas.

Me levanto y me pongo mis jeans sin calzoncillos porque no me apetece, luego voy a la cocina a buscar el paquete de galletas Pépito y me las como mientras miro por la ventana, luego echo un ojo al teléfono.

Un mensaje de Malik que quiere verme hoy y un mensaje para comprar la bicicleta que me encontré ayer en la calle. Quedo para esta noche. Fin de mes para mí no significa tener que aguantar hasta que llegue la pasta, sino que ya no me queda mucho para reunir la pasta suficiente y meterla en el buzón del cabronazo.

Por la tarde llamo a Malik mientras tú te preparas para ir a casa de esas dos sabandijas. Es miércoles, pero papá y mamá van a ver a una vieja a la que tienen metida en una residencia a tres horas de París.

En el metro nos separamos, te beso dos veces y tiro para su casa.

Después de pasar por encima de la familia-acera en los bajos del edificio, llego a casa de Malik agotado por las escaleras. Él abre sus dos grandes brazos y yo caigo entre ellos. Música a tope, la baja cuando vamos a sentarnos al salón, donde el cielo clemente se esparce por el suelo. Una vez echado en el sofá birra en mano, me mira con su sonrisa de estrellas y espera a que hable yo.

–Cuéntame Nino, quiero saberlo todo.

–¿Por dónde quieres que empiece?

–Por el principio, ¿qué es esa locura? El otro día Lale me dijo que estuviste a punto de cambiar de identidad y desaparecer, te dejo solo tres semanas y te quedas pajarito, Nino, ¿qué pasa, ibas demasiado cargado?

–No vayas tan rápido, deja que te explique. A principios de año, antes de que te fueras, encontré ese curso que para mí era gratis, con teatro y toda la pesca. El tema es que fui unas cuantas veces, era un poco raro pero vaya, seguí yendo, tenía el tema controlado. Por lo menos es lo que yo pensaba. Y como la gente no se conocía demasiado, pues se nos ocurrió irnos de fiesta, todos juntos, ya sabes, salir a bailar para descomprimir un poco. Yo no estoy muy metido en el grupo, es peña que habla todo el rato de cosas que no conozco, me siento fuera de onda total, pero no me rindo. Como hay una gran fiesta en la antigua estación del este, les digo de ir, ellos es un ambiente que no controlan y la cosa les tienta, así que me digo esta es la mía, porque en todo lo otro empiezan a mirarme por encima del hombro. Y es que esas conversaciones en que la gente se la pasa citando nombres conocidos pero no tanto para hacerse los listillos y meneársela todos a una a mí no me va.

–Ya, o es que ahora no lo necesitas.

–Gracias por tu apoyo, muy gracioso. El tema es que llega el fin de semana y antes de salir nos pasamos por casa Élodie para calentar motores, así que me llevo a los demás para tratar de mezclar un poco las bandas. Al final, allí estamos un poco más de la mitad de la clase, con Ava y el resto de la peña, más otros colegas de no sé quién. Quien no vino es Lale, que se quedó en casa fumando canutos tranquilamente.

–¿Soy yo, o cada vez que sales y ella no está las cosas siempre acaban saliéndose de madre?

–No vas desencaminado. El caso es que aquello está petado, los artistas tienen pasta, todo el mundo lleva sus gramos, yo estoy seco, allí hablando con no sé quién, todo exaltado como siempre. Tal como avanza la noche, cada vez la gente está más cocida, y hay un tipo ahí, un tipo que no sé de dónde ha salido pero que no deja de tocar los cojones ya sabes, un puto pesado, el típico al que al final tienes que acabar echando porque va demasiado lejos, se pasa todo el rato y no quiere entender lo que le dicen, le suda la polla, un puto mierda vaya. Ya al principio la cosa se puso tensa porque no dejaba de pedirme un porro que estaba rulando. El tipo me ve fumar y me dice tú tienes un mai dame tu mai. Lleva el pelo largo pero limpio y una barba bien arregladita. El caso es que me veo obligado a entrarle. Le digo que relaje, que aquí todos somos amigos y que estamos todos de fiesta y que las cosas se piden bien. Y además tú quién eres. Resulta que era el primo de uno de los chicos raros de la clase, uno con el que no me llevo demasiado, con risita de tonto del culo y frasecitas de mierda. De los que lo saben todo y luego no tienen ni puta idea de nada, ¿ves a lo que me refiero?

–Como si lo tuviese delante, sí.

–Un tipo chungo, vaya, mala onda, pero la cosa se queda ahí y todo el mundo sigue a lo suyo dale que te pego hasta que en algún momento decidimos movernos porque empieza a ser tarde. Pero Élodie no se encuentra bien, está cansada, demasiado bebida, el tema es que se mete en la habitación y nos dice que finito, id vosotros yo me quedo, estoy demasiado borracha, así que tomamos el portante para dejarla dormir.

Yo estaba meando así que salgo el último, ya no queda nadie, me voy abajo con los demás y cuando llego, mierda, me he dejado el vodka. Subo rápido, me balanceo porque voy tibio, empujo la puerta que me había dejado mal cerrada al salir, enfilo hacia la cocina y cojo la botella. Entonces oigo algo del lado de la habitación, un ruido raro, y me digo si Élo no se encontrará bien, yo qué sé si se estará asfixiando o algo, así que voy a echar un vistazo. Empujo la puerta de su habitación y colega por poco llego tarde. El hijo de puta de antes, el de la jeta de escobilla de baño lavada al aceite de coco, ¿pues no la estaba desnudando? El muy cabrón no había salido, la había estado controlando toda la noche porque ella estaba puesta y pensó que cuando nos fuésemos todos podría tirársela. Élo, que estaba en la nubes, apenas movía los brazos para sacárselo de encima, las fuerzas no le llegaban para más, y es cuando yo me hecho encima de él. Él tampoco iba muy claro, así que se golpeó la cara y yo lo arrastré por la chaqueta pegándole en la cabeza, y una vez en el rellano lo tiré escaleras abajo, pero ya sabes cómo es su casa, está en el primero así que no es muy alto. Bajé yo también, lo tiré en medio de la calle, le pegué en la cara y luego lo golpeé contra el suelo cogiéndolo de los rizos. Y los otros al lado gritando estás loco Nino pero qué pasa, para ya y blablablá. Entonces me levanto y es cuando veo sus caras completamente horrorizadas, yo tampoco me siento bien del todo, hasta las orejas de coca y con el tripi que me había metido antes en previsión del trayecto que va y me sube de golpe. Me doy cuenta de que soy el único que está al tanto de lo que ha pasado, que todo aquello a ellos les parece completamente gratuito, y ahí sí que me asusto. Pensé que el tipo estaba muerto porque tenía ahí a su colega que no paraba de decirlo y eché a correr. Al llegar a casa me pasé no sé cuántas horas cagado de miedo, preparé mi bolsa, cogí lo que necesitaba y cerré el apartamento. No le dije nada a nadie excepto a Lale aunque le mentí, me fumé lo que llevaba encima y me fui a la Legión donde, colega, me dio la bajona más jodida de la historia, un delirio. No había ni papel en los cagaderos, así que para limpiarme tuve que coger servilletas del comedor. Más o menos en resumen eso es lo que pasó.

–Joder Nino eres un puto enfermo. ¿Has sabido algo de Élodie desde entonces?

–No, te confieso que no la conozco muy bien y eso me hace sentir un poco incómodo. Lale sí, solo sé que no fue a la policía eso es todo.

–Normal, y el curro que has encontrado, ¿cómo va?

–Me largué ayer, otro cabronazo, ese. Sea como fuere se acabó, tengo en mente un par de cosas y si es como el resto, que se joda el trabajo, no voy a trabajar, ya haré otra cosa.

–¿Otra cosa como qué?

–No sé, algo bueno, concreto, como cultivar, construir cosas.

–¿Vas a ponerte a plantar hierba Nino?

–Qué va, lo he dicho por decir, estaba pensando en un jardín. Estaría bien, ¿no te parece? Tener una casa con jardín, con sol, cultivar frambuesas. Salir desnudo por la mañana, caminar descalzo por la hierba hasta las frambuesas y comerlas sin más.

–¿Todo bien Nino? No te veo muy centrado cuando hablas de jardinería.

–Y yo que sé, Malik, no sé qué voy a hacer, cada vez que intento algo se va todo a la mierda.

–Sin embargo eres mono, solo con esa carita tuya te las podrías arreglar.

–¿Y qué hago, follarme a ancianas? No conozco a ninguna y además yo eso no sé cómo se hace, si lo intento seguro que también la jodo.

–¿Has pensado en el Farfadet? Me lo encontré hace unos días, está de buenas, le va bien. Quizá tenga algo para ti.

–Mierda no no lo había pensado. ¿Sabes cómo contactar con él?

–Fijo, no sale de su casa más que para ir a ver a sus clientes y comprar cigarrillos, todo lo demás se lo hace entregar a domicilio, llévale un regalito cuando vayas a verlo.

–¿Sigue en Ménil?

–Sí, sigue en la cueva. Anota su número y escríbele, seguro que te ayuda.

–No me ayudará, encontrará una manera de hacerse un favor haciéndomelo a mí, es un puto zorro.

–Tampoco es para tanto, está hecho un mercachifle pero tiene buen corazón. Si puede hacer algo por ti, lo hará. Además a ti qué te importa, mejor entenderse con él que con el tipo de gente para la que trabajas normalmente. El Farfadet es buena gente, contigo siempre ha ido de buenas, le encantará verte ya verás.

–Si tú lo dices. ¿Malik?

–¿Sí bombón?

–¿No tendrías algo de pasta para dejarme por favor? Ya ves que la cosa no va bien.

–No te muevas.

Sale del salón hacia su cuarto y vuelve con doscientos euros en billetes de cincuenta. Me los da sonriendo. No puedo querer más a este tipo, ni siquiera le doy las gracias porque es lo suficientemente fuerte para oír cómo lo pienso. Le doy el porro que tengo en la mano desde el principio de la conversación.

Él me mira con sus ojos de chico malo, lo enciende y me revuelve el pelo ahora que conoce el reverso de la crisis.

Me habla de él, de su trabajo, de los viejos que acuden al bar por la noche a beber para no estar solos y ver un poco de juventud sonriendo y charlar de cómo eran las cosas antes del sida. Yo le hablo de ti, de cuánto te quiero, de cómo han ido las cosas desde que te viniste a vivir conmigo, de lo complicado que es el amor.

Se ha cambiado el pelo, lo lleva rapado muy corto por los bajos y teñido de rojo por arriba. El rojo con el blanco de los ojos es la hostia.

Sigo sentado y él se levanta frente a mí, se queda así, fumándose el porro con la cabeza vuelta hacia la ventana.

Visto desde este pingajo de sofá todavía parece más grande, como más mayor de lo que su cuerpo dice. Y yo me digo que guarda secretos que no conozco, mientras que él de mí lo sabe todo. Intento no mirarlo pero no puedo, con esos destellos del cielo de diciembre derramados sobre sus mejillas y la luz tintineando contra el negro de su piel.

–Y Lale, ¿qué tal le va?

–Tirando, hace unos días vinieron sus padres, creo que está bien.

–¿Sigue enfadada con ellos?

–Sí, pero también entiende que para ella quedarse en Turquía no era una opción. Es demasiado abierta. Y con lo que fuma le hubiesen caído sesenta años de prisión antes de cumplir los dieciocho. Pero sé que los echa de menos, aunque nunca hable de ello. Creo que sobre todo está enfadada con su madre.

–¿Por qué con su madre?

–Ella fue la que decidió enviarla aquí con su tío, un día ese idiota le pegó una hostia y ella se largó a casa de Ava. Lale es así, hace lo que le da la gana. Por otra parte su tío es un puto cabrón. Su padre la llama comadreja desde que era pequeña, y su tío, que no puede soportar a su padre, porque no puede soportar la idea de que su hermana se haya emparejado con un turco, la llama pies negros. Para él, los turcos, los árabes, son todos moros y punto. Ya conoces a Lale, eso no podía durar mucho, empezó a joderla hasta que ella se cansó de ver su jeta cada mañana y se largó. Prefiere buscarse la vida y ver la mía.

–Y tu padre, ¿sabes algo?

–No. Le dejé un mensaje, pero creo que no se maneja con el contestador.

–¿Y sabes dónde está?

–Tenía que subir en un barco desde el sur de España, debería haber llegado no hace mucho. No sé, más tarde intentaré llamarlo.

–Debería cuidarte un poco más, dejarte así a la buena de Dios no es normal.

–Está currando, ya sabes, se pasa el tiempo en el agua, así es. Además, todo está muy claro desde el principio, me dejó elegir.

–Pero Nino no es normal que no haya nadie con vosotros, tú y Lale sois unos pipiolos, no me gustaría que os pasase nada.

–No hay nada que él pueda hacer, figura, ni siquiera sabe nada de esto, para él todo va bien, cree que lo estoy pasando en grande en una escuela y que podré hacer con mi vida lo que más me guste.

–¿Por qué no se lo cuentas? Podría echarte un cable, ¿no?

–Porque no quiero que se entere, se ha partido la espalda por mí y no quiero que piense que no ha servido de nada y que vea cómo me las apaño para cagarla siempre.

–Tú sabes que lo estás haciendo genial. Tienes contigo una chavala genial, e incluso si lo haces todo a tu manera, que no siempre es la manera más fácil, ahí estás, sigues adelante, ¿o no? Y lo más importante, Nino, es que no eres un comemierdas, eres un buen tipo, seguro que al final te va bien. Aunque a veces te comportes como un imbécil. Contacta al Farfadet, fijo que hay algo para ti. Ahora tengo que prepararme, me he hecho un corsé y necesito que me ayudes a cerrarlo y luego salgo, nos vemos el finde y salimos de fiesta.

Así que pasamos a su habitación y Malik se pone su traje de actriz en la alfombra roja. Cuesta creer que sea posible, cómo un cuerpo tan grande puede caber en tan poca ropa, y cómo todo junto crea en él y en todo lo que lo rodea un efecto tan espectacular. Tengo la sensación de que nunca va a dejar de crecer, de que siempre va a ser más grande y más fuerte, con esas manos conectadas a un flujo de energía que no se ve pero que sale de aquí por todas partes para pegarle fuego al mundo entero.

Vuelvo a cruzar la ciudad sin verla, atrapado en los tubos que nos arrastran y se ocultan en el ring de los ratones. Ahí están, entre las vías cuando espero el cambio en el borde del andén. Al principio solo veo al pequeño con su bigote de niño mirando con la boca abierta en la oscuridad de las piedras, es la calle bajo la calle. Y en la oscuridad de las piedras veo los diminutos puños grises de los ratones grises dándose tortazos. Los dos inclinados en un abismo en el que nunca pondremos el pie, mejor dejar la guerra de los habitantes del país de las vías para ellos solos, hasta que llegan al muelle los vagones y lo desbaratan todo con su violento soplido.

Recojo la bici y vuelvo con ella al metro para ganarme los cuarenta euros por los que la voy a ceder, luego me voy a casa. Cuando llego a la planta baja, pienso que arriba no queda nada que fumar y que subir con las manos vacías no sirve de nada, así que me dirijo al edificio detrás de la tienda.

Llego al parque que bordea las torres y los chavales están ahí como siempre, los pies y las manos sobre el cemento. Ni siquiera les hago una seña, ni con la cabeza ni con nada, le echo una mirada rápida a Adam y enfilo hacia el edificio de atrás.

No miro a mi espalda, sé que me sigue a poca distancia. Llego al vestíbulo y me meto en el pasillo de la salida de emergencia, dedico los treinta segundos que me separan del gesto a estudiar el suelo. No hay gran cosa, colillas de cigarrillo con la cola blanca al aire y algún que otro resto de canuto.

Llega Adam, me dice bien y yo le digo igual. Necesito veinte euros, así que le cambio la mitad de mi bicicleta por un poco más de cuatro gramos de un costo que se pega a los dedos y en cuanto le das fuego te mete una bala entre ceja y ceja. Es lo que estoy buscando, algo que me gire del revés en cuanto empiece a hervir en la punta de la brasa.

Media bicicleta gratis, por algo que durante unas horas vuelve invisibles todas las mierdas que te joden la vida, no es tan caro. Por ver cuando vuelves a casa la sonrisa aliviada de alguien a quien le ofreces uno de los placeres de la vida no es tan caro.

Algún día tendremos una bañera. Nos bañaremos en ella. Mientras tanto, recorro el parque y cruzo la calle con el semáforo aún sin arreglar. Un día nos dará un disgusto. O eso o las tejas del alero hecho mierda del bar en los bajos. Me imagino el escándalo, un bebé muerto en un cochecito por culpa de una teja caída. Un bebé muerto porque la ciudad se le ha venido encima. No sería bonito. No me entretengo y me adentro en los pisos mientras la noche se adentra en el cielo, y entre una cosa y otra me digo cuándo vas a volver. Te echo de menos, Lale.

Afortunadamente no tengo que esperar mucho tiempo, y como un cachorro te salto al cuello con el peta en los labios y a punto estoy de prenderte el pelo. Tú lo retiras enseguida para pegarlo a los tuyos y respirar un poco de aire fresco.

–¿Cómo ha ido?

–No está mal, son bastante listas. Les gusto. Pero no te lo pierdas, me ha tocado limpiarle el culo a la más grande, y eso que tiene casi ocho años. Para flipar.

–¿En serio? Pero es asqueroso, ¿no?

–Sí, bastante desagradable, le voy a dejar claro que a su edad ya tiene que apañárselas solita. Como en la escuela, allí no es la maestra quien se ocupa de eso.

–¡Qué raros son los ricos! ¿Qué sentido tiene que haga ballet clásico si no sabe ni limpiarse solita? Y sus padres, ¿a qué se dedican?

–El padre es investigador del agua, estudia su calidad o algo así, y la madre es directora comercial de una compañía de seguros. He visto una nómina en la mesa, gana unos diez mil euros.

–¡Hostia puta! Bien puede pagarle un curso particular a la niña para que se limpie ella solita.

–¿Has visto a Malik?

–Sí, se ha hecho un vestido nuevo, una cosa loquísima. Le he contado todo desde que se fue, también me ha pasado algo de pasta. Me ha dicho que debería llamar al Farfadet, es un tipo que antes andaba con nosotros, cuando éramos más jóvenes. Desde entonces nos hemos vuelto a ver de vez en cuando, Malik más a menudo porque le encantan las joyas.

–¿El Farfadet? ¿Por qué lo llamáis así?

–Un farfadet es un duendecillo, tema folclore popular.

–Eso ya lo sé.

–Pues por eso, porque es como un duende, no muy alto, siempre con una capucha en lugar del sombrero y un petardo de hierba en lugar de pipa. Además, lleva años viviendo en un semisótano un poco raro, era de su madre pero ella se largó a Borgoña, se jubiló y se compró una casita. Y él no se movió de allí. Lo llamamos la cueva a ese apartamento. El Farfadet tiene algo desde siempre, le gusta todo lo que brilla. De niño siempre llevaba cosas raras en los bolsillos. Le flipaban los anillos y todo eso. Ahora fabrica joyas, esos pendientes tan grandes que lleva Malik son cosa suya. Ni sale de su casa ni sale de debajo de su capucha, lía enormes bazocas, moldea oro y encaja en su interior piedras que brillan. No hace nada más, en serio que nada más.

–¿Y cómo podría ayudarte?

–Parece que le está yendo bien, quizá tenga algo que confiarme, hace mucho que no nos vemos. El Farfadet me aprecia, antes de que se metiese tan a fondo en ese delirio, antes de que se le empezase a ir la pinza poco a poco, éramos buenos colegas. Ahora no hay ninguna otra cosa que le interese, hacer joyas y hacer pasta con ellas.

–¿Y cuándo vas a verlo?

–Malik me ha dado su número, tengo que llamarlo. También te manda besos.

–Y tú, ¿no me mandas ningún beso?

Así que meto mi boca en la tuya y activo la lengua. Poco a poco nos vamos encendiendo la mecha y veo cómo te estremeces, porque todavía nos va a tocar esperar unos meses para que haga calor así desnudos. Sé que eso es lo que más te gusta de la vida, estar al sol en pelotas.

Hasta entonces, hay que ir tirando con nuestro propio fulgor y que nos follen las luciérnagas que habitan en nuestros sexos. Quisiera dártelo todo, aunque haya que robarlo.

Después del amor, escribo un mensaje al Farfadet. Malik le ha avisado. Puedo pasarme cuando quiera, mañana u otro día, me dará la bienvenida con su sonrisa de medio lado, el lado de la sonrisa en que tiene siempre su peta, atornillado a la boca. Me duermo con la cabeza sobre tu vientre, con un nudo de angustia no lejos del cuello, y el cuello no lejos de un suelo bajo cuya superficie hay gritos y más gritos, parece que ahora mismo ahí abajo las cosas no van bien. No necesito rezar al cielo para saber que tú y yo sí vamos a estar bien, necesito rezar por todo lo demás pero no por eso. Así que cuando mis párpados se cierran varias veces bajo tu mano, envío una carta a los astros en la que les dicto la alineación que ahora mismo me vendría mejor. Pasta, pasta, pasta. Luego me sumerjo en un mundo donde todo es posible, y que mañana, de nuevo, hará del despertar algo triste.

7

No he escogido el momento ideal para salir en busca del único trocito de destino que me da a masticar la vida, pero como tengo los colmillos inquietos, en cuanto llego al final de las escaleras calculo la ruta de aquí hasta la cueva.

No tengo suelto para los billetes, así que evito las escaleras mecánicas demasiado llenas porque si se pone arriba un escuadrón de la Stasi para ir cazando a desdichados no hay forma de bajarlas corriendo. Hoy ser uno de esos desdichados me jodería demasiado, así que voy con mucho ojo todo el rato, me como todas las escaleras y dentro del vagón me quedo de pie cerca de las puertas. Pero hoy no hay nadie para estropearme el día a base de multas, y termino dando la bienvenida al aire libre y hediondo de fast-food como un tótem de gran manitú que anuncia el final del territorio hostil.

En la calle que remonta la colina unas enormes gotas de lluvia se estrellan contra el paisaje. Asciendo los metros que me separan de la cueva allí arriba, en una pequeña calle a la derecha. Paso por bares, carnicerías, tiendas de teléfonos y restaurante griegos donde la carne que gira y gira permite hacerse una idea de cómo puede ser la comida en el infierno.

Estoy mojado como un perro al que sueltan en un pantano a perseguir a un puto pájaro. Así que corro tras mi pájaro. El mundo me ha dado un silbido para que husmee por el suelo en busca de algo que justifique mi presencia en él, así que corro con las zapatillas empapadas.

A pesar de la lluvia, la gente fuma cigarrillos y puritos bajo los toldos de los cafés que a veces gotean sobre las brasas en chorritos de agua caídos directamente de las nubes. Llego por fin al cabo de esa recta que en realidad lleva al paraíso, hacia un lugar en que quizá encuentre un poco de suerte, un giro que me permita seguir respirando tranquilo por un tiempo.

Tomo a la derecha por la tienda de alimentos que hace esquina y que tantos alimentos en realidad no vende. Vino cabezón, cerveza y cigarrillos sueltos, no es lo ideal pero funciona. Es como éter en un motor, una última punta y el tubo de escape se calienta como una fragua antes de que todo arda. Muy lejos no llegará pero va a toda hostia, es el camino más corto a la salida del teatro.

Cuando llego a la madriguera del Farfadet, hago lo que hacía en nuestros tiempos, darle una patadita al cristal del ventanuco que hay casi al nivel del suelo, sobre la acera. Si un perro cagase ahí delante taparía la mitad de las vistas que se tienen desde ahí debajo. Oigo cómo vibra la puerta de al lado, la empujo y me encuentro en el vestíbulo del edificio, de donde no puedo pasar porque para la segunda puerta se necesita una llave.

El que me abre no es el Farfadet sino un tipo sin edad con la piel de otro lugar, imposible leer el tiempo en ella. Lo sigo por las escaleras, atravieso el pasillo del apartamento y de pronto estoy en medio de una película de contrabandistas.

Son cuatro además del tipo que me acompaña, todos ocupados en pequeñas mesas iluminadas por pequeñas lámparas fabricando cosas pequeñas con pequeñas herramientas.

La habitación está llena de humo y todo el mundo trabaja. En un altavoz inalámbrico suena un instrumento de cuerdas que viene del otro lado del mar, si cerrases los ojos y te tapases la nariz podrías creer que estás en la sala de espera de un dentista.

Avanzo y me van saludando en silencio hasta que, en medio de las volutas, distingo en el sofá la capucha que he venido a buscar y que me da la espalda. Desde abajo salen columnas de un humo casi azul. La vida en los sótanos de París es inimaginable, por eso se instaló aquí. Mi guía anuncia mi llegada ante el patrón del lugar, quien sin darse la vuelta levanta la mano derecha y me señala el lugar a su izquierda pasando el brazo por encima de su cabeza.

Yo me instalo al lado del más extraño de los duendes, tampoco es que sea tan pequeño pero está completamente encorvado, el cuerpo doblado sobre un trozo de tesoro que sujeta entre los dedos, la palma de la mano como una bandeja bajo la lámpara.

–Un zafiro estrellado Nino, es un zafiro estrellado. ¿No es hermoso?

–Es como una estrella de pocas puntas.

–Y el azul, ¿qué te parece?

–Bonito también, parece el color de un ojo, conozco a alguien que tiene los ojos de ese azul. ¿Cómo va todo, Farfadet? ¿Desde cuándo tienes montada aquí una fábrica?

–Al irse mamá empecé a tener demasiado trabajo, así que formé a los dos colegas que ves allí. Los otros, con Ahmad que es el que te ha abierto, son un equipo de paquistaníes, son muy fuertes pero son todos clandestinos, y si no hay papeles no hay trabajo. Primero conocí a Ahmad en una feria de piedras, luego él trajo a su equipo y aquí estamos. Te aseguro que aquí todo el mundo cobra como es debido menos el Estado.

–Toma, esto es para ti. Fruta confitada, sé que te gusta.

–Gracias Nino, detallazo.

Analizo el terreno a mi alrededor y me digo que, con toda la hierba que se cuece aquí, seguro que alguien alguna vez se ha fumado un diamante para ver qué pasa. Nadie me presta mucha atención, todos agachados sobre el precioso mundo que los ocupa, los ojos enrojecidos por el trabajo minucioso, aunque no solo por eso. El Farfadet desenvuelve sus papelillos doblados que desbordan la caja delante de él, saca una piedra roja como el fuego de una granada incendiaria y me la pega bajo la nariz.

–Y esto, Nino, ¿qué te parece? También es chula, ¿verdad?

–Es la hostia, nunca había visto algo así.

–¿Entiendes por qué desde que tengo piedras los billetes apenas me interesan?

–Hombre, yo no diría tanto, pero molar, molan. ¿Y qué tienes, un dragón para proteger todo eso?

–No, nada de dragones Nino, lo que tengo es un machete en cada habitación, y soy discreto. Además tampoco es que tenga millones aquí escondidos. Todo esto circula rápido, es la materia prima con la que trabajamos, nada más. Malik me ha dicho que las cosas últimamente no te van demasiado bien.

–Más o menos, los últimos meses no hago más que encadenar calamidades, una puta catástrofe, se ha ido todo a la mierda. Ahora estoy fuera de circulación, y cada vez que intento coger un vagón en marcha me estampo contra el tren que viene de frente, ya ves, una locura, no levanto cabeza.

–Y buscas cómo ganar algo de pasta sin tener que vender tus órganos, ¿no es eso?

–Busco algo con lo que ir tirando hasta la primavera. Después hará buen tiempo y seguro que todo va mejor.

–Puedo confiarte algunos trabajitos para pasar el invierno, pero ya te imaginarás que en esto siempre hay algún riesgo.

Me ofrece el lanzacohetes del que va chupando humo en largas inspiraciones que le salen por la nariz en dos columnas distintas. Lo agarro aun sabiendo que me dejará fuera de juego para el resto de la jornada y me digo que el dragón es eso, que si un buen día a alguien se le ocurre joderlo con una piedrecita por pequeña que sea, ese trasto se pondrá a escupir fuego hasta el KFC de la plaza.

Agarro el artefacto, que le debe más al trabajo de un druida que al de un fumador diario, consciente del privilegio que me concede al permitirme inhalar un poco de lo que vendría a ser su comida del mediodía.

–Me importa una mierda el riesgo, siempre y cuando se me quiten las ganas de meterme una bala cada vez que entro o salgo de casa. Lo único que quiero es no meterme en problemas, ahora ya no estoy solo.

–No te preocupes, conmigo nada de trucos. Pero si pierdes lo que te confío, entonces estarás en la mierda Nino.

–¿Cómo en la mierda?

–Muy en la mierda.

–OK no problemo, iré con cuidado.

Lo que tiene para ofrecerme no es nada complicado, llevar unas piedras desde su casa a otro lugar. No perderlas, que no me roben, no permitir que la policía les eche el guante y tener entonces que responder a la pregunta sobre de dónde ha salido eso.

Cierto que a primera vista no tengo la pinta de un aguerrido diamantista, pero el Farfadet sabe que escabullirse rápido en la gran ciudad, eso sé cómo hacerlo sin problemas.

Así que cojo el paquetito que enseguida me acomodo en los cojones, el papel con la dirección escrita que introduzco en el teléfono en cuanto pillo wifi, y ya con el itinerario apuntado con boli en la mano vuelvo a sumergirme en la vorágine de la gente hiperconcentrada bajo tierra.

No me estreso demasiado, apenas una presencia sorda, como una tensión en el hueco de las costillas por encima del ombligo. No me he atrevido a decirle que no tengo ni un céntimo en el bosillo para un billete, y en el momento de bajar las escaleras me digo que la próxima vez no dudaré, cualquier cosa con tal de que los buitres de caqui le revuelvan las entrañas a otro y no a mí.

Pero en la repisa del torniquete me espera un golpe de suerte, un billete dejado allí encima, válido todavía para casi una hora. Una pizca de bondad anónima, un gesto para quien pudiese necesitarlo que no cuesta nada y que me permite trajinar lo que trajino para alimentar el buzón que todos los meses se traga ese montón de billetes que tanto me cuesta reunir.

Paso por la estación de Lyon para cambiar de línea, y en el vestíbulo tengo el reflejo de pegarme a un tipo para pasar detrás de él. Un espécimen con pantalones salmón y mocasines cansados capaz de detectar al joven antes incluso de que aparezca, de esos que llaman a la poli antes de pedirte que bajes el volumen. Y no falla, se da la vuelta, me dice ¡NO, NO! y se escurre al otro lado de las puertas que me joden la vida todos los días del año. Hago una pausa para desearle mentalmente lo peor y es cuando pienso en el billete y sigo mi camino como una persona normal, a pesar de la picazón en el pliegue de la ingle.

Llevo joyas entre mis joyas, pedacitos de oro en el calor del amor y del secreto. Los cimientos de la cabaña, un primer paso hacia las frambuesas al fondo de un jardín en el que realmente no creo.

Subo a la superficie. Frente a la boca del metro que me escupe lentamente veo el edificio y, hundida en su planta baja, la tienda que busco. Una fachada un poco hecha mierda en un bulevar demasiado grande, unos cuantos relojes y medallones con otras tantas cajas vacías a su alrededor. Entro y oigo como un chasquido de zapatillas sobre el linóleo de la trastienda. Sale un tipo flacucho que me mira con mala cara, hasta que le digo que tengo algo para él. Entonces me rodea tranquilamente para ir a cerrar la puerta y me invita a dejarlo todo sobre el trozo de tapete remendado que acaba de sacar del caos de su mostrador.

Un tanto avergonzado al ver que no me quita el ojo de encima, me meto la mano en el paquete para sacar el cargamento y siento cómo su desprecio se duplica. Me suda la polla, es como un bolsillo pero más seguro, y prefiero ser cuidadoso que ser apreciado.

Lo saco todo y él lo pesa pieza por pieza en una pequeña balanza que se parece a las que usan para la verde y la blanca.

Va a la trastienda y me trae un sobre que tengo que llevarle al Farfadet. No me ha dicho ni una palabra pero no he venido por eso. Rehago el camino por allí por donde los cochecitos lo tienen jodido con tanta escalera. Aquí somos los amos del mundo pero un señor en silla de ruedas ni siquiera puede salir al Louvre. La Mona Lisa para los válidos, y los Inválidos también.

Ya de vuelta, sentado en el sofá con el peta mágico a mi lado que no ha menguado en todo este rato, contemplo cómo ese cabrón de ser feérico examina el contenido del sobre. Saca seis billetes de veinte y me los entrega con su sonrisa de tunante.

Sé que podría haberme dado menos. Es una forma de recordarme que no soy una persona que se arriesga trajinando con cosas de las que no sabe nada, sino alguien a quien se le está haciendo un favor. Me ayuda porque estoy en la mierda, eso es todo.

Me voy con los billetes en el bolsillo y me compro dos samosas porque son más de las cuatro y mis piernas empiezan a moverse solas de izquierda a derecha. Cuando me las acabo pienso que no puedo seguir olvidándome de comer y me trago por cuarta vez la paliza de las escaleras de la estación de metro.

Llego cuando no estás y mientras te espero recojo un poco, doblo tus cosas, trapitos sofisticados que vamos juntos a buscar con mucho método allí donde la ropa cuesta menos de tres euros y donde es fácil robar. Las piezas de tu ropa interior que me voy encontrando solo pueden seguir en activo gracias al cuidado que prestas a todo lo que tocas, así que me digo que si un día me cruzo con algo de lencería que pueda meterme en los bolsillos debería aprovechar.

No es fácil vestirse en una ciudad donde el listón está tan alto, donde a primera vista saben de qué mundo vienes.

Parecer una chica de tu edad sin problemas te supone mucho trabajo, y sin embargo vas siempre tan guapa. Pero no es fácil esconder las ojeras, mostrarte ante el mundo con la ropa interior que te permita exhibir una pizca de tu fuerza. Cómo lo haces, para armar tan bien el artificio y maquillar la angustia.

Bajo la delgada piel que te viste, sé que la sangre corre demasiado rápido, y sé que donde a una chica con una vida fácil el corazón le late una vez, a ti tiene que latirte dos.

Sé que la debilidad nos acecha, a veces pienso que voy a volverme loco, porque el esfuerzo que debes hacer cada día por la mañana para levantarte hace unos meses no existía. ¿Solo veinte años? Profundamente la muerte.

Tus pasos cantan desde las escaleras, abro la puerta a tus ojos solo un poco cansados, tan azules como el zafiro. Esa piedra que he visto antes, Lale, algún día será tuya.

8

Al final sabemos que ya está, ya nada nos separa de lo que nos vamos a meter esta noche, del tiempo que vamos a pasar bailando como monos.

Después de revisar un montón de anuncios, me he apuntado para el inventario este domingo de una gran superficie de la zona, una noche de mierda por unos setenta euros limpios que me pagarán el mes que viene. Menos da una piedra. Te lo comento pero no quieres hablar del tema, tienes la cabeza en otra parte, de camino hacia la humedad tropical en la que nos vamos a revolcar para sudar y purgar todos los males.

Todo está listo, así que una vez te has puesto bien cañón subida a tus plataformas, y yo bien orgulloso cogidito de tu brazo con una chupa guapa para que no me vengan con historias, enfilamos la calle donde tu culo tiene como siempre el efecto de una sirena.

El Havana Club entra solito con un poco de Coca-Cola, así que a mitad de camino ya estoy surfeando entre los asientos.

Tú también te apuntas, me gusta verte beber y luego sentir como un poco del alcohol que ha tocado tus labios me gotea por el cuello, donde sueles besarme. Hasta que el rencor asoma a tu boca.

–No te lo había contado Nino, la madre me debía ciento veintinueve euros por la semana limpiando culos y mocos a sus hijas. Así que me da ciento treinta y me dice, Lale, ¿tienes un euro? No me lo podía creer, le dije que no, no tengo un euro, y ella va y revuelve todo el apartamento en busca de monedas, pero como no encuentra nada, sonríe y me dice no pasa nada, te lo descuento la semana que viene. Lo peor es que lo ha soltado como diciendo estamos entre amigas, hay confianza. Confianza y una mierda. Un euro. ¿Te imaginas pagarle a alguien que trabaja en tu casa cuidando de tus hijos, de lo que más quieres en el mundo, y montando un pollo por un euro?

–¡Joder! Si un día somos ricos y pagamos a alguien por ese tipo de cosas, por venir a limpiar, ¡mínimo treinta pavos la hora! A mí por menos me daría demasiada vergüenza dejar que nadie limpie mi mierda.

–Si todo el mundo pensara como tú, podríamos ahorrar dinero e irnos de fin de semana.

–Pásame la botella.

–Ni siquiera me he enterado de que era Navidad.

–La Navidad nos suda la polla.

Y sonrío con un poco de agua de fuego en los labios que hace que en mí se ahoguen los antepasados, los espíritus y todo cuanto alza puentes entre uno mismo y el mundo.

–Además, las niñas hacen cosas raras. Al principio no tenían muy claro quién era yo. Todavía son pequeñas, y no se puede decir que sean muy despiertas. Se pasan el tiempo mirando dibujos animados rosa con princesas rosa vestidas de rosa. Tienen juguetes rosa, braguitas rosa, tazones rosa, incluso sus putos cepillos de dientes son de color rosa. ¡Lo más desfasado que han visto es *La reina de las nieves*! Ellas creían que yo era una amiga más grande que iba a jugar con ellas a las cocinitas, pero cuando la semana pasada la otra me pagó, se dieron cuenta de que había dinero en juego, sobre todo la mayor, tendrías que haber visto la cara que puso cuando la madre me dio los billetes. A los ocho años cien euros es una fortuna. Pensé que aquello le había sorprendido y nada más. Pero no, lo pillaron a la primera.

–¿Qué es lo que pillaron?

–Que yo era su criada. Todo empezó el lunes en la escuela, enseguida me hicieron cargar con sus mochilas. Luego la pequeña estaba cansada, así que tuve que cargar con ella. Una vez en casa del padre, me las veo para abrir la puerta del edificio, y va la mayor, me mira con ojitos de cabrona, tira su abrigo a los pies de las escaleras y sube riéndose como un gremlin. Obviamente, la pequeña me salta de los brazos y hace lo mismo. Y a mí me toca recogerlo todo. Después jugamos a juegos insoportables, como obligarme a hacer de mujer embarazada que da a luz con dolor, ese tipo de cosas.

–Qué miserables.

–Ni siquiera tienen internet en casa, no lo voy a soportar por mucho tiempo, prefiero dejarlo antes de darle una torta a una.

–¿Están en contra?

–No, es que les parece demasiado caro, el padre usa el wifi de la vecina de abajo y para enviar sus mails se sienta en las escaleras del edificio. Cada dos minutos le toca levantarse a encender la luz otra vez, es ridículo. Dame la botella.

Llegamos a las puertas del paraíso y la familia que ocupa los dos escalones de la entrada se aparta hacia la izquierda como cada vez que alguien entra o sale.

Subimos la torre infernal para llegar directamente al sexto cielo.

No somos muchos, solo una pequeña fiesta entre íntimos antes de cabalgar la noche hasta el templo del trance.

Malik está en su sillón, veo cómo se levanta para besarte la mano. También está Violeta, la superamiga con quien trabaja. No le caigo bien, piensa que soy un puto imbécil pero yo sospecho que exagera solo por tener buenas razones para intentar irse a la cama contigo. Malik se parte el culo cada vez que ella me suelta una pulla en cuanto abro la boca, joder, veinticuatro años y ya es más pesada que el puto plomo. Y sin embargo su es un placer cuando pego mi mejilla a la suya casi parece sincero.

No es que no le guste, es solo que para ella nuestra relación es un desperdicio, y el desperdicio soy yo. Pero todos conocemos la música que desata los corazones y, tan pronto como la noche envuelve la ciudad, los precipita hacia el sexo.

Y donde iremos enseguida a bailar, también a mí me tocará mi parte de manos en el culo en la cola del baño. Es algo a lo que ni siquiera presto atención. Forma parte del juego de nuestras noches, prestarle un poco de cada cuerpo a la multitud que patalea para hacer saltar la trampilla en la que todos queremos caer.

Malik me estruja entre sus brazos y coge el plato azul que hay detrás de mí con tantas rayas como personas somos. También hay algunos chavales, como Bishop, que lleva puesto su kilt, la mar de práctico para pasar al ataque en cuestión de segundos, y que enseguida lleva la conversación a si lo que se esconde debajo está envuelto o no en ropa interior. En eso es muy tradicional, sigue respetando escrupulosamente la regla y dejando sus bolas a mano del más temerario.

Pronto llegan otros chicos que se han dejado la moral en la puerta. Todo funciona como un reloj, es el preludio de la hora de los lobos, esperando el disparo de salida que nos convertirá a todos en fieras. Todo rula, las botellas rula, el plato rula, los cigarrillos rulan e incluso la música rula en un sample que no identifico porque de eso no sé nada.

De camino al baño me cruzo con Charlie. Como acaba de llegar, la mano que me pone en el cuello al darme un beso está fría como el cemento bajo el culo de la familia que guarda la puerta allá abajo. Lleva el casco puesto y se enjuga la frente resoplando porque ha subido su bicicleta, que ahora ocupa toda la entrada.

Charlie es demasiado buena gente, así que no hay manera de negarse a esos besos que nos damos como una forma de ruptura de la cerrazón social pues aquí nos la pasamos por el forro.

Normalmente no me gusta que me toquen a menos que seas tú, pero es que es Charlie. Está tan triste que no deja de reírse. Su cuerpo menudo de adolescente contiene toda la pena de un desgraciado. Solo nos tiene a nosotros para mantenerse en pie cuando el dolor arrecia. Nada de familia entre nosotros, decimos hermano o querido. Aquí es otra cosa, una oración común que nos mantiene unidos. Un desequilibrio que todos llevamos dentro y no queremos corregir. Contento no contento nos importa una mierda, no hay más que dejarse llevar, eso es todo.

Me acabo la copa y busco tus ojos. Tú estás a otra cosa. De vez en cuando creo que te quiero demasiado y eso me asusta. No quiero que te olvides de mí. A veces me basta con que hables con cualquier otra persona para echarte de menos.

Y ya estamos fuera, durante el viaje deambulamos por el metro, no somos los únicos, una banda de chavalas con tacones y desmesurados pendientes de aro andan vacilando por encima del chirrido de un pequeño bafle.

Lo que nos une no es precisamente la cortesía, a nuestro alrededor un montón de gente demasiado vieja para venir a beber con nosotros pierde la paciencia y poco a poco se resquebrajan los límites de la paz civil. La plaga se abalanza sobre una niña buena que intenta leer en medio del jaleo. Unos ricitos rubios tocados por una boina, parece un anuncio de París para turistas asiáticos.

La líder de la pandilla de tacones con aros la machaca a preguntas sobre que es eso que lleva ahí, y yo aconsejo a la niña buena para mis adentros que se guarde su timidez ante el cuadro que le estamos montando, porque hasta a mí me molesta ver lo nerviosa que se pone solo porque le hablen con una voz más fuerte que la que esa mierda que devora le susurra a su corazoncito de alcachofa.

Llega el estribillo y la banda de zorritas al completo se pone a gritar y tensa un poco más el ambiente, hasta que uno de los muchos que hoy han trabajado demasiado les acaba diciendo que se achanten.

A nosotros no nos viene mal que por una vez los malnacidos del metro sean otros, Bishop y yo podemos colgarnos por los pies de los agarraderos del techo sin que nadie nos diga nada. Como va con su kilt, tiene la decencia de encarar el culo hacia nosotros y el resto hacia la ventana, sujetando como puede el tejido entre sus muslos.

La cosa sube de tono y ya estoy viendo cómo la bocazas y su cola de caballo pierden los nervios y al final le van a hacer tragar el libro a la otra, que en vez de limitarse a contestarle con una sonrisa, o de decirle que se vaya a joder a otra, no deja de tartamudear. Ahora se lo quita con su poquito de brutalidad. El ambiente se pone tenso y la peña, con sus perillas y sus cadenitas de oro, empieza a protestar. Decepcionada al ver que sus maquinaciones fastidian, la capitana se levanta, le devuelve su libro a la otra y grita.

–PERO ¿QUÉ PASA, TÍOS? ¿ES FIN DE SEMANA O QUÉ? ¿SOMOS CHARLIE O NO SOMOS CHARLIE?

Y Charlie, plantado ante la jeta de un turista que preferiría ser el blanco de una incursión israelí antes que de él, tan contento de oír su nombre y chupar un poco de cámara.

–¿Me llaman a mí?

–Venga, Charlie, cállate un poco, que si esto sigue así vamos a terminar cansados antes de llegar.

Y Charlie sigue las instrucciones de Violette y vuelve con su turista mientras el resto del vagón, ante tanto absurdo, pasa de pronto de la ira a la risa.

Oigo cómo la nerviosa le pide a la otra su número de teléfono por si no tiene nada mejor que hacer esta noche, estaría bien vernos y leer algo juntas, diciendo leer pero enfatizando juntas, y de pronto es como si debajo de la franela, en ese cuerpecito de niña buena, empezase a hacer mucho calor, y le da el teléfono y pasa de la emoción de las páginas a la de la vida real a un ritmo elegido para ella por miss metro de la noche.

Fuera, Malik a la cabeza de la columna y yo en el culo de una botella, avanzamos hacia el antiguo centro de clasificación de correos cedido a los artistas por seis meses antes de su demolición, porque sus espíritus torturados y los de sus colegas haciendo el loco sin camiseta quedan mejor que un grupo de sin papeles con sus chiquillos allí cocinando. Tanto mejor para nosotros, tanto peor para los chiquillos.

Nos acercamos a la gran masa de ladrillo y la cola para entrar es tan larga que solo de verla me mareo. Afortunadamente, Malik, nuestro rey Leónidas pero en mejor, no le presta la menor atención. Nos lleva a la doble puerta y, con solo posar sus labios sobre los que se ocupan de sacarle la pasta al flujo de carne borracha que espera para entrar, pasamos directamente.

Después de hacer la cuenta de lo que llevamos en los bolsillos, dejo que te abandones a esa noche que tanto has estado esperando con la idea de que pronto tu corazón echará en falta el mío. El sonido es tan pesado que se me remueven los órganos internos y Charlie me mira con ojitos de cordero para decirme fuerte a través del aire tembloroso:

–¿VAMOS A BAILAR NINO? ¿VAMOS A BAILAR? ¿VAMOS AL RUIDO?

–Primero vamos al baño a hacernos una, ¿no?

–NOOO NO DEMASIADO COÑAZO HAY DEMASIADA GENTE EN LOS BAÑOS, QUIERO BAILAR NINO VENGA VAMOS, ¡POR FAVOR, QUIERO BAILAR!

–Vale OK tranquilo, vamos.

–¡YEAH, NINO! ERES DEMASIADO, ¿QUIERES KETA?

–No, de momento no, y tú ya vas demasiado puesto pequeñín, venga vamos.

–¡OK, COMO QUIERAS! ¡ESTA NOCHE ES PINGA NIGHT! ¡NINO VEN CONMIGO, VAMOS A BAILAR!

Y Charlie me arrastra, tiene la cara tan desencajada que parece que ya se le ha ido la pinza del todo y eso que apenas hemos empezado. Una vez sumergidos entre los cuerpos en el medio de la pista, empezamos a dibujar en el aire los símbolos ve tú a saber de qué.

Tengo mucho calor, y sé que el tipo de mi derecha no para de mirarme, aprovecho para beber de su cerveza con una sonrisa de cierra el pico y déjame echar un trago de tu cosa my friend, y my friend me pregunta si quiero un poco de coca. Tú crees que sí my friend y mientras la llave de su estudio chic escondido en algún lugar de París Norte se acerca a mi nariz con mi premio encima, viajo en el tiempo y hago un breve balance de mi vida, lo suficiente para concluir que algunas cosas no cambian nunca.

Ya de pequeño era tan mono que la panadera del barrio cuando iba a por el pan me daba caramelos. Y ahora sigue siendo igual, cuando salgo de farra por la noche, dondequiera que vaya me ofrecen sustancias de todo tipo. Quizá lo que sí ha cambiado es que la panadera no quería metérmela ni que yo se la metiese, mientras que a my friend le encantaría irse conmigo a dar una vuelta por la materia oscura del cosmos de los culos.

Lo dejo plantado con una palmadita en el hombro más bien franca que le da a entender sin delicadeza que aparte de su bebida y su droga no me interesa para nada, y él tácitamente me responde más o menos lo mismo porque salvo ciertas partes del cuerpo tampoco le intereso demasiado. No hay más que ver sus ojos para darse cuenta de que no ha venido aquí buscando el amor verdadero.

He perdido a todo el mundo, así que después de recorrer esta especie de sótano donde la condensación de los cuerpos cae sobre nosotros en una llovizna grasienta y salada, me dirijo al rincón de los sillones donde hay tanto humo para aniquilar un biotopo estable en menos de cinco minutos.

Os encuentro sentados en un rincón. Aprovechando la esbeltez de tu cuerpo me deslizo entre tú y la pared. Charlie tiene las neuronas más fritas que antes y charla sobre filosofía del sexo con Malik, que quiere a todos y a quien todos quieren. Por supuesto, llego en el momento en que, para variar, hablan de pollas.

–No, Charlie, no estoy de acuerdo, hay mingas que son la mar de bonitas, pasa lo mismo que con las chicas, a veces lo tienen bonito y a veces no. Además, todos tenemos algo que puede resultar apetecible para alguien, tanto da si lo es como si no, si le apetece todo el mundo puede follar. No sé por qué te parece tan horrible tener una en la boca. De hecho, algunas de tus costumbres son mucho peores, ¿o es que es mejor zamparse crudo el hígado de un potrillo que a tres marineros bien hermosos?

–A mí me parece una marranada. Es grande, apesta y hay un líquido raro que sale antes que el esperma. ¿Por qué iba a merendarme una polla cuando hay millones de kebabs y otras cosas mil veces mejores para comer?

Por supuesto todo el mundo se parte, y Charlie, para quien su reflexión ya no puede tener más sentido, se queda un poco parado ante la reacción. A mí tampoco me parece tan tonta su idea, siempre que no la saquemos del contexto de una tropa con los dientes que rechina bajo las luces violeta de un club.

–Vaya mierda con vosotros una no puede soñar, yo en mi interior soy una princesa pero cada vez que hablo con vosotros, me doy cuenta de que para vosotros soy una gitana, la gente no me ve como realmente soy.

Una nueva andanada de risas nos aplasta y miramos a Charlie, que se levanta y nos lleva a bailar con la mirada perdida. Allí por lo menos no caerá en las extrañas trampas que a veces le tienden sus propias palabras.

Al poco la cabeza me brilla en mil fragmentos empapados en las gotas que perlan mi cuerpo y se dejan penetrar por los rayos de los láseres. La luz me atraviesa el corazón al son de la multitud.

Todos rendidos soltamos a la bestia, pisoteamos la brecha que se supone agrietará el suelo para hacer que el volcán estalle y abrir el foso en que nadan los cocodrilos esperando a que saltemos, sin que nadie nos empuje, felizmente sacrificados.

Estoy bien puesto y no tengo muy claro lo que ha sucedido la última hora, siento que ha pasado algo pero no sé muy bien qué. Busco en mis bolsillos y encuentro un trozo de pirula, no sé de dónde ha salido pero me importa una mierda, me la como. Doy una vuelta, hablo con un montón de desconocidos, la gente me ofrece cosas y como no sé decir que no digo que sí. Vuelvo a la barra y le como la oreja al camarero dale que te pego para que me ponga más vodka en el vaso, hasta la tercera vez, que me manda a cagar para siempre.

Hago la ronda por el fumadero para rapiñar unos cigarrillos y cuando tengo cuatro vuelvo a empezar pidiendo un papel y un poco de hierba. Lío y enciendo, vienen a pasarme la factura y como un señor digo que sí. Pero no está todo perdido, la chavala y su colega me ofrecen media rula de color flúor. Ya empiezan a ser un montón de mitades de lo que sea y siento que me empieza a costar no hacer dos veces la misma pregunta porque enseguida olvido las respuestas.

Quiero liarme otro peta, pero en una esquina encuentro hongos. Como he perdido mi costo cojo lo que sea y lo desmenuzo en la palma de mi mano, chocolate de hongos. Es asqueroso pero da risa. Me vuelvo a bailar aunque todo se mueve y los colores a mi alrededor ponen caras raras.

Me encuentro con Charlie que tira de un tipo por el cinturón para llevárselo con él. Me digo que es divertido, parece que está tirando de una cabra pero ni siquiera sé por qué pienso eso.

Me sumerjo entre en la multitud y luego te veo de espaldas, así que me acerco y te agarro por las caderas pero tú te vuelves y me apartas con un gesto brusco que dice un no categórico y lentamente me doy cuenta de que en realidad no eres tú.

Entonces quién eres, apenas tengo tiempo de entender que te he confundido con otra y le paso a esa otra la mano por la cara a modo de disculpa y me quitan de en medio a las bravas y me sumerjo en la niebla. Creo que me estoy cayendo y que alguien lo impide, me gustaría tomar aire pero no sé dónde está.

El corazón también me va loco y la luz ya solo me llega a veces, como a golpes, cuando el velo se levanta. Tengo la cabeza, los ojos y la boca ardiendo, no dejo de tragar brasas que me hacen agujeros por todas partes. Agujeros en el suelo cuando avanzo, agujeros en las frases que quiero decirle a una gente que cuando la miro tiene agujeros en la cara. El mundo es de papel, el fuego prende y todo se incendia enseguida haga lo que haga, todo arde y tengo demasiado calor. Un pitido me atraviesa la cabeza, me abismo en una miseria de perros y ya no hablo, solo babeo.

Me siento tan lejos de mí que ya ni sé si lo que ahora toca mi cuerpo es humano o es solo el suelo que me acoge al caer porque todo se mueve.

Me he pasado de la raya, he cruzado la línea roja y otra vez de morros al suelo.

Todo está tomado, todo arde en llamas y quiero volver al mundo anterior, sentir que dentro hace frío, que fuera es invierno.

No, volver a joderla no, no otra vez, la mano me tiembla y tal vez grito. Tengo los ojos llenos de humo y me lloran, o tal vez sea solo que siento vergüenza de eso en lo que he puesto mi alma al baño maría y que ahora expulso negro y apestoso, del carbón frío que han dejado las brasas al apagarse porque de pronto lo entiendo, mi cabeza está en un lavabo en el que fluye el agua. Es plácido y fresco, he visto un poco de blanco y luego miedo por todas partes. Miedo por todas partes cuando el tapón encaja encima de mi cuerpo y yo me escurro en las tinieblas de la cañería.

9

–Pero ¿qué coño te pasa, Nino? ¿Te has vuelto loco? ¿Quieres palmarla o qué? Y Lale, ¿has pensado en ella? ¿Puedes decirme qué coño hacías en el baño con esa tía? ¿La has visto al menos, sabes quién es? No, no sabes nada. ¡No eres más que un puto cabrón! ¿Qué crees, Nino, que voy a estar ahí siempre para sacarte de todas tus mierdas? ¿Al menos te acuerdas de lo que has hecho? ¿Te haces una idea?

Abro los ojos y lo que tengo delante no es la pared, sino la ventana de la habitación de Malik gritándome de todo menos guapo. Tengo el cuerpo completamente agarrotado, las manos sudorosas y los dientes demasiado apretados, me calmo un poco y enseguida entiendo que si estoy aquí es porque la he cagado. Trato de centrarme, me cuesta pero creo que si flaqueo ahora decepcionaré por mucho tiempo al tipo que me ha sacado de todavía no sé muy bien qué.

–No sé, Malik, espera un poco, me duele todo, ¿de qué coño estás hablando? Yo estaba allí, bailando y, mierda, de repente me quemaba, nunca he tenido tanto calor. ¿Qué tengo en la mano, sangre?

–Te has partido la cara, te diste un hostión que no veas. Un poco más y la diñas, estabas colocado y te tomaste a saber qué y luego has pillado a una zorra que pensaba que estabas bien y te ha metido en el baño. Por suerte te encontré allí con ella en medio de un ataque de pánico. Eres un mierda, Nino, has metido la pata hasta el fondo.

–Y Lale, Charlie y los otros, ¿dónde estaban? Yo creía que estaba con ellos, con vosotros vaya, recuerdo que estaba con vosotros y luego… luego ya no sé nada, mierda.

–Ellos se largaron antes que nosotros, tú estabas bien tibio, querías quedarte a bailar un poco, yo también, luego de repente desapareciste, te busqué por todas partes para irme. ¿Qué te has tomado, Nino? Hostia puta, no puedes esnifártelo todo, comértelo todo, bebértelo todo, fumártelo todo sin ton ni son, si sigues así vas a reventar.

–Y Lale, ¿dónde está?

–Debe de estar en casa, le he dicho que estabas demasiado hecho polvo para hacer el viaje y que te quedabas en mi casa a dormir un poco, que irías luego.

–Hostia Malik, nunca me había sentido tan mal, ¿qué hago ahora? ¿A qué hora estamos?

–Es sábado, casi de noche, así que vas a tener que mover el culo y volver a casa, yo tengo que ir a currar. Por tu culpa no he dormido, me he quedado aquí contigo mientras se te pasaba el globo para ver si todo estaba bien.

–Sí, lo siento.

–Más te vale que lo sientas, pero va siendo hora de que le vayas con el cuento a alguien más. Así que te centras un poco, sales de mi cama y te vas a ver a Lale, te está esperando. No llevas nada encima, menos mal que le diste las llaves antes. ¿Qué tenías en los bolsillos?

–El teléfono, unos diez euros, costo, cigarrillos, eso es todo creo.

–Joder eres increíble Nino, me has puesto de los nervios.

Me siento en el borde de la cama, me levanto y me echo agua en la cara. Ayer nadaba en droga y hoy me ahogo en vergüenza. Joder hubiese preferido ir a la guerra, al menos podría decir no soy yo, son las órdenes, y escabullirme como un puto SS. Ahora ya no puedes hacer nada, Nino, dejar que pase el tiempo y poner un poco de distancia entre tú y eso de lo que no te sientes orgulloso.

¿Por qué lo hago? ¿Cuál es el punto? Empieza el juego de preguntas de mierda, pero todas tienen la misma respuesta, he sido un capullo y ya está, y la cosa sigue. Tengo que tener más cuidado y joder la cabeza cómo puedo tener esta jeta. Es como un puto experimento, parezco un oso polar a la entrada de un supermercado en China, en el mal profundo.

He apretado tanto las mandíbulas que no puedo abrir la boca sin que me duela. Tiemblo como un puto yonki y todo en mí dice nunca más, pero sé de sobras que no es verdad, que si no es un día será otro, me meteré yo mismo la deliciosa zancadilla que otra vez me tumbará al suelo de los gilipollas. Me lavo las manos, abro el cajón farmacia y me meto un Doliprane que espero no vomitar, luego uso lo que me queda de cojones para mirarme a la cara y arreglarme un poco para volver a casa convertido en algo que se parezca un poco a mí.

Es como si hubiese dejado la boca en una aspiradora durante dos días enteros, y eso qué es, en mi cuello y detrás de la oreja. Un puto pintalabios, voy marcado con el sello de los tarados, es mi marca de muy bien puto idiota.

Marcado a hierro con el pintalabios de alguien de quien no conservo nada más, un mal hechizo de una bruja del bosque de los ladrillos.

Y nadie a quien odiar excepto a mí en esta historia, humedezco papel de váter con alcohol, ansiedad y las migajas de orgullo que me quedan y me quito todo esto pensando que igual también me limpia un poco por dentro, pero dentro todo es sucio, y aparte de digerirlo lentamente, no hay nada que hacer para salvarme de esta mierda.

Vuelvo a la habitación a recoger mis cosas, Malik me dirige una mirada que castraría al macho alfa de una tribu de tigres con dientes de sable. Está como nunca antes lo había visto, cansado, decepcionado y amargado, me gustaría llorar por haberla jodido de esta manera pero si lloro me meterá una hostia, yo también me daría una buena hostia pero vaya, uno no puede joderse dos veces seguidas. Seguir adelante, avanzar perdido pero por lo menos seguir adelante porque detrás la cosa se esfuma y ya nunca vuelves.

–Malik, lo siento mucho, voy a solucionar esto, voy a frenar un poco estas tonterías.

–Mejor no hables, no es más que palabrería.

–OK, como quieras. De todos modos gracias por cubrirme.

–He dicho tus palabras te las guardas. Ahora es cuando me dejas en paz.

–OK, me largo.

Y cojo la cazadora más usada que antes manchada de sangre seca en la punta de la manga derecha. Me la pongo y entonces siento que me gustaría quitármela para enrollarme en una colcha infinita, limpia y yo también limpio por dentro, que la vida se acabe allí, tragado por el tejido. Al coger el pomo de la puerta Malik me alcanza.

–Nino o cambias las cosas o esto va a terminar mal. No puedes tener suerte todas las veces. Si yo fuese tú, lo dejaría todo, no lo estás llevando bien y no es divertido para nadie. Así que cálmate y piensa un poco ¡maldita sea!

No contesto, solo un ojo al bies, el ojo de un perro de caza demasiado viejo que espera que le rompan la espalda, una mirada donde la dignidad ha naufragado hace mucho en las sucias aguas de mi cuerpo. Cierro la puerta y bajo las escaleras hasta la acera. Cuando estoy abajo, olfateo el cielo para ver que tanto en él como en mí la luz se ha ido.

Los lobos se han comido a los perros y ya no queda más que la noche, y eso me va porque me gustaría quedarme en la oscuridad un poco más. Recorro la avenida de delante de casa y las bandas de ratas desfilan de forma casi inquietante.

Si me cayese ahí, seguramente se me comerían cuanto me quedase al descubierto, la cara, la polla, las manos y los labios demasiado hinchados de tanto morderlos.

Pero igual no. Igual allí acostado, espalda contra espalda con las ratas, me habrían acarreado en la noche con los párpados cerrados, lejos entre el hormigón y la tierra. Y en el fondo de la ciudad habría visto latir el corazón de hierro de los olvidados, de los opulentos, de los aferrados al suelo, de los policías y de los coches. Me habrían mostrado la más profunda de las cuevas donde permanecen perdidos los tesoros mecánicos que hacen que se mueva todo lo que aquí se mueve. Que hacen correr los larguísimos cables que siguen las ratas, la corriente que enciende las lámparas y apaga el cielo, ya que aquí todo brilla demasiado fuerte para apreciar lo que cae de las estrellas.

Sus chillidos al oído me habrían susurrado qué hacer si el gran corazón de metal se parte, se para, se quiebra.

Inclinadas sobre mi piel, las hadas habrían cantado con sus bigotes al aire mi llegada lejos bajo los hombres, y yo me habría guardado esa extraña fuerza del petróleo y del hormigón, las llamas violetas, la fisión que acontece debajo. Y cerca de la máquina inmensa, sus cuerpos pequeños habrían dejado el mío en el calor, y allí abandonado podría haber desaparecido para siempre sin morir.

Subo las escaleras en la oscuridad y llamo a la puerta, tú la abres y te hueles el pastel. Pero por hoy no hay más pedazos de alma que ofrecer en sacrificio, solo fumar el cuarto de un peta y volver a sumergirse en el edredón de los sueños con la esperanza de que me dejen en paz, ya que mañana el runrún de todo lo otro me perseguirá a donde vaya y tendré que afrontar mis errores.

10

–El trabajo no tiene complicación. Os hemos entregado un terminal a cada uno para pasar los artículos, después del briefing vamos a formar grupos y cada uno seguirá a sus superiores al sector que le toque. Pero antes, quiero que sepáis un par de cosas. Si os hemos aceptado tan fácilmente, sin pedir un CV ni nada, es porque consideramos que aquí todo el mundo tienen su oportunidad. También significa que os podemos echar con la misma rapidez con que os hemos aceptado. Habéis venido aquí para currar, y podéis estar seguros de que vemos enseguida la diferencia entre los que se quedan empanados y los que se esfuerzan de verdad. Los que no funcionen, a la calle ipsofacto. Las instrucciones son sencillas, tendréis un descanso de treinta minutos en mitad de la noche, a las dos, para ir al baño o a beber, a los fumadores les abriremos una puerta para que puedan salir. Hasta entonces no quiero oír a nadie, no habláis con vuestros vecinos, no sacáis los teléfonos y no salís de la zona que os asignen. Lo único que se os permite hacer es aquello por lo que os pagamos, escanear en vuestro sector y avisar a vuestro supervisor en cuanto hayáis terminado con un estante para que os asigne otro. Con el baño lo mismo, no quiero oír hablar de él hasta la pausa. Si alguien, y especialmente las señoritas, tiene algún tipo de problema que solucionar para el que haya que ir al baño, os esperáis al descanso o iréis a arreglarlo fuera. Os lo advierto, conmigo siempre hay al menos uno de cada diez que acaba de patitas en la calle, no estamos aquí para mirar desde la última fila. ¿Preguntas?

–Sí señor, por favor.

–Adelante, señora, y luego no nos entretenemos, que no hemos venido a charlar.

–Es solo para ver si me pueden poner en un sector con cosas que no pesen demasiado. Hace tres días en otra misión me pusieron en los líquidos, y como no soy muy alta me lesioné la espalda al levantar los packs de botellas, el doctor me ha dicho que no forzase, así que esta vez me iría mejor estar en cosas más ligeras si es posible.

–OK, para que os quede bien claro a todos, no estamos aquí para quedar bien sino para asegurarnos de que el trabajo se hace. Por cierto, sabed que aunque no tengáis cerca a ningún jefe de equipo estáis vigilados de forma constante, aquí hay cámaras por todas partes, así que os atenéis a las reglas o a la calle. Señora, vamos a ponerla donde tengamos que ponerla, y si no se va a su casa, yo no soy la Madre Teresa para arreglar sus historietas, ¿comprendido? Usted que si la espalda, otro que si el pie, yo que si el meñique, aquí no estamos para ir caso por caso sino para escanear una tienda.

–Sí, señor.

–Bien pues en marcha, Lionel me haces un equipo congelados y uno textil, Agnes tú te encargas de las conservas, yo me quedo los líquidos y el estante aperitivos, en dos horas me encontraréis aquí, hacemos un check para ver cómo va y nos pulimos el resto de la tienda.

A mí me envían a hacer los congelados bajo la férula del mariscal de los cabrones, treinta y cinco años y el pelo engominado, con pinta de enfadado y también de resfriado, no deja de sorberse los mocos.

Tú no te has enfadado demasiado, solo querías saber cómo terminé la noche, y por supuesto te he mentido. El suboficial de la sección helados nos da guantes de látex, ya que estas cosas huelen a basurero de hospital por lo menos nos podrían haber proporcionado unos de los que protegen un poco del frío. Encadeno cubitos de hielo, verduras, patatas fritas y formas extrañas a base de patata. Lo bipeo todo apretando fuerte el gatillo, y poco a poco, me van entrando ganas de cambiar a un cuchillo. Pensaba que era un buen plan pero de hecho no lo es tanto.

Esto apesta, la tarifa nocturna no empieza hasta la una de la mañana, y para el resto nos pagan como a los idiotas que trabajan de día, lo único es que lo hacemos de noche, idiotas por partida doble, eso es lo que somos.

Los congelados van rapidito, y en cuanto acabo con las dos filas de congeladores que me han confiado tan preciosamente como si de relicarios se tratase, vuelvo a mi carpaccio de pelo para que me asigne una nueva tarea. Apenas tengo tiempo de dar tres pasos y el Jean-Mierda que nos presionó al principio me grita porque camino junto a un estante y no bipeo. Le explico que he terminado lo que me habían mandado, que de hecho he terminado antes que los demás, y que estoy buscando a mi kapo gomina para que me mande otra cosa.

Con su camisa blanca y su placa, cómo no, el muy capullo es el último mono de la última jaula de monos. Sé que los que tiene por encima también lo amedrantan, que le toca arrastrarse con la lengua pegada al culo de otros que no tienen que moverlo cada noche para poner firmes a la gente que bipea para comer. Lo único que tiene es el gatillo para transmitir cierta presión al paquete de galletas, a la sopa en tetrabrick o a los danones. Y todo lo que hace es usar el láser rojo para asustar a la gente con que los va a echar y hacerlos correr y arrastrarse por el suelo.

Yo estoy la mar de tranquilo, después de todo no me juego tanto en esta noche de neón. Hasta diría que lo estoy esperando, que me larguen de aquí y que la cosa descarrile un poco.

El otro gruñe no sé qué y me acompaña hasta que le dice a alguien que me vigile. Uy qué miedo. Cuando intenta poner cara de malo se le abren las cavidades. Entonces se sumerge en su pañuelo estampado con el logo de la empresa, que con todo el orgullo del mundo debe de pagar con un descuento del diez por ciento, y me envía a ponerme con los textiles.

Hago las medias de nylon, al menos llevan fotos de piernas. Resultan más agradables a la vista que las rodajas de merluza de Alaska y no me congelan las manos, así que sigo casi con entusiasmo. Bipeo toda esta mierda de fibra plástica, mal cosida, mal cortada, mal diseñada pero no importa una mierda porque cuanto antes lo tiren a la basura en cuanto sale a la venta, mejor para mis nuevos amigos de la camisa y para todos los que tiene por encima.

Si a los diez años me hubiesen dicho que cuando tuviese el doble me iba a pasar la noche computando tangas feos al servicio de todo lo que detesto, tal vez habría revisado mis planes y pensado en algo más que en jugar a ser artista.

Ahora pienso en dar un golpe, un gran golpe y basta, qué no lo sé pero por qué sí. En esas ando cuando acometo las tallas grandes, y con ellas llega la catástrofe. Los productos se envían a las tiendas listos para que se los lleve quien pase por allí y se quede prendado, si es que eso es posible. Para ahorrar, las perchas son las mismas que en las tallas infantiles, finas y muy flexibles, moldeadas en un plástico transparente. En cuanto toco el primer artículo para escanear el código de barras que lleva detrás, me caen los tres siguientes. Así que aquí estoy, asustado porque de todos modos me molestaría que me echasen porque me han caído al suelo unas bragas enormes y baratas.

Lo vuelvo a colocar todo en sus soportes como mejor puedo. Y llega la tragedia. Apenas lo toco se me cae todo al suelo. El rey de las bellotas nos ha dicho antes que quien cometiese tres errores estaba despedido. Pero la primera hora ya ha estado muy pendiente y ha echado a varios porque bebían agua o preguntaban cómo volver a poner el trasto en marcha porque a veces se para, así que ahora toca relajar porque si no, mañana por la mañana cuando el jefe de la banda de traficantes de ropa venga a controlar que el trabajo está hecho, el que pringará será él. Aunque tampoco creo, menuda gilipollez. La organización aquí es más o menos como la del ejército regular afgano, así que las bragas, pues eso, me aseguro de que se mantengan en los percheros sin caerse y ya, a la sureña, como para secarlas en la ventana, y el resto igual. Estos tipos no son capaces de hacer la o con un canuto, así que dudo que vengan a meter la nariz en esto.

Voy a pasarle los datos al greñas erectas, que me envía a las camisetas y me dice que si no quiero meter a todos en problemas no vaya tan rápido. Aquí estamos por un número de horas concreto, así que no hay que acabar antes porque sería pagarnos por nada y los jefes verían que podrían haber ahorrado un poco en la operación.

Lo dice nervioso, el pobre memo se juega la vida por hacer carrera en la venta de cosas estampadas con los colores de su placa. Lo peor de todo es que está claro que esto le importa de verdad, habla de la empresa como si le hubiesen metido un montón de fichas de carrito por el culo, un exaltado de las ventas.

El tema es que, si no se esfuerza en creer un poco en el espíritu de empresa, no le queda más que morir. Y entre la muerte y su vida, yo no me lo pensaría un segundo y abrazaría a la parca.

Para pasar el rato entre tanto trapo sintético que más vale no llevar puesto en caso de incendio, me monto la película de su vida. Sin duda casarse con Marie-Mierda de contabilidad y hacerle varios hijos para amarse en ellos. Y después qué, los muy cabrones crecerán y se darán cuenta de que existen por su cuenta, solos, sin él, y dejarán de maravillarse cada vez que abre la boca. Seguramente lo joderán por haberlos parido sin permiso, porque es que tener hijos solo para pasar el tiempo es asqueroso. Así que cuando lo manden a la mierda la razón la tendrán ellos, bien por sus hijos.

La vida entera bajo el paraguas del logotipo de la empresa, bebe logo, come logo, caga logo y poquito a poquito se va labrando su buen cáncer corporativo. Si se siente lo suficientemente audaz, una pasión de mierda como salir a caminar, squash o ir a misa y luego bum, ahí tenemos al abuelito cebolleta haciendo montoncitos con migajas de pan sobre el mantel desechable del centro a pensión completa y sin poder hacerse una paja él solito.

Me sorprendo rumiando la típica letanía del blanquito rebelde que estropea su mochila con rotulador para hacer que el mundo pague un poco de su rabia.

Oigo bips incluso cuando no bipeo, pero es que aquí todo son bipeos. Acabo de escanear unas doscientas camisetas azul marino y tengo las manos tintadas del color del tejido. No debería haberme deshecho de los guantes, apestaban pero al menos tenía las manos limpias.

No sé qué me parece peor para la fauna marina, el tinte químico o ese látex azul. Es urgente que haga otra cosa con mi vida, lo que sea pero otra cosa, como cuando un adulto decide ir a los sitios en patinete. Sigo así un buen rato y cuanto más pienso, más tonto me siento.

Llega la hora del descanso. No fumo, no tengo cigarrillos y desde el viernes por la noche he parado los caballos. No quiero joderme, no quiero fundirme el cuerpo tan rápido. Tú estás ahí. Pienso que con poca cosa podríamos ser felices, un poco de espacio, una pizca de sol, un par de mudas y menos problemas. No pido más, solo ver cómo desaparece la luna en la mañana contigo escondida bajo mi suéter.

Termino la noche sin problemas, solo alguna que otra salida de tono para recordarnos que aquí uno no viene a estar de cháchara. En tema ambiente está claro que la cosa podría mejorar, y no creo que sea muy inteligente por su parte, seguro que si les dejasen decirse algo de vez en cuando la gente se manejaría mejor con los gestos mecánicos de este curro.

Una vez todo ha terminado, enfilo el camino que me llevará hasta ti y de pronto me doy cuenta de que pronto podré usar mi tarjeta de crédito para algo más que aplastar pirulas. Espero que todavía funcione. Setenta euros. Eso es por lo menos la manija de la puerta de entrada de la villa de mis sueños.

Ya circulan los primeros buses. Cojo uno que de camino a París me dejará no muy lejos de casa.

A mi lado peña a punto de ponerse a fregar, sujetar, transpaletar, desempaquetar, estudiar y en última instancia a que le jodan el día hasta bien entrada la noche. Nadie habla excepto dos jóvenes de unos treinta tacos con el depósito de depresión invernal medio lleno, bien envueltos en sus tres cuartos y con el cuello deformado. Como no tengo nada mejor que hacer me pongo a escuchar lo que dicen. Han ido los dos a la misma facultad de economía y enseguida me doy cuenta de que sudarse esos cinco años no les ha servido de gran cosa, ya que se dirigen a una formación en gestión de energía con la que parecen tener la esperanza de encontrar un trabajo que no se aleje tantísimo de aquello por lo que sacrificaron su juventud. Aunque ni siquiera ellos parecen creérselo.

En sus barbas de tres días no es difícil leer toda la buena voluntad de los niños viejos y no turbulentos que hicieron todo lo que había que hacer, que caminaron en línea recta y se embutieron en las casillas diminutas que la vida les había preparado. Pero eso es algo que ahora al parecer se tambalea, aunque no toma la forma de rebelión, simplemente no es justo. El más empollón mira al otro que parece no querer aceptarlo, que quiere enfadarse un poco pero que no sabe muy bien cómo hacerlo.

–De todos modos está claro, yo en Tours mis dos amigos de la infancia a los que mejor les ha ido son los que primero dejaron la escuela. Uno es alicatador y ya tiene la casa pagada, y el otro es chapista, se ha especializado en motos y ahora trabaja para la escudería de no sé qué marca, en carreras. Hace lo que le gusta y gana un huevo de pasta. Yo tengo dos títulos superiores y con los trabajos precarios que he ido haciendo siempre me ha costado pagar el alquiler.

–No me sorprende.

–A todo esto, ¿te ha llegado el cuestionario que hay que rellenar sobre la recepción de los clientes?

–Sí, ¿quieres echarle un ojo?

–Pues mira, sí, por lo menos pensaré en otra cosa.

Y cuando desenfundan un sobre y un boli bic me toca bajarme, me cruzo con un rabo rosado bajo un cubo de basura y hago eses entre los baches que jalonan la acera para llegar al semáforo donde sigue la pelea eterna por ver a quién le toca pasar, pues sigue sin funcionar.

Arriba tú duermes y yo me quedo en la ventana fumándome un cañón que me lío con los restos que reúno en la zona de los porros, lo justo para vaciarme la cabeza y meterme en tu nido. Y luego nada, aparte de pensar en ir a ver a Adam a pillarle algo de combustible para la semana que empieza ahí abajo.

También me va a tocar conseguir un teléfono, pero enseguida me olvido de todo eso y deslizo mi piel entre tú y el día. Y en mi cabeza se esfuma la luz mientras fuera tiende su enorme manto grisáceo sobre los tejados de unos edificios que apestan a cafés tocados con el vómito de las radios.

11

Busco la casilla de salida para darnos la vida padre, usar la alfombra roja para tallarte tangas y no volver a matarme para conseguir con qué pasar de un día al siguiente. No sé cómo hacerlo, así que salgo a husmear por la calle a ver si por una de aquellas saliese oro de sus agujeros.

Me lío un cigarrillo con las sobras del peta de la miseria, y luego desciendo al fondo del sol para dar un paseo por la ciudad.

Está todo petado de eslavos y guineanos, los primeros de pie contra la pared fumando cigarrillos de contrabando y los otros evitando que la gente aparque. Cuando caminas pareces menos sospechoso, y caminar es todo lo que puedes hacer cuando tienes los pies atrapados en el fango del exilio.

Constato que no hay policía a la vista y que la silla de plástico que suele haber en la plaza y donde el encargado de vigilar suele estar montando guardia sigue en el lugar de siempre. Ahí le indica a quien quiera intercambiar un billete arrugado por un trozo de resina dónde hay que ir. Islamo-apostadores e islamo-rojos de la droga, ese es el mundo de mi ciudad que tanto horroriza a las viejecitas del campo. Aunque en verdad no hay más líos en el barrio por culpa suya, ni molestan a las mujeres ni nada de nada. Solo unos cuantos kebabs, con nombres poco floridos y carne tan fresca como las flores de sus nombres.

Me dirijo a la lavandería, donde entro en un plis porque a veces, en la máquina de lavar la ropa, hay alguna que otra moneda. Allí está el loco de siempre como cada semana, en calzoncillos y con lo que queda de sus botas militares puestas, sosteniendo la pared, bien calentito junto a las secadoras esperando a que termine su colada.

No hay nada, ya me lo imaginaba pero hay que intentarlo, sobre todo si no hay nada mejor que hacer y tienes la cabeza fuera de servicio para concentrarte y pensar.

Y sin nada de eso, sin concentración, sin reflexión, avanzo a la deriva por el centro de la ciudad donde me encuentro con un montón de mocosos a los que no les vendría nada mal pasarse por la escuela, por lo menos una vez para probar, y que juegan a echar la moneda contra la pared del departamento de finanzas.

A uno lo conozco, la tez bronceada por el sol y los ancestros, ahora mismo los otros se están metiendo con él. Lo he reconocido porque sabe sacar de su anclaje las bicis Vélib pero es demasiado pequeño para subirse él solito y pide a los transeúntes que le ayuden.

Hoy no es su día, en un rebote mal calculado acaban de ganarle una gorda de cincuenta céntimos. Así que ahí lo tienes, berreando en su lengua como un viejo cuando el bus tarda o alguien se le cuela en la cola de la caja.

Llego a la oficina postal justo cuando un tipo gris de tantos cigarrillos de tabaco negro como se ha clavado en la comisura de los labios abre el buzón para recoger el correo.

De forma excepcional está cerrada durante unas horas como sucede por lo menos tres días a la semana. Abren a las cuatro y media y ya hay una buena cola llena de aquellas y aquellos que vienen a buscar un poco de lo que tienen, o a enviar un poco del resto, y que luego se largan zarandeando las puertas automáticas, que por suerte para ellos no tienen alma.

Yo también soy de La Poste. Pero la tarjeta de débito no me sirve más que para aplastar piedrecitas de coca cuando alguien me invita a una raya y la trabajo yo, porque nunca es mía.

Me siento en el respaldo de un banco con los pies sobre el asiento, cara a un sol que debe de estar de espaldas de lo poco que calienta. Pienso en el sur y echo de menos las puertas y las ventanas abiertas en la colina frente al puerto. El olor de las sepias, las peleas de los niños, el calor quemándome las heridas. La belleza de las piedras y de la piel reseca de sal.

Los borrachos que, por lo menos uno o dos todos los años, se ahogan en los canales intentando mear o tratando de subir a la cubierta de un barco. Echo de menos las piernas lampiñas en traje de baño seis meses al año, el sudor de los pies en chancletas de plástico barato, que todos los años me apestasen los dedos de los pies por la lona de piscina. Echo de menos a los mayores demasiado ocupados entre la risa y la confusión, las cicatrices en las rodillas y el ve a buscar esto o el quítate de ahí o te arranco la cabeza.

Cuánto me gustaría oír a Hakim con media botella entre pecho y espalda gritando ¡QUE SE JODA TODO EL MUNDO! tropezando con los postes, y a alguien que le responde desde algún lugar ¡CIERRA EL PICO HAKIM HAY QUIEN MAÑANA TRABAJA! y luego otra vez el aullido del más malogrado de los lobos respondiéndole a la luna ¡QUE SE JODA TODO EL MUNDO! hasta caerle encima y luego salirle por la boca la risa de las estrellas. Y yo con la ventana abierta quiero a Hakim, el mar, la voz que le dice que se calle y el olor de las manos de mi padre al volver con las redes no muy llenas, pero con una lisa bien gorda para comernos entre los dos, y algo también para cocinarle a un pobre a quien le llevaré abajo el plato que luego él dejará en el bar hasta que yo vaya a recogerlo.

Pero todo eso ya pasó, allí seguramente hubiese acabado con la mano aplastada por un winch o un cabrestante, intentando hacer un trabajo para el que no estoy preparado. O bien despeñado como muchos, en escúter o en coche, recto al acantilado antes de la curva del peñasco. O quién sabe si trapicheando con mierda, metido de lleno en ese juego de rivalidades que no te permiten sentirte a salvo ni en tu propia casa y que a menudo acaban mal.

Ya no me paro con la bici a darles botellas de agua a las putas de la carretera cuando hace calor. Me gustaba mirarles los pechos cuando se inclinaban hacia mí. Ya de crío me gustaban el sur y las tetas. Adiós a los paseos en chalupa y a los erizos de mar bajo el brazo. Todo eso se quedó allá abajo, ahora me separa de ello toda la tierra del medio, las montañas y las marismas. Un día iremos a verlo.

Todo ha pasado tan rápido, como el sol, que no contento con enseñarnos el culo para mejor sonreír hacia el sur, ahora ya ni está, tragado por la niebla que colma el cielo allí arriba, demasiado alto, sin que podamos hacer nada para remediarlo. Me levanto del banco, dejo allí mi pasado y voy a darme una vuelta por el Carrefour.

Dudo si entrar en el parking subterráneo por si alguien se ha dejado abierto el coche. No mucho rato, porque robar en un callejón sin salida bien vigilado no es buena idea. Llego a la parte trasera del edificio y el alto portal lleno de púas se abre delante de mí para dejar pasar un camión. Veo cómo uno de los chalecos rojos tira un montón de cosas en un basurero enorme. Hasta un gran pack de cervezas que adivino por la forma y el peso contra el que lucha el tipo.

Me digo mira, ahí tienes una solución, si dentro durante el día no puedes robar lo que quieres, siempre puedes ir a ver qué es lo que sacan fuera por la noche. Es mi buena idea del día, no me siento en condiciones de mucho más.

Tú llegas con la cabeza gacha sobre la bufanda y los ojos cansados, y sin una palabra comprendo que te irá bien un poco de humo para calentar tu cuerpo recién salido del subsuelo.

Luego me dirijo al edificio y Adam sentado con un par de tipos que tiritan y se distraen con juegos de niños me ve venir. Sin la menor señal, se dirige al vestíbulo y yo lo sigo como si fuese mi casa.

–¿Todo bien, Nino?

–Sí. ¿Me puedes pasar algo a cuenta? Vengo en unos días ya me conoces.

–No hay problema, lo hacemos así, ¿qué necesitas?

–Una de diez.

Miro cómo se mete la mano en el chándal y saca un cubo bastante grande de una materia que no es ni de la gris ni de la mejor que tiene y me corta un trozo más que honesto para un billete rojo que le daré más tarde cuando lo tenga.

No será vendiendo costo que se hará millonario. Adam, camello solidario de nuestras frágiles vidas, y yo que me largo con una postura en el bolsillo y su eterna cordialidad, cuídate.

Ya de regreso con el tema concentrado bajo el sol de África, tú me lo quitas de las manos para luchar contra el dolor de cabeza y conjurar otra jornada penosa.

12

Abro los ojos cuatro minutos antes de que suene la alarma y la desprogramo para no despertarte. Son las 11.30 y la noche brilla.

Ruedo fuera de la cama y me pongo lo que encuentro para protegerme del frío, cojo una bolsa y regreso al territorio de las ratas. Chillan en la calle, corretean bajo los cubos de basura, toda una fiesta aquí abajo. Llego a la altura del portón y empiezo a escalarlo. Un pie en la cerradura, las manos en las puntas de arriba, no puedo pasar por encima porque si no me empalo yo solito. Tengo que subir la pierna, hacer fuerza con los brazos y saltar al otro lado de un solo golpe. Es peligroso pero no es complicado, así que lo hago y caigo sobre mis pies haciendo un ruido que resuena fuerte pero que no oye nadie.

Voy hacia el fondo, donde el chaleco rojo tiró las cosas.

Abro la tapa del primero de los tres grandes contenedores y bingo, ahí están las cervezas. Efectivamente hay una rota, pack invendible, directo a la basura.

Echo un ojo en los tres, qué puto asco, han vaciado kilos y kilos de una materia rojiza de la sección carnicería que, con esta temperatura que te hiela los cojones, no huele más que a filete viejo. Algo es algo.

Poco a poco voy sacando a la superficie un montón de cosas que hace solo dos horas estaban a la venta.

Lleno mi mochila con una pizza precocinada, crema de caramelo, huevos porque hay uno que está roto, harina porque hay un pequeño agujero en el paquete y luego cervezas.

Cojo una caja que hay por ahí tirada y continúo mi compra con una malla de naranjas donde hay una podrida, tres pasta-box, un tronco de queso de cabra y unos yogures griegos y mierda qué ha sido ese ruido.

Me escondo tras los cubos de basura en silencio y luego me asomo a ver qué pasa. Hay dos tipos entrando.

Tengo el corazón en un puño, pero no tardo en comprender que ellos también han venido a por comida, así que me levanto y sigo con mis compras porque por un trozo de pastel de plástico tampoco vamos a rajarnos el cuello.

Avanzan hasta los cubos de basura murmurando cosas esotéricas salidas de las calles de Goa sin advertir mi presencia. No sé qué hacer, así que les ofrezco el resto de las cervezas que he metido en la caja.

–En la mochila tengo más, si queréis podemos compartirlas.

–Ah cool man, suena cool eso de las cervezas, ¿todo bien man?

–Eh sí sí todo bien. ¿Y vosotros?

–Ah sí puta madre, oye ¿no necesitas placas eléctricas? Tengo una te la puedo vender.

–Eh no está bien gracias.

–Oh, ¿estás seguro? Son la hostia no tienes más que echarles un vistazo si quieres, estamos ocupando la casa tapiada cerca de las vías.

Y el otro, que me mira fijamente, insiste.

–La de los ladrillos rojos.

–Sí la casa de los ladrillos rojos.

–Rojos.

–Eh ya veo tíos, pero ya tengo unas placas que funcionan bien.

–Ah OK.

–OK. Pero si quieres verlas es la casa cerca de las vías detrás de la valla, la de los ladrillos rojos. Hay un agujero en la valla. Para pasar. Hicimos un agujero. ¿OK?

–Para pasar.

–Sí OK, buenas noches, tíos.

Y allí que me dejo a los dos iluminados revolviéndose entre las rodajas de animales y verduras reblandecidas. Sin edad pero no muy viejos, un poco verdosos bajo las capuchas caqui que los protegen de las luces eléctricas, pero sobre todo completamente colgados.

–Tío, ¿no has encontrado papel del culo? Nos hace falta papel del culo en la casa.

–Eh no lo siento, no he encontrado papel del culo.

Y el tipo se pellizca la parte superior de la nariz, cierra fuerte los ojos y luego de repente explota.

–¡AH MIERDA ESTOY HASTA LOS COJONES DE CAGAR EN BOLSAS DE PLÁSTICO!

–¡MIERDA VENGA GOLPEA! ¡IZQUIERDA!

Y el más grande de los dos se recoge sobre sí mismo, se pone en guardia y empieza a golpear despacio en las palmas abiertas del otro, como una especie de pulpo repartiendo hostias con los tentáculos. Y el otro delante VENGA, VENGA SIGUE y él ARHFL resoplando, la capucha dejando volar por los aires pequeños amasijos de pelo grasiento. Yo ahí mirando el asunto con la boca abierta como si un alien me enseñase el culo mientras sonríe.

Y el otro que sigue ¡VENGA GOLPEA! ¡GOLPEA! ¡VAMOS! Y la cara del de delante que gotea y muge HUUUUUU HUUUU GNHUUU y golpea en el sudor de las manos del otro, los brazos y el puño tan duros como ropa mojada, cuando detrás de mí HOSTIA PUTA BALOU PERO QUÉ COÑO HACÉIS, QUE ME CAGO DE FRÍO, ¡MOVED UN POCO EL CULO!

Me doy la vuelta y al otro lado del portón veo a una chica con las medias agujereadas y envuelta en una enorme bufanda de lana. Ella no parece prestarme atención pero es que también tiene pinta de pirada. Como las relaciones de barrio no son mi fuerte, a mí me encanta el anonimato de la ciudad, paso rapidito mi botín entre las rejas, escalo la chatarra en sentido opuesto y me vuelvo a casa.

La semana transcurre a un ritmo nuevo, he vendido unos taburetes de bar que encontré en la calle por cuarenta euros, y también un extintor que encontré en el hueco de una escalera.

Cuando paso por París, me doy un voltio por los edificios de la universidad y visito los baños para llevarme los rollos de papel. Prefiero robar mi papel de váter que currar en Carrefour y luego devolverles la pasta comprándome algo que necesito para llevar el culo limpio. Nadie me controla, me hago uno con la masa.

Todas las noches salgo de caza a los contenedores, y todas las noches me encuentro con los Kennedy. Cada vez me hablan como si fuese la primera vez que nos vemos y me preguntan lo mismo, pero no importa, prefiero cruzarme con ellos que con cualquier cabrón que me haya tomado por un capullo en algún momento de mi vida. Siempre tienen algo que venderme, tipo una puerta de nevera o una linterna de pila cuadrada, incluso si ya es el tercer día que les digo que no.

Encuentro por casualidad una gran caja llena de libros en buen estado, prácticamente nuevos. Sin siquiera mirarlos la llevo sudando hasta Saint-Michel, donde doy un sablazo por todo de cincuenta pavos y algo de calderilla. Los pocos que no han querido se los dejo a los que se quedan por allí. No sé qué harán con ellos, tanto me da, tengo cincuenta pavos.

De vuelta en la ciudad, me pago un peluquero que me pasa la máquina llamándome hermano, hasta que llega la hora de pagar y pone cara de experto para adivinar por transparencia si mi billete naranja es verdadero o falso. Está claro que no tengo cara de billete naranja, con uno verde ya sería directamente un impostor.

Salgo fresco y contento. Con el resto voy a hacer algunas compras, pero antes de entrar en la gran superficie cojo una piedra del suelo, porque he tenido otra idea. Voy birlando de aquí y de allá algunas cosillas, para ti máscaras revitalizantes de granada y yo qué sé. Cojo aceite para el cabello, crema para las manos y algo para curvar las pestañas, como en las revistas que vi en la sala de espera del centro de radiología una vez que estuve allí.

Todavía con la piedra en el bolsillo de la chaqueta paso tranquilamente a la sección bebidas. Doy con la pila de packs de Heineken extragrandes que me llega hasta los muslos y al pasar por su lado, bum, un golpe seco en el culo de las botellas y enseguida gotean mientras yo doy media vuelta con mi cara de angelito. Por la noche voy a recoger el pack herido pero los Kennedy se han hecho con él, y yo me digo que después de todo la cerveza tampoco me gusta tanto, que lo hice por deporte y ya está, a la salud de los tres tarados del borde de las vías.

Pero no son los únicos con los que me cruzo en los contenedores, a veces hay también hombres solos no demasiado amistosos, hurgando en silencio con las dos manos llenas de odio por estar allí. A veces la vieja que se queda al otro lado de las rejas, con su velo y su perro, que me pregunta qué hay esta noche en el menú. Para ella no hay forma de saltar por encima, así que le paso entre los barrotes lo que me pide.

Pero no otros como yo, yo floto en solitario en la superficie de la miseria de los demás.

Todavía tengo un cuerpo joven que se divierte pasando el vientre cerca de las picas, y me alegra ver que la operación botella rota pack gratis sigue funcionando todo el año dentro de los límites de mi discreción.

Por fin voy a devolverle a Adam lo que le debo y me retiro junto a la ventana a prender la mecha hasta que el petardo me explota apaciblemente en los ojos. Entonces llegas, guapa, con el pelo hacia atrás y la piel lisa como un acuario. Vienes del restaurantucho insípido en que trabajas ahora y tu cuerpo me salta a los labios. Con él entre los brazos siento el peso que has perdido. No digo nada.

–Malik me ha llamado, dice que si vamos a pasar la noche en su casa con los demás.

–Euh… Sí, por qué no.

–No pareces muy entusiasmado, es tu mejor colega, ¿qué pasa?

–Nada todo bien, iremos.

–¿Os habéis peleado o qué? Normalmente saltas de alegría con solo pensar en volver a verlo. Si quieres quedarte aquí no tenemos por qué ir. A mí sí que me tienta, aunque esté muerta de tanto curro. Me irá bien vaciarme el tarro.

–Yo también no te preocupes.

–OK entonces me preparo.

–¿Lale?

–¿Qué?

–Te quiero tú lo sabes.

–Pero ¿qué te pasa?

–No, pero te quiero de verdad, sabes. No sé si me las arreglaría sin ti.

–¿Y esa sombra de tristeza? No nos estamos manejando tan mal, ¿no? Sabes perfectamente que para mí es lo mismo, así que deja de poner esa cara y líate un peta.

Lale pequeño sol de cenizas, me gustaría poder decirte las mismas palabras que cuando te hablo en mi cabeza. Nos encaminamos hacia las vías cuando el cielo ya se baña en electricidad y petróleo. Pegados el uno al otro ajusto mi ritmo al tuyo, refuerzo el sonido que haces para darle más fuerza, porque tus pasos son tan leves que la ciudad no te oye venir, y temo que te aplaste.

Pasamos por delante del campamento de cuyas caravanas escapa un humo de familia unida, y esa mujer en la entrada que escurre su fregona con una colilla en la boca y no te quita los ojos de encima. Leo algo malo en sus ojos, así que avanzo cogiéndote de la mano y ya no te suelto hasta que, sin decir palabra, me quitas el mai de los labios.

Malik abre y te besa, sus ojos me tocan y solo veo en ellos amistad. Junto a él hay un tipo al que no conocemos, hablamos cerveza en mano y comiendo alloco.

Charlo con Boris mientras tú le cuentas cómo ha ido la semana a Malik, quien no deja de largarte cumplidos, cuánto te admira, tu gusto a la hora de vestirte y todo lo que haces. En su casa no hay duda, caben perfectamente dos reinas.

Boris me cuenta que es consejero en una empresa de comunicaciones, el tema me interesa cero, pero como es buena gente le sigo la corriente.

–Tengo misiones en las que asesoro a otras empresas en sus estrategias de comunicación, para que se adapten a los nuevos mercados. Les explico, por ejemplo, cómo pueden establecer una relación digital con sus clientes a través de las redes, utilizar nuevas herramientas de marketing para crear sinergias alrededor de su marca.

–¿Y es tan terrible como suena?

–Es un trabajo de mierda.

–El mierda eres tú.

–Gracias, Malik, es lo que estaba diciendo. Trabajo para y con gente horrible. En el consejo no es complicado, o eres un hombre o estás buena, y eso sí es complicado.

–¿Por qué?

–Tu culo se convierte en un argumento de venta. Si ya se sabe que un cliente es un salido, la gerencia le envía a un bombón por el que se acabará gastando un montón de dinero en consejos tratando de follársela. La jugada es resistir la presión, y que el otro vaya encadenando tantos cheques como proposiciones indecentes.

–¿Y por lo menos vale la pena?

–Sí, cobrar cobramos bien, no tengo ni treinta años y gano entre tres y cuatro mil dependiendo del mes. Sin embargo, para no pensar demasiado en el resto, me relajo con morfina. Consigo pastillas a través de un colega que es médico.

–¿Tan deprimente es?

–¿Sabes esas fiestas de escuela de negocios donde todo el mundo se vomita encima mientras canta «Les lacs du Connemara»?

–Sí ya veo, de locos.

–Pues eso pero con peña de entre treinta y sesenta años.

–Ah mierda, qué mala pata las oficinas de alcohólicos.

–Beben sobre todo al mediodía, a tope. Pero lo peor son los fines de semana corporativos. El boss es de los que alquila tres días un Club Med en Túnez enterito, solo para crear un terreno propicio donde poder colocarse e intentar meterse todo lo que pueda antes de volver a ver a su esposa el lunes siguiente.

–¿Y es obligado hacer ese tipo de cosas?

–Sí, se llama cohesión.

Ahí llega Violette, no parece haber cambiado de opinión, ni sobre ti ni sobre mí, veo cómo te toca la cadera y clava su mirada en la tuya y te da dos besos sonriendo pelín demasiado. Me digo, mientras las entrañas se me revuelven, que es un saludo digno de una peli porno en la que yo, de tener algún papel, sería el señor Scottex. Viene Malik y me dice que tiene algo para mí, así que lo sigo a su habitación.

–Toma, Omar, del club, encontró tu teléfono después de la fiesta. Tienes suerte de que me lo diera porque antes de que se apagara vio mi nombre en las llamadas perdidas. ¿Cómo va la cosa?

–Ahí vamos, solo que Lale, no sé, podría estar mejor.

–Ha adelgazado eso se ve enseguida, ¿qué le pasa?

–No sé, es solo que no está en su mejor momento, igual es el invierno.

–Ya, pero comer coméis, ¿no?

–Nos las arreglaremos. Últimamente me paso por los basureros del Carrefour de al lado de casa. El rollo es que si quiero huevos voy al súper, rompo un huevo del paquete y ellos por la noche lo tiran a la basura, así que luego voy a buscarlo, es práctico.

–Deberías crear un gremio de ladrones y vender tus métodos, nunca había oído nada parecido, eres un fiera.

–Flojera, Malik, tengo flojera. Y tú, ¿todo bien?

–Pues ahí va, tengo que decirle a Boris que ya no quiero verlo tanto, de vez en cuando y ya está. Estoy pensando en irme a Berlín unos días, a cambiar de aires, Violette también viene.

–Sería bien cool que te la dejases allí. No puedo entender qué le ves.

–Para Nino no vayas de macho alfa, aquí estás en territorio neutral, ¿OK?

–No voy de macho alfa, no me gusta y punto.

–Ella tampoco es fan tuya, pero no me jode con eso, ya sé que no te va, pero por una vez haces como ella y ya está.

–OK, lo que tú digas.

–Gracias. Si quieres conectar el teléfono, ahí en la mesa tengo el cable que necesitas.

Y de repente la puerta vuela y revela a ese renacuajo del Styx, el más retorcido de los diablillos. Entra, tira su cubo a un lado y nos da dos besos. Lleva las mangas a rayas blancas y negras, el casco puesto y desabrochado y unos pantalones de talle alto que si lo pusieses del revés y lo sacudieses un poco le llegarían hasta el sobaco. No es algo muy práctico para hacer entregas en bici pero sí muy elegante.

–Hola, chicas, a ver, ¿quién toca a quién?

–Hola, Charlie, le estaba comentando a Malik si es que te caíste del tacatac cuando eras pequeñito.

–Vaya bienvenida, estás a tope Nino.

–No le hagas caso Charlie, está agobiado el pequeñín.

–Si yo fuese tú no me haría tanto el listillo y volvería con mi novia antes de que la otra le proponga un plan mejor. Esta Lale es increíble, ¿no se entera de la película o es que lo hace aposta?

–¿La verdad? No se entera.

–¿Y es así cada vez que le tiran la caña?

–Sí, mientras no la toques, pero el último que le metió mano acabó con la nariz rota a golpe de sello, ¿no te has fijado en lo grande que se lo pone cada vez que salimos?

–¿Ella? ¿Quien le rompió la nariz fue ella?

–Sí, el tipo estaba armando ruido en el bar, borracho perdido. ¡Lo despabiló de golpe y el pobre corrió a decirle al segurata que la echase! ¡Échala ha sido ella! El segurata al principio se lo tomó en serio, hasta que vio a Lale, una florecilla primaveral con el ombligo al aire lista para matar y no pudo resistirse, le entró la risa y le dijo al tío que se fuese a dar una vuelta y se alejase de ella. Hasta la felicitó, y Lale gritándole ¡VUELVE AQUÍ COMEMIERDAS! Fue la hostia, qué risa.

–Deja de montarte películas Nino, estás de coña.

–Malik tú estaba allí, ¿lo confirmas?

–Así es exactamente como sucedió.

–¿Qué? Ya ves no solo cuento tonterías, voy a ver si queda algo de banana, esa cosa me flipa y además está feo que nos quedemos aquí con la gente ahí fuera.

–La verdad no creo que a Violette le importe una mierda que te quedes aquí.

–No jodamos Charlie, y no esperes que te frote la cabecita la próxima vez que estés todo puesto.

–Ve Nino ve tienes razón, si yo fuera tú no me entretendría demasiado, últimamente va muy salida, a ver si en Berlín puedo calmarla un poco.

–Sí que está el tema calentorro sí, anteayer salimos, yo estaba en la barra ligando con un portuguesito y llega ella con un pedal del quince y la boca toda pringada de pintalabios... que no era el suyo, se había liado con la mitad de las tías del bar. Cuando nos fuimos la cosa estaba que ardía, por un momento pensé que no había otra que irse de putas, un volcán.

–Venga venga Charlie, menos lobos que aquí todos sabemos que la más perra eres tú, así que déjame en paz y no te vayas sin tu playboy.

–Te lo advertí Charlie, pasa de él porque esta noche está en modo gruñón.

–Le queda bien esa mirada oscura tan mona.

–Que os jodan a los dos, me voy ahí al lado.

No es verdad que esté cabreado, pero cuando la otra me ve llegar, me mira con la cara más arrugada que el culo de una monja que no quiere cagar y luego se vuelve hacia ti con la más hermosa de sus sonrisas.

No puedo enfadarme porque tú no tienes la culpa y sería hacer el idiota, así que juego a hacerme el misterioso y me fumo un cigarrillo en la ventana, con la mirada de tipo duro perdida en los tejados.

Aunque en el fondo me toca las pelotas. Una cosa es que no me moleste que te vayan las tías, pero me jode ver que la pava esta siempre mete toda la carne en el asador para intentar inclinar la balanza. Yo entonces le digo en mis pensamientos que en el otro lado está el corazón de Nino, así que ya puedes meter todo el peso que quieras porque yo no pienso moverme.

Enciendo el teléfono y la operación me lleva sus buenos cinco minutos, está hecho una máquina este procesador, menuda cafetera. Y una vez conectado al wifi, todavía tarda otros minutos más en tragarse todas las notificaciones, mensajes y anuncios.

Repaso un montón de bobadas y leo el mensaje del Farfadet. Nino, pásate a verme cuando puedas, si quieres moverte un poco tengo algo para ti.

13

–¿Todavía tienes la piedra azul del otro día?

–¿El zafiro? Sí, ¿por qué? ¿Te interesa?

–Si no tienes prisa por venderlo o hacer algo con él apártamelo, cuando tenga con qué me lo llevo.

–OK, Nino, todo bien. Pero si aparece alguien con la pasta y también le gusta, ya sabes cómo va esto.

Desde el fondo de su capucha escupe un humo opaco con matices especiados. Debe de ser otra de sus variedades de mago, una extraña salvia o algo así, lo huelo con solo rozar los bordes de la nube. Sigue siendo como una tortuga, los gestos lentos y las Converse destrozadas y mal atadas, un tipo que podría comprarse un Foot Locker con algunas de las piedras brillantes que guarda en su caja de zapatos.

–¿Ya sabes cómo vas a hacer el viaje?

–Supongo que iré en autostop y volveré con lo más barato que pille, igual el bus.

–No, Nino, el bus está quemado. Desde de los atentados todo es distinto, si usas un medio de transporte para pobres tienes más números de que te pillen. En el bus ahora los registros son sistemáticos, abren todas las maletas. Lo más seguro es el Thalys, alta velocidad chaval.

–¿El Thalys? ¿Y pasar por la estación del Norte no es un poco arriesgado? Allí hay más polis que en ninguna parte.

–Tú verás, pero tú no tienes cara de indocumentado. ¿Has visto alguna vez que paren a un blanquito? Aparte de los punks con perros y los que tienen mala pinta, digo.

–Cierto. En mi caso depende de una cosa, si llevo gorra o no la llevo. Con no me pasan ni una, y sin nunca me han molestado. A menos que seamos muchos y no todos tengamos pinta de haber bebido.

–Pues no te pones gorra y no invitas a tus colegas, te vistes como un tipo normal que hace cosas normales y deberías poder pasar sin problemas.

–OK, lo pienso. ¿Y tu hombre allí cómo se llama?

–Valentine, es un tipo de aquí del barrio, ya verás que es buena gente. Su madre dirige un despacho de arquitectos, su padre se dedica al tema inmobiliario. El tipo pinta un montón, rollo graffiti, y eso se lo encontró deambulando por los tejados. La gente no entiende que vivir en el último piso es como vivir en la planta baja, mejor no dejar las ventanas abiertas. Se hizo con un buen botín.

–¿Y no puede venir él?

–No, y no es que se lo invente, estuvo armando un montón de revuelo y ahora no puede aparecer por aquí durante un tiempo. ¿Sabes la polla enorme en el Arco de La Défense, hace unos meses?

–¿Aquella cosa gigante allá arriba?

–Fue él y su equipo, cuarenta y dos metros de largo, solo la punta ya medía siete, con pintura fosforescente. Si vives cerca mejor que tengas buenas contraventanas porque de noche refulge como el sol. Desde entonces tiene a la secreta en los talones, porque esa no es la única que ha montado, así que se ha ido a Bélgica a esconderse por un tiempo. Es esa clase de tipos que es más fácil cruzarte en las alcantarillas o en los tejados que en la calle.

–¿Qué es, un puto ninja?

–Qué va, Nino. El problema que tú tienes es el dinero. Pero es un problema que tiene solución, yo lo he solucionado. Valentine es de los que, hasta la fecha, no han tenido nunca ese problema. Y cuando eso es así, hay que buscarse algo, mantenerse ocupado, encontrar el camino. La mayoría hacen lo que se espera de ellos, pero hay otros que no. Y cuando tienes todo el tiempo del mundo para hacer lo que te da la gana y resulta que a ti lo que te da la gana es pasearte por los tejados, pues eso, es como esquiar, no tardas mucho en convertirte en el as de la pista negra.

–OK, capito, es un hijo de burgueses pero con una vida de barrio.

–Tú lo has dicho Nino. Voy a hacerme un bicarbonato, ¿quieres uno?

–Eh no gracias dale tú.

Y ahí lo tienes chupando y escupiendo una pasti gruesa como un neumático, la cabeza bajo el brazo saboreando el misterio, la malicia y su petardo. Escondido bajo la línea de flotación de París, nada mansamente en su pequeño reino susurrado que nadie adivina.

Le tiendo la mano abierta y él choca dos veces a modo de saludo. Cuando enfilo la noche ya se la ha metido toda en la boca.

Una vez en casa te encuentro escondida en la oscuridad, con la cabeza en el limbo y la mirada apagada, no hace falta preguntar nada para entender que te sobrevuela la tristeza de unos días demasiado cortos.

–Voy a tener que largarme unos días, tengo un plan que puede darnos bastante pasta.

–¿Cuánto tiempo?

–Tres días, si acaso cuatro.

–¿Qué vas a hacer?

–Recoger un paquete en Bélgica, en Bruselas. Para el Farfadet.

–¿Vale la pena?

–Me da mil quinientos ida y vuelta.

–¿Es peligroso?

–No.

–A ese precio tiene que serlo un poco. Podría haber ido contigo, pero si el sábado no voy a trabajar más vale que no vuelva.

–Ya sé. Pero no te preocupes, estaré bien, es cuestión de unos días.

–Además con la mala cara que tengo estos días, cuanto menos salga mejor.

–Estás tan guapa como siempre.

–Eso es muy bonito, pero no es verdad.

–Lo digo en serio.

Posas tus labios sobre mis ojos y los haces parpadear como mariposas hasta que al cabo del rato mi cara se estremece contra la tuya. Me levanto y recojo mi bolsa de deporte, que no había tocado desde mi breve estancia con aquellos tipos en uniforme. Solo saco las chancletas, no las voy a necesitar.

Meto el cargador y el teléfono, me visto calentito y voy a ver a Adam para que me pase algo que aplaque un poco el fuego que hay en ti.

Le digo que se dé prisa y le cuento el porqué, entonces su mirada se ilumina.

–¿Te queda sitio en el equipaje?

–No sería un problema, ¿por qué?

–¿Podrías subir un paquete por mí? Desde lo de los atentados la frontera está imposible y ya no pasamos por Bélgica, pero tú esos problemas no los tienes, ¿eh que no?

–Más me vale.

–Un colega de allí quiere doscientos gramos de una grifa especial que no solemos vender, costo de primera clase, que no se encuentra por ninguna parte. Solo hay de vez en cuando y lo guardamos para la familia.

–¿Bueno?

–Un arma de guerra. ¿Harías eso por mí?

–Sí por qué no, ¿tengo que traerte algo?

–Mil seiscientos euros.

–¿Por doscientos gramos? ¿Qué es eso, costo al azafrán?

–Lo que yo te diga, primera clase, crema. En posturas queda el doble. Si te hace te quedas trescientos pavos por el viaje. Y diez gramos más para que veas de qué te hablo.

–Dame también la misma mierda de siempre.

Adam encara las escaleras y yo lo espero en el vestíbulo con la bolsa de deporte en el suelo y el culo pegado al frío hormigón, viendo cómo las mamás dejan el cochecito allí una detrás de otra, hoy el ascensor no funciona.

Ahora vuelve como se fue, con su abrigo puesto solo por la capucha que llega volando detrás de él, como un superhéroe del gueto. Me da una bolsa de plástico y cuando la cojo me mira a los ojos. Entonces suelta las mismas palabras cariñosas que de costumbre, pero hoy llenas de gravedad.

–Es un gran golpe, Nino, cuídate mucho.

–Tú también.

Te dejo algo para ir tirando, me dirijo hacia el norte y me digo que pronto te voy a llevar a que te dé la brisa salada.

Fuera no veo más que un sol blanco en el aire frío de los días de nieve. El incinerador a lo lejos nunca se apaga, en las nubes es imposible distinguir lo verdadero de lo falso. Casi puedo ver lo que respiro. Enciendo un cigarrillo y antes de tirar hacia el metro me tomo un tiempo para fumar un poco.

Paso por el Lidl y por los bares de obreros donde los viejos se pulen la pensión delante de unas pantallas en las que corren caballos a toda velocidad, luego rodeo el campamento donde, para variar, alguien está quemando unas cajas.

Me trago el primer hogar de trabajadores y paso por debajo de la ronda periférica, donde tiro la colilla en el negro orificio de las alcantarillas.

Me duele un diente, a menudo sueño que me caen todos, que cuando aprieto la mandíbula revientan unos contra los otros. Mis noches están llenas de dientes blandos y mansiones abandonadas.

Llego a la boca del metro. Como de costumbre hay unos cuantos alcohólicos dando vueltas a ninguna parte mientras escuchan la radio, fuman cigarrillos o juegan al ajedrez con chavales de secundaria a los que les parece superguay estar allí en el metro con la gente que lo habita.

En Châtelet subo la pequeña escalera donde hay siempre demasiada gente y giro a la izquierda por el enorme y apestoso pasillo. Avanzo a través de la corriente de aire viciado. Châtelet es la cuarta dimensión, el verdadero subsuelo. Deslizo mi mirada por la gente que pide limosna. Huele a diablos y todo el mundo pasa de largo excepto los vagabundos y la gente más rara. Yo también paso de largo, no quiero palmarla en Châtelet si por alguna de aquellas algún mierda decide hacerse volar por los aires.

Corro entre los postes de hormigón con una sonrisa de medio lado al ver a los que siguen las flechas buscando su línea. Me llega el aroma de los productos de limpieza, las alcantarillas, el fast-food y las perfumerías del centro comercial en un humillo que haría revivir a los muertos. Me tapo la nariz con el cuello, me desvío a la derecha y subo el segundo tramo de escaleras.

Después de los cambios de rigor llego por fin a la doce, y entonces por los altavoces una señora lo anuncia. La línea está bloqueada, alguien se ha metido en el túnel y he emprendido el viaje a pie porque estaba cansado de esperar el metro, con un par.

Salgo al aire libre y me sitúo en el radar de cara a la puerta de La Chapelle.

Lo he puesto todo en la bolsa excepto los diez gramos para el camino que me he metido allí donde nadie irá a buscarlos, espero que no le dé por resbalarse porque a pesar de lo ajustados que llevo los pantalones hoy tampoco me he puesto ropa interior. Sumerjo la mano allí dentro para ponerlo todo en su sitio y mentalmente no le quito el ojo de encima a mis cojones para asegurarme de que las cosas siguen en su lugar.

Con el tiempo que hace prefiero no sacar a pasear el pulgar, me pongo a la salida de la gasolinera para pillar a los que podrían ir hacia el norte. Coches llenos que se disculpan, tipos canosos que ni siquiera me miran, mujeres solas que prefieren no arriesgarse y chavales a los que la poli parará antes de coger el tíquet de la autopista.

Pasados unos veinte minutos, me recoge una pareja más o menos de mi edad, no muy limpios, simples estudiantes. Les doy las gracias y meto la bolsa al fondo del maletero, escondida bajo una tienda de campaña, junto a un pequeño extintor.

Ellos también van a Bruselas, genial. Solo tienen que hacer una parada para recoger a dos amigos a la salida del aeropuerto. Esperemos que todo salga bien.

Me invento una vida parecida a la suya y les hago preguntas para fingir cierto interés, aunque mi mente está jugando al salto de la pídola con la señalización del otro lado del parabrisas.

A medida que aumenta la distancia, siento que los cables que hacen que mi sangre lata con la tuya se van marchitando.

Les va bastante bien, unos estudios que no les quitan demasiado tiempo, una beca y un currito para acabar de completar, porque es que París es tan caro. Yo también podría haber hecho eso, seguramente no hubiese durado mucho pero podría haberlo hecho. Sacarme el carné y fumar tabaco de liar, mantenerme lejos de todo lo que ensucia. Conservar la frescura y unas cuantas perlas de ingenuidad para ir destilándolas en cada frase. No tocar la noche, no besarla, no fundirme en su seno.

Cuento las gotitas que recorren el parabrisas al ritmo de la velocidad, y con estas oraciones de autopista combato como puedo la tensión sorda que se ha adueñado de mis tripas.

Llegamos al aeropuerto sin problemas, después de pasar junto a un autobús Eurolines del que han sacado a todo el mundo, de pie bajo la lluvia, justo antes del peaje, las maletas a los pies de sus dueños a la espera de ser abiertas por los de la aduana. El Farfadet tenía razón, el autobús no era una buena idea.

Apenas veo en el arcén a los dos amigos de la pareja del coche, rezo a los cielos para que no sean ellos.

Pero sí son, aquí los tengo, a bordo en la parte de atrás del 106 vienen conmigo Pierrot y Gabriel, con su guitarra metida en el habitáculo y treinta metros de rastas entre los dos, unas rubias y las otras pelirrojas. Tengo las tripas descompuestas. Si no me paran con estos dos mochileros llegados directamente del Perú que ahora empiezan a enseñarnos sus flautas de Pan y sus tamborcitos de barro cocido, es que en algún lugar del mundo hay una fuerza poderosa cuidando de mí.

Afortunadamente el tema charla está resuelto porque el reencuentro ocupa todo el espacio. Mientras rodamos tan rápido como puede este cacharro, pienso a toda prisa en la mejor manera para bajarme del carro. Tengo que salir de aquí antes de llegar a la frontera. Si sigo atrapado durante tres larguísimas horas entre estos tipos recién llegados de un vuelo transoceánico, se me acabará pegando su olor de mierda, y ya estoy de mierda hasta las orejas.

Me lo tomo con paciencia y encajo los acordes que el rubio le arranca a su guitarrita como pequeñas puñaladas en un corazón ya suficientemente tocado. Cómo me molaría darle una patada en la boca, engancharle una rasta en la llanta de la rueda trasera y agitar su cabellera por la ventana. Pero no estaría bien.

Evalúo los riesgos. De momento no son enormes, por lo menos mientras sigamos en marcha y la chica no se estrelle con nada, algo que podría suceder en cualquier momento porque cada vez que nos habla se vuelve completamente hacia atrás.

Me concentro en los kilómetros y en el campo, el puto campo por todas partes, tractores y turbinas eólicas y todos esos pequeños caseríos construidos alrededor de campanarios asquerosos. Veo el indalo en los camiones procedentes de España a los que vamos adelantando y cada vez me lo quedo para mí, me dibujo con los dientes su forma en la lengua para que me proteja de las catástrofes que me acechan.

A menos de veinte kilómetros de distancia de Valenciennes, aprovecho que uno de los dos blanquitos del mocho en la cabeza tiene ganas de mear y apoyo la moción, así que por el buen curso de nuestras necesidades fisiológicas, el coche no tarda en salir en la siguiente área de descanso.

Me invento cualquier cosa porque me importa una mierda y no les debo nada, cojo mi bolsa y les digo que sigan sin mí, yo haré un alto en el camino, voy a pillar un coche que vaya a Valenciennes y así paso a ver a un colega que vive allí.

Son tan amables que me dicen de salir de la autopista para llevarme, pero no hace falta, un poco de aire fresco y de lluvia me irá bien, así que suerte y gracias adiós. Doy una vuelta por la tienda y cojo otra botella de agua. No tengo sed, pero es lo más barato para ganarme el derecho a robar lo que sí quiero. A juzgar por los precios de todas esas mierdas de los estantes, estaré robando a un ladrón, y ya se sabe, cien años de perdón.

Yo mismo me río de estas cábalas. Con la espalda llena de barritas de cereales y un sándwich de salmón ahumado, trato de revestir de un poco de moralidad esto que estoy haciendo, nada menos que cargar con suficiente tema para que todo un ejército se líe sus torpedos, de camino a otro país, donde voy a buscar un paquete de joyas robadas por un tipo que entra por la ventana en las casas de la gente.

Yo la sangre la habría vendido, pero aquí solo puedes donarla, así que me la guardo a menos que tenga hambre porque después te dan de comer.

Hago como los cabronazos que ahora cantan con voz atronadora en los auriculares que he birlado junto con todo lo otro, adapto mis pasos a la música y repito esa señal universal que haces en la carretera cuando pretendes que alguien que no te conoce pare y te lleve.

A la salida del área de descanso pasan unos cuantos y luego aparece el Rover. No lo oigo llegar, lento y pesado, como si quisiese verme crecer lentamente en medio del paisaje. Al final lo tengo ahí, se para a mi altura, yo abro la puerta y le digo adónde voy esperando que no le cuadre. Alguien me responde subе con una voz que asustaría a un sargento. Con el instinto de supervivencia en modo avión y el de muerte bien presente, me siento en el interior de cuero junto a un tipo que no me gustaría ver cruzarse en tu camino.

Tiene un acento raro. Igual es que es flamenco, apenas me siento empieza a hablarme del buga.

–Acabo de sacarlo del tallerl, voy a prolbarlo un poco, verl si han hecho un buen tralbajo. ¿A ti la velocidad te da miedo?

Yo miro la bolsa a mis pies, que como una apuesta al negro puede hacer que lo pierda todo o que gane el doble, luego mi mirada se desliza hacia las manos del tipo y enseguida está decidido, prefiero perder la apuesta que la vida entre esas dos mazas que sostienen el volante.

–No, no, todo bien, la velocidad me gusta, pero igual habría que andarse con ojo porque estamos a nada de la frontera.

–Ja ja ja ¿por la policía? ¿Te da miedo la policía?

–No, qué va, lo digo por ti, es tu coche.

–Sí, es mi coche, y no serlás tú ni la policía quien vaya a decirlme qué es lo que puedo o no puedo hacerl, ¿verdad?

–Sí claro, como quieras.

–EXACTAMENTE.

Empuja cada sílaba de las palabras que va destrozando como si royese un hueso. De repente me veo aplastado contra el respaldo, sintiendo en los pies cómo el motor devora furioso la carretera.

Sus risotadas son como un bombardeo, a ciento ochenta y ahí sigue, unas carcajadas de majareto, y yo me digo hostia puta si me las arreglo para mantener la distancia correcta con este tarado que pesa tres veces yo es que puedo sobrevivir a cualquier cosa.

Y él que ríe tan fuerte como el motor, que me pone la mano en el muslo y que me dice con los ojos encendidos de gasolina y pólvora ¡NO ESTÁ MAL NO! Y yo con el corazón en un puño también me río con una risa del color de una enfermedad rara mientras su mano me estruja por encima de la rodilla. Estoy dispuesto a romperme los dientes apretándolos tan fuerte como pueda para que no sienta el temblor.

Me suelta para cambiar de marcha y creo ingenuamente que va a darme un respiro, pero su pata de gorila vuelve a caerme encima, esta vez más arriba, sobre mi pobre delgadez, apretando fuerte el exterior de mi pierna con el pulgar. Y a él que le parezco la mar de simpático, y yo que me digo por lo menos avanzamos tengo que ganar tiempo para no acabar aplastado como un pajarillo entre esos monstruos que son sus manos. El sudor de mi cuerpo humedece el paquete que llevo escondido en los cojones y poco a poco su olor empieza a impregnar el coche.

Con cada adelantamiento tengo el tiempo justo para ver que en esos pequeños mundos de hierro reina la paz, cubículos donde en el peor de los casos la gente discute, mientras que aquí no tengo muy claro si me han secuestrado o si todavía ando descalzo haciendo equilibrios sobre el filo y me queda alguna opción de caer del lado de la vida.

La frontera está cerca, y él sigue haciendo retumbar la carretera a una velocidad que prefiero no mirar. Por lo menos baja el ritmo cuando, en el horizonte, empiezan a definirse las casetas blancas con señores dentro escondidos que se inclinan sobre los vehículos para clasificarlos siguiendo un patrón tan impenetrable como un club nocturno con un fisio delante.

La gran jeta del tarado se vuelve hacia mí, y no es para decirme hola Bélgica no, sino para sonreírme con una boca de escualo.

–Tú trlanquilito, ¿OK?

Y yo que quiero gritarle pero ¿tú qué quieres puto enfermo? ¿Follarme el culo o meterme tu gran rabo en la boca? ¿Quieres liquidarme o ser mi colega? ¿Quieres que te lo ponga un poco difícil o solo esperas que te dé una señal para despedazarme y comerme a trocitos en tu puto carro?

Pero no digo nada, con la mano crispada en la puerta pienso a la velocidad del guepardo. Si salgo corriendo y dejo atrás la bolsa, estoy en la mierda. Si salgo corriendo y agarro la bolsa, tengo a los policías a menos de cien metros, me cogen y estoy en la mierda. Si me quedo estoy en la mierda, si le digo a la poli que estoy en la mierda, ellos registran mi bolsa y también estoy en la mierda. Si la policía no se entera, el tarado sí, y sigo en la mierda.

Nos acercamos cada vez más, menos de cincuenta metros. Tengo que salir. Aprovecho que el vikingo a mi izquierda saca su cabezón por la ventana para coger la bolsa y tirar de la manecilla. Paso en falso, el coche está cerrado por dentro. Ahora sí que estoy en la puta mierda.

Llegamos a la altura de los aduaneros y de toda la peña que han metido ahí dentro desde que esto se jodió por un lado y por el otro. A la pregunta sobre lo que hemos venido a hacer aquí, a mí me gustaría responder pero mi hombre del saco ya se inclina hacia el tipo de uniforme y le dice algo que ni siquiera puedo oír, atrapado como estoy entre la muerte y el hachís. Ya ha pasado y aquí nos tienes otra vez, rodando de nuevo más y más rápido.

Y el otro que se ríe de oreja a oreja con su manaza sobre mi muslo, frotándola ahora con una especie de caricia que parece más apropiada para un caballo que para un hombre.

La oscuridad se cierne sobre nosotros. Me pregunto qué determina cada instante, gracias a qué secuencia de acontecimientos he terminado aquí. Me digo que sobrevivir es solo cuestión de un par de horas, que hay que pasarlas y punto.

Para él es el pistoletazo de salida, nuevas descargas de frenesí se le suben a la cabeza porque ahora tiene la mano en mi nuca. Huele las partes de mi piel que frota, y a mí me queda claro que se está excitando. Con la cabeza aún libre para moverse a pesar de que sigo agarrado, miro fuera a los otros coches.

–Tengo que ponerl gasolina en la prlóxima estación ¿OK? Tú me esperlas aquí calentito.

Grandísimo hijo de puta no voy a decir que no y a rogarte que me lleves lo más rápido posible a mi boda con los vagabundos de tu sótano. Con los nervios a flor de piel espero el momento, el único que tendré para joderle el plan. El coche se mueve lentamente hacia los surtidores, y en el segundo después, cuando quita el seguro y abre su puerta, yo abro también la mía despacio. Él cierra con llave y se sirve su caldo silbando una canción que no me gusta. Mientras va a la caja a pagar, yo abro y me bajo los pantalones para cagar todo el miedo que me ha metido en el cuerpo encima del asiento del pasajero. Luego me largo a toda hostia, la bolsa en una mano, el costo en la otra y el culo lleno de restos de mierda.

Me escondo detrás de la gasolinera, entre las viejas jaulas oxidadas llenas de bombonas de butano. Desde donde estoy, lo veo buscándome con los ojos hasta que huele mis restos entre los pliegues del cuero.

Si pudiera escupir humo le saldría de todas partes, qué placer al ver cómo se le atraganta mi recuerdo.

Y así se larga, en compañía de lo que mi vientre ha ido licuando, su Rover mordiendo las cunetas de la carretera, abismado hacia un lugar que nunca tendré que conocer. Querías mi miedo, pues ahora te lo comes hijo de puta.

Me quedo ahí plantado un buen rato. Saco unos calzoncillos de la bolsa para limpiarme metódicamente el culo con ellos, luego los tiro en un arbusto mientras la noche cae. Encadeno varios cigarrillos, vacilo si machacarme el cerebro con el caviar de Adam, pero decido que no. Si aparece otro pájaro como este y voy puesto estoy jodido.

Al final me meto en la garita de la gasolinera con las manos tan húmedas como el bosque que la rodea, y pregunto cómo llegar a mi destino. Bruselas todavía queda lejos. No sé qué hacer. No quiero caminar por la carretera y tener que meterme en la cuneta cada vez que pasa un coche por si resulta que es él, y no hay ni dios para estirar el pulgar, por lo menos hasta mañana. Por fin pienso en escribirte. Todo bien, casi he llegado.

Al final encuentro un coche que va en mi dirección y subo delante sin miedo, ya que la parte trasera está ocupada por dos críos absortos en un DVD portátil del que salen voces chillonas.

El padre es amable, pero no sé qué decirle para llenar la distancia que existe entre su jornada y la mía, así que para pasar el tiempo le pido que me explique la forma más fácil de llegar adonde quiero ir desde donde él va a dejarme.

No es complicado, hay un bus directo. Bien, estoy hasta los huevos, cansado y sucio.

Una vez dentro, sentado en el asiento del fondo, veo poco a poco la ciudad, las luces coloridas de una central eléctrica, luego los snacks, los bares, las tiendas de comestibles y todo lo que en la noche capta el ojo en medio de las sombras.

Bajo cerca de la estación, pregunto por dónde seguir y me subo a un tranvía tan sucio y cansado como yo. Dos asientos delante de mí, una mujer hablando sola y agitando las manos me parece menos loca de lo que aparenta, cuando me bajo unas paradas después y veo que lleva el teléfono entre el velo y la mejilla.

Llamo a Valentin, viene a recogerme en cinco minutos, el cuerpo confinado en un plumífero North Face con puntitos de cromo.

Ya en su casa, acepto gustosamente darle unas caladas al peta que me ofrece y le pido si puedo darme una ducha antes de entrar en el meollo del asunto. Dejo correr el agua un buen rato sobre esas horas agotadoras. Luego me uno a él, a la botella de Jim Beam y a los espíritus traviesos que se han apuntado a la fiesta y que no nos soltarán tan pronto.

Él se saca un paquete envuelto en papel de periódico y hostia puta cómo brillan el oro y las piedras.

Lo meto todo en mis calcetines sucios y los calcetines en el fondo de la bolsa, y ahí veo que se le van los ojos al tema de Adam.

–Veo que no has venido con las manos vacías.

–No, ya de paso traigo un paquete de goma.

–¿Quieres pasarlo por aquí mientras te quedes?

–No es mío, yo no vendo nada. Es como con las joyas, cojo una cosa en el punto A y la llevo al punto B.

–Y el punto B del tate, ¿dónde es?

–En un bar del centro.

–¿Te quedas aquí un rato o te vas directo a París?

–Solo lo que me lleve hacer lo que tengo que hacer, he planeado el fin de semana para tener tiempo por si hay algún marrón, así que como muy tarde el lunes. ¿Por ti está bien?

–Sí, tranquilo, quédate aquí. Estoy solo hasta el domingo por la noche, si quieres la otra habitación es tuya.

–Gracias.

–¿Tienes algo previsto aparte de tus asuntos?

–No, he venido por eso, aquí no conozco a nadie.

–¿Y estás cansado o te hace pegarte una party?

Yo no pedía tanto, un litro de alcohol y caviar para fumar me habrían bastado, pero siento que me llega energía de todas partes y contesto demasiado rápido a Valentin.

–Por mí de puta madre.

–Perfecto.

–Pero antes tengo que comer algo.

Salimos, me dejo llevar y en un lugar de al lado me decido por un horror de aquí, unas enormes patatas fritas al aceite de animal con una indigesta salsa Biky.

La especie de hamburguesa eslovaca que me estoy zampando tiene la consistencia del surimi y el color de un cadáver de algunos días, pero la salsa lo embadurna todo y al final es como si estuvieses comiendo grasa en un pan viejo. Luego, los dos en un escúter tan hecho polvo como las camionetas que hay cerca de casa, encaramos la cuesta en dirección al centro.

Valentin me espera al otro lado de la calle hasta que encuentro al amigo de Adam, que me ve venir como si fuese el Mesías. Nos metemos en la cocina al fondo del bar, acepto su gin-tonic y le saco la mercancía, que ha hecho el trayecto entre el pantalón y la barriga. No puede estar más contento, feliz de que haya podido llegar sin problemas y traerle la preciosa pasta marrón verdoso de olor ácido.

–¿Lo has probado?

–No, Adam me dio un poco, pero tuve miedo de hacer el viaje con esto en la cabeza.

–Has hecho bien, fumar esta mierda es todo un proyecto, mejor tener tiempo por delante. No sé por dónde lo suben pero aquí es imposible encontrarlo, ni siquiera en Holanda. ¿Hace una rayita Nino?

–Bueno, no te diré que no.

–Espera, ahora te pinto una pequeña.

–OK, pero rápido, tengo a mi colega esperando fuera.

–¿Tu colega? Pero tráelo si es tu colega.

Mientras voy a por Valentin, Jimmy nos prepara tres líneas de un blanco casi puro, nos las hacemos uno tras otro y, apenas levantamos la cabeza, nos ofrece un whisky, vuelve con tres vasos y nos los trincamos de un trago.

Y ya, el grupo electrógeno de mi corazón se pone en marcha, siento que el demonio que hay en mí está a punto para follarse la ciudad enterita.

El mal rollo del día se convierte en euforia y la niebla nerviosa que me ha estado gripando durante todo el viaje, ahora ya bien engrasada, se inflama y deviene en tormenta. Así que eructo un relámpago que apesta a manduca industrial y le doy a entender a Jimmy que aún tenemos cosas que hacer. Él saca el fajo, lo cuenta delante de mí y me lo da guiñándome el ojo.

Pillo trescientos en billetes de cincuenta y el resto me lo pongo en los bolsillos de delante del suéter y subo las cremalleras hasta arriba. Nos despedimos y nos subimos en el escúter con los ojos brillantes de un resplandor nuevo y la nariz llena de una dulce amargura.

Cuando llegamos a casa de Valentin, aprovecho que va al baño y meto el dinero de Adam junto a las joyas en los calcetines sucios. Tira de la cadena, nos tomamos otra copa juntos, y ya con los cuernos fuera me pregunta si quiero un gramo porque su hombre está en camino.

Primero digo que no y luego digo que sí, porque estoy borracho y porque me suda la polla. Porque hoy un puto nazi ha estado a punto de encular mi cadáver en el bosque, porque siento que mi corazón bate al ritmo de las grandes noches, ¿o es que tiene algún sentido poner música para luego cortar el sonido? Así que decido mantener el ritmo, aunque con lo que ya me he metido hablar de elección es mucho decir. Para decir que no, tendría que haber sido antes, ahora es demasiado tarde. Y así vuelvo a ser el Yes Man al que tanto temo, y pienso en el ayudante del doctor en el cuartel cuando decía de mí ¡este chaval sonríe a la vida!

Miro a Valentin, que, cigarro en la boca y vaso y teléfono en mano, espera a ver si todavía voy a machacar un poquito más mis convicciones antes de elegir. Le enseño los dientes tanto como puedo en una sonrisa que no es precisamente angelical. No hace falta que le haga un dibujo, envía un mensaje y dobla el pedido.

Entonces me cuenta cómo encontró las joyas. Había subido al tejado de un edificio por un andamio con todos sus trastos de pintor, se había pasado la noche dándole a la pared con el rodillo, y como le quedaba un poco de tiempo antes del amanecer, se fue a dar una vuelta de tejado en tejado hasta que aterrizó en un balcón, en la parte trasera de un edificio. La puerta no está cerrada, hay hasta un gato durmiendo y a su alrededor tanto lujo que es imposible no echarle un ojo.

Te lo juro me dice, daban ganas de visitarlo, así que entré a dar una vuelta. Y allí mismo estaban las joyas, encima de la mesa. No buscó más, se metió aquello en el bolsillo y se fue otra vez por los tejados hasta su punto de partida, luego dio una capa de pintura para tapar el letrero y que no lo relacionasen con las joyas desaparecidas, y ya.

–¿Y eso lo haces a menudo?

–No, es solo que era demasiado bonito. El tipo tiene su tienda en la planta baja y en la primera planta, solo vende arte africano. O arte de lo que sea, vaya, también tiene cráneos sacados de tumbas y empaquetados al estilo de allí cuando los meten en el hoyo. Hasta una momia tiene en el escaparate.

–Debe de haber pensado que fue ella la que dio el golpe. Con tanto guardar en su almacén los antepasados de los demás, no es de extrañar que las cosas acaben desapareciendo.

–¿Tú crees en los espíritus Nino?

–Creo que hay cosas que no vemos ni entendemos, pero que tienen una influencia sobre nosotros. En todo caso no voy a meter una momia o un puto cráneo de brujo en mi comedor.

–Yo igual. Paso de que se me presente en casa una colección de demonios porque les robé la moneda que les hacía falta para pagar al barquero del país de los fiambres.

Llaman al timbre, es la droga haciendo ding-dong. Cincuenta euros por cabeza, nada que decir, aquí en el reino los precios son más democráticos que en otros sitios.

–Ahora hay que pasarse por el White Night a desvalijarlo.

–¿El White Night? ¿Qué es eso?

–Una cadena de tiendas que abre de noche. ¿Sabes manejarte un poco?

–Hago mis compras como todo el mundo, algo en la caja y el resto escondido tras una sonrisa.

–Fetén. ¿Y te gusta el champán?

–Peor es el agua.

–Pues vamos a por champán, los licores fuertes están detrás de la caja, pero el champán está en las neveras al fondo de la tienda, es más caro y más fácil de robar.

–Me encanta este país.

–Bienvenido a Bélgica, hermano.

Una vez fuera vamos pisando los reflejos húmedos de las farolas hasta el avituallamiento. No hay un plan especial, es tan sencillo como los caramelos de la panadería cuando era un crío. Cojo dos botellas de Veuve Clicquot, una en los pantalones y la otra en el forro, y Valentin dos botellas de Mumm, una en cada manga del plumífero, y otra de Piper en el cinturón. Una botella de vino blanco de mierda de tres euros para guardar las formas y yo un paquete de Winston largos en la caja. Dejo un euro en el bote de las propinas, más para ayudar al empleado a pasar la noche que para comprarme una limpieza de conciencia a precio de saldo.

Al doblar la esquina sacamos los trofeos para que salten hacia el cielo los primeros corchos de la noche, y nosotros con ellos para festejar la victoria.

Enseguida llegamos, aquello es enorme, como diecisiete veces nuestra casa, una veintena de jóvenes guapos coquetean a su aire en el salón. Con cinco botellas de champán somos bien recibidos, y más cuando Valentin le susurra al oído a Shawn, moreno aceitado de piel lisa, que tenemos una buena razón para pasarnos por su baño. Y así nos ponemos en marcha para un delito en comunión que Shawn paga a mi nuevo colega con un dulce beso en la mejilla, lo cual hace sonreír a Valentin.

Miro cómo a mi alrededor la gente se va yendo tranquilamente a la mierda cuando un tipo pequeño con un vestido de noche azul se sienta a mi lado. Es agradable como un scout que ha decidido desertar, así que le respondo con gusto quién soy a base de mentiras sin importancia, y luego él me explica cómo funciona la fauna local.

Estudiantes, gente que trabaja un poco, otros que se pulen una herencia y fiesteros a tiempo completo, todos muy motivados ante la idea de pasarse la noche sudando sonido y reunidos allí por la misma razón.

Le digo si quiere venir aparte a hacerse una, porque sacar el material en sociedad es como agitar un filete entre los buitres, mejor manejarse a un lado que molestar a todo el mundo enseñándolo para nada.

Una vez el baño cerrado preparo el tema, y cuando todo está listo le pregunto a Gil qué edad tiene, contento por esta hermosa amistad nacida al abrigo de la coca.

–Acabo de cumplir diecisiete la semana pasada. ¿Y tú cuántos años tienes?

–Veinte. No te hacía tan joven, pareces más maduro.

–Venga, tío, déjate de moralinas, no vas a joderme con eso, ¿no?

–Ya eres mayorcito, haz lo que quieras.

–¿Ah sí…?

Y Gil me coge las manos y luego se las pega en las caderas y me ofrece su boca, y si bien me gusta la sensación del tejido de su vestido, lo aparto amistosamente al tiempo que él abre los ojos.

–Qué. No por favor Nino, no me digas que solo te van los coños.

Yo asiento muriéndome de risa ante el enojo de la enfurruñada princesa, que parece emocionarse ante este pequeño contratiempo.

–Dios bendito, siempre lo mismo.

–¿Siempre lo mismo qué?

–Siempre que encuentro a un chico guapo, y no es por halagarte pero es que tampoco es tan fácil, va y resulta que es un chico de chicas.

–Ven no te quedes ahí, voy a liar un porro para compensarte.

–Me debes una sí, sácame rápido de aquí y dame de fumar de tu enorme pipa.

Volvemos al salón entre risas y colocados. Me saco del bolsillo el costo caviar y lío con cuidado lo que vendrá a suponer el segundo paso hacia el caos.

Efectivamente no era broma. Le doy tres caladas a la trompeta y se la paso a carita de porcelana, que expulsa el humo por sus delicadas fosas nasales y la hace rular.

Me acabo mi botella y voy a buscar la siguiente, la descorcho junto con las dos que quedan pues Valentin ya ha sacado las otras. Rellenamos los vasos y derramamos champán por todas partes, a la mierda total no las hemos pagado.

Shawn da la señal de salida, la gente se abriga, veo un paño negro que cubre una bola de espejos y sonrío a Valentin que a su vez me sonríe a mí al verme mirando de reojo la bola en cuestión, perfectamente cubierta por unos shorts de lentejuelas plateadas.

Yo me digo que no me importaría meter la cabeza en medio de todos esos reflejos, y apenas tengo tiempo para avergonzarme de mis pensamientos cuando alguien discretamente me desliza en la mano un pequeño Bob Esponja rosa fosforescente sin brazos ni piernas.

Te escribo un mensaje en el que te digo casi la verdad. Que el viaje ha ido bien, que te quiero y que te echo de menos, que preferiría estar contigo que aquí.

Pero aquí estoy en un pequeño oasis entre yo mismo y mi colección de problemas, una tregua de unos días, ya que nadie salvo Valentin sabe muy bien por qué he venido.

Caminamos por calles empinadas meando donde nos da la gana, atravesamos plazas con gente que forma grupos alrededor de una botella o de una palma abierta en la que mezclan pequeños montones, y el olor de la grasa se mezcla con el de la orina, los gofres y los neumáticos de los entusiastas que calientan la carretera. Seguimos en bus un par de paradas vaciando las botellas mientras Gil hace el tonto delante de la rubia de los shorts que brillan. Sus ojos se cruzan con los míos y en sus bordes veo que también ahí resplandecen algunas chispas y el arcoíris, y todo es tan hermoso que, por un momento que luego olvidaré, solo por un momento, me gustaría respirar el olor de su cabello.

Todo se desvanece y siento en mis manos la electricidad del crepúsculo que acrecienta el deseo. Veo botas negras y brillantes. Veo bajo una gruesa chaqueta de cuero una camiseta de redecilla que se mueve a cada paso, el gorro blanco de Shawn que esconde la luna.

Poco a poco nuestra banda se va encontrando con otras, más coloridas, más oscuras o más sexys. Toda una serie de faunas, de murciélagos y de chicas con gorra o abrigo de piel ocupan ahora mismo las dos aceras de la avenida mal iluminada que ascendemos poco a poco.

Por fin llegamos y es la bomba. La cola es larga. Se encienden los cigarrillos y de repente oigo ¡SHAWN!

Aquí llega, unos cincuenta tacos, el pelo que avergonzaría a un zorro polar y unas gafas completamente opacas cabalgando una nariz que parece tener su propia conciencia y moverse por su cuenta.

De hecho, todo se mueve un poco por su cuenta, y mientras a mi lado acontece por segunda vez el mismo día la alegría del reencuentro, mi cuerpo me dice que si existe un momento adecuado para ir a bailar es este.

–Nino es Adriaan, un amigo.

–Venid conmigo que os hago pasar.

Y entonces avanzan los cabellos de las chicas hacia la luz de la puerta. Dentro todo es rojo, morado. El aire me mete las ganas en el cuerpo y me sumerjo, pero oigo mi nombre que me arranca del ensueño y me trae de vuelta.

–¿Y tú qué haces Nino, trabajas?

–Eso es, estoy trabajando.

–¿Y cuál es tu curro?

Pregunta de mierda. Me gustaría hacer valer mi orgullo, pero tengo el corazón demasiado metido en el rosa y el púrpura que nos sobrevuelan. Llamo a Valentin, pasamos al guardarropa que tiembla al ritmo de lo que aquí llega de la música, solo los bajos. Allí de pie haciendo cola, Val me agarra por el brazo y me pide que lo proteja de la mirada del segurata, luego se saca la coca, me mete una llave en cada fosa nasal y él hace lo mismo.

Todo mi cuerpo empuja hacia delante y Valentin es como yo, una vez un poco puesto pierde los modales. Así que ahí lo tienes, nadando y pasando entre la gente ayudado de los molinetes que va haciendo con los brazos para ir a acodarse a la barra, agarrar a alguien del otro lado, arrancarle una risotada y lograr que le sirva dos vodkas con mate antes siquiera de darme tiempo a pensar en la putada que sería tener que esperar.

Al llegar a la pista lo damos todo, somos grandes felinos, somos gansos y bestias fantásticas, y dopados de pirulas y polvitos mágicos avanzamos con el vaso en la mano hacia donde el sonido es más y más fuerte.

Tropiezo con la cabeza doscientas veces por minuto y cada vez pongo la otra mejilla. Grito con la lengua fuera adentrándome en la multitud, no veo más que el interior de mis párpados y ahí dejo que las sombras implosionen, sonrío como un idiota, de lo eufórico que estoy por el colocón que llevo encima. Ahora no hay más que rojo, calor y cuerpos de todo tipo que bailan, la piel enroscada en el aire. Llego al pico del éxtasis dando patadas como un loco y como tengo demasiado calor me quito la camiseta y me zambullo en la locura. Ya no veo gran cosa, pero entre el humo aparece Valentin a mi izquierda, pegado a un cuello del que penden dos esmeraldas bajo cascadas de cabello. Qué envidia me dan esas caderas. Todo el mundo es guapo, incluso los feos. Valentin me ve y salta encima de mí haciendo estallar su risa contra las ondas que nos golpean hasta el infinito. Puestos, estamos todos puestísimo y sentir su brazo lleno de amistad posarse sobre mi cuello en medio del deseo y los nervios no puede sentarme mejor.

Atravesamos la multitud con su prometida de esta noche para ir a sentarnos en el suelo en el rincón de fumadores. Aquí las luces son azules y oscuras, y de la moqueta siguen saliendo ondas eléctricas. Y ahí van, seis llaves para seis fosas nasales mientras yo lío como puedo el santo cirio de la mitad de la noche.

Aleluya, lo he conseguido. Cuando enciendo la cosa, siento de golpe el escalofrío que reactiva todo lo demás, y mi cabeza choca contra el hombro de Val que me pasa la mano por el pelo porque sabe que cuando el tema te sube eso mola un montón. Es el trampolín, cada vez más alto, y cuanto más subo, más pienso que joder este subidón no lo he robado.

Dos minutos y se me pasa. Me levanto de repente porque estoy súper caliente, enciendo un cigarrillo y cuando alguien me ofrece un poco de cerveza se la cambio por un poco de petardo.

Tengo un demonio por músculo y busco alguien con quien escupir un poco de locura, así que dejo a estos dos metiéndose la lengua y vuelvo a la sala. En el pasillo me encuentro con Gil, ha perdido un tirante del vestido, lleva un pecho al aire, y alguien le ha pintado encima una corona con pintalabios.

Me arrastra fuera para concretar una transacción que empezó sin mí. Uno de los tres que lo acompañan lleva una caja de metal, me explican que está llena de pastillas que cuestan lo mismo que la cerveza en la barra pero sin tener que hacer cola. Por diez pavos, tengo en el bolsillo lo suficiente para ahuyentar el sueño durante otras treinta horas y ni yo mismo me explico lo colocado que voy, tanto que mi boca tiene vida propia. Me gustaría masticar un chicle. Me digo que en un país normal, al menos una vez de las tantísimas en que me han ofrecido droga alguien me habría dado uno.

En esas cavilaciones ando cuando aparece Mia, aunque lo olvido en cuanto ella me mira con un aire extraño para luego mirar a los demás batiendo sus pestañas.

Su boca tampoco para quieta, y una vez supero la primera impresión entiendo que ella tiene lo que quiero, que su boca esconde algo. Me acerco para ver si tiene con qué salvarme y ella me da un trago y un cigarrillo, corta entre sus dientes un trozo de algo que no sabe más que a su agua y me lo mete en la boca.

Es demasiado para mí, la tensión está subiendo. Algo arde en mi cabeza. Entre mis sienes se repite un mantra de depravado, no follar, no follar, mientras el resto, primitivo, quiere comérsela enterita, sentir sus dientes.

Bajo los flashes blancos se me aparece un poco de ti. Le devuelvo el cigarrillo y la bebida, uno apagado en la otra, y con la mano libre que ella me tiende no sé qué hacer, todo esto me vuelve loco.

A mi lado Gil me mira con un enfado indulgente, una melodía que vendría a decir qué zorra es este Nino, dos caídas de pestaña, unas lentejuelas plateadas en el culito, medio chicle sin sabor y ahí lo tienes, listo para caer desnudo en su cama.

Lo leo en sus ojos, pero él sabe mejor que yo por qué todo esto me desgarra el vientre y por qué me gustaba su vestido al tocarlo aunque no tanto sus caderas, a pesar de ser tan suaves, debajo del vestido.

Doy un mordisquito. Bebo. Me siento clavado a los cuerpos que me rodean, clavado al suyo. Todos me atraen, las luces también, mi corazón a punto de besarme la polla. Bailo con la lengua sobre los labios y los suyos me tocan.

Me escapo para ir a echarme un poco de agua en la cara y beber a sorbitos del grifo del baño, y a pesar de que tengo la impresión de que acabo de llegar, todo se detiene de repente porque resulta que es de día ya hace rato. Siempre lo mismo, apenas chasqueo los dedos y se acabó, así que nos abalanzamos hacia la salida.

Los ciento y pico que quedan se ponen a gritar pidiendo que pongan la música otra vez, pero es la hora y no hay otra.

Mia se ha esfumado y eso me entristece, aunque es mejor así. Llega Valentin y vamos al guardarropa a recoger lo que es nuestro antes de que la gente se amontone.

Una vez vestidos, salimos al sol del norte que brilla fulgente. La gente no tiene la misma cara, todos somos menos guapos que dentro, un poco sosos, de gestos embrutecidos por tanta luz.

Atravesamos la ciudad divertidos de cómo nos miran, es extraño cómo nuestro equipo pasa sin escándalo una calle tras otra, hasta dando de qué reírse a algún que otro anciano. Echamos el freno bajo una parada de bus para pintar tres rayas encima de un teléfono mientras la gente regresa del mercado o quién sabe si incluso vuelve del curro.

La única agresión tiene forma de luz. A la altura de un H&M, Gil nos dice con señas que le esperemos delante un minuto. Apenas tengo tiempo de encender uno de los once Winston que me quedan y ahí vuelve, con pasos más bien apresurados y tres gafas de sol opacas la mar de saludables.

–¿Las has robado?

–No, solo es que no las he pagado, no nos quedemos aquí chicas, paso ligero.

Detrás de nosotros se oye una voz, es el segurata gritando.

–¡VOSOTROS ALLÍ LOS DEL VESTIDO!

–MIERDA, A CORRER CHICOS A CORRER.

–¡ALTO!

–¡MIS COLEGAS SE FOLLAN A TU MADRE Y YO ME FOLLO A TU PADRE!

–¡BANDA DE MIERDECILLAS! ¡ALTO!

Pero es demasiado pesado para alcanzarnos, nos deja largarnos hacia el bus y lo tomamos dirección catástrofe. Apenas me he sentado y Gil ya se ha liado con dos mujeres y tres hombres a la vez, pero ese es el riesgo que corres cuando juzgas en voz alta a un pequeño relámpago en vestido que acaba de follar con la noche.

Ahí lo tienes, con la barbilla hacia delante, dándole ahora un cabezazo a uno de los dos tipos en el pómulo y echándolo al suelo, y Valentin que dice ¡Nino! Y allí que nos vamos de cabeza, yo cojo a una de las chicas por los hombros y la empujo sobre el regazo de un par de jubilados gordos para acceder al macho alfa de la tropa, que me da una hostia en la boca.

Todo a mi alrededor se tambalea, me da una buena tunda mientras yo intento clavarle las uñas en la garganta, hasta que me digo que bueno, de todos modos ya me ha molido a palos, no siento nada, puede seguir pegándome. Pero pronto el tipo me deja para ponerse a gritar, y veo a mi pequeño Gil tirándole con un espray que se ha sacado del bolsillo y haciendo que todo el bus se asfixie, hasta que se detiene.

Valentin viene junto a nosotros mientras el conductor avanza a través del pánico general, entonces abrimos a golpes la puerta de atrás. Gil escupe sangre y saliva a los de enfrente como una última provocación y nos largamos entre risas.

Invito a una ronda de cigarrillos para celebrarlo mientras me pregunto si todavía quedará mucho, porque hay niños en la calle, y la cocaína que quiero meterme en los agujeros de la nariz, delante de ellos como que no.

Valentin no le da tantas vueltas y apenas doblamos la esquina ahí lo tienes, sacando todo lo necesario para meternos unas rayas. Mientras él usa tranquilamente un alféizar como soporte, yo siento en el hombro una mano enorme que pesa tanto o más como la del tarado del Rover.

Me doy la vuelta y mierda, es la pasma. Ni siquiera trato de discutir mientras me meten en el coche, Valentin no, Valentin ya está dentro insultando a sus madres, y Gil, que meaba detrás de un contenedor de vidrio, se escapa discretamente.

Nos meten directos en una celda. En la mía tengo todo el derecho del mundo a pensar en la pesadilla que me espera en compañía de un vagabundo que se está meando encima y de una mosca que me toca los cojones con sus vueltecitas en el techo. Allí permanezco durante minutos o acaso horas, no lo sé, soy como la mosca, en mi cabeza doy vueltecitas y poco más.

Al final me sacan esposado y me tiran sobre una silla frente a un puto gordo. Sobre la mesa tiene todo lo que llevaba en los bolsillos menos la pasta, pirulas manchadas de polvo blanco, cigarrillos, mis papeles y tíquets de bebida, todo lo que necesita para ponerme a la sombra.

–A ver, ¿qué es esto?

–Pues viene siendo droga.

–Te estás quedando conmigo. ¿Crees que no sé lo que es?

–Si no quiere que le responda para qué pregunta.

–No te hagas el listillo conmigo. Estamos hasta los cojones de la gente como tú, payasos francesitos que vienen aquí a joder la marrana. ¿Qué coño has venido a hacer a nuestro país?

–Eh bueno al parecer joder la marrana.

–Otra gilipollez y te parto la boca, respóndeme. ¿Qué coño has venido a hacer aquí?

–He venido a salir de fiesta. Lo siento, pensaba que era legal.

–¡¿Legal?! ¿La cocaína? No es posible, ¿eres tonto o qué te pasa?

–No sé todo el mundo tiene, así que pensé que no era un problema, tal vez legal no pero qué sé yo ¿tolerada?

–No, no toleramos ni la cocaína ni a los capullos como tú. Tienes suerte de no estar fichado aquí. Así que esto es lo que vamos a hacer. En cuanto te soltemos tienes veinticuatro horas para abandonar el territorio. Si te pillamos después de eso, vas y se lo cuentas al juez. Putos franceses que se creen que el mundo es suyo. Métemelo en una celda hasta que se despeje y luego lo sueltas.

Poco a poco se me va pasando el pedo, no es demasiado agradable pero al menos ya nadie vuelve a molestarme y al final de la noche me dejan salir, completamente perdido en la ciudad. Pregunto cómo llegar a mi punto de partida porque no me queda batería. Cuando llego a casa de Valentin, espero dando vueltas hasta que entra alguien en el edificio y yo paso detrás de él. Luego me siento en un rincón delante de su puerta. Hace frío y estoy tan cómodo como en una cama de la Legión. Me despierta un ruido pero no es él sino un vecino que baja por las escaleras. Mientras llega, voy abajo y hago como que estoy buscando las llaves del buzón, luego vuelvo como un perro a echarme sobre el felpudo.

Paso una noche asquerosa en esta escalera apestosa y al amanecer lo veo llegar con Gil, los dos más pasados que cuando nos separamos.

Me explica que en cuanto lo han soltado ha empalmado directamente y que Gil ha dado con él en uno de sus locales de costumbre, porque aunque no lo parezca esta ciudad es más bien un pueblo grande, y aunque no quieras te encuentras con la gente.

Yo me siento peor que sucio y tengo hambre, ellos también, así que pasamos por el Bon Goût, un sitio infernal aquí en el barrio. Salimos cargados de sándwiches enormes, llenos de una carne tan atiborrada de especias que aunque estuviese podrida no habría forma de darse cuenta, una cosa asquerosa aunque está deliciosa.

El apartamento de Valentin está tal cual lo dejamos, pajitas cortadas sobre flyers de pizzerías encima de la mesa y la botella de Jim tan vacía como los vasos que la rodean.

Me lleno uno de agua para ver si mi lengua recupera su textura normal después de dos días en que me la han cambiado por un trozo de pergamino, y compruebo que hemos ido acumulando todos los olores de la noche, incluido el del Bon Goût, una puta pesadilla.

Una vez duchado, me lío un florete y lo enciendo viendo un capítulos de los Simpson. El humo pasa a nuestro través hasta que por fin vamos cayendo unos sobre los hombros de los otros.

Me despierto en una cama sin camisa y no estás conmigo, en lugar de eso tengo a Gil y a Valentin, los brazos mezclados en un montón de piel fresca.

Aprovecho que duermen para llamarte por fin, con la cabeza casi fría. Para no pulirme la batería te llamo desde el fijo y me digo pero ¿quién coño tiene un fijo en casa antes de los treinta?

–Hola Nino qué bien escuchar tu voz, ¿todo bien?

–Ahí vamos ya casi lo tengo.

–¿Has dormido un poco?

–Hoy sí, acabo de despertarme. Estoy en casa de Valentin el colega del Farfa, he conocido a una gente bastante cool, unos burguesitos pero buena gente. Y tú ¿qué tal?

–Estoy un poco agobiada, anoche una de mis mesas se fue sin pagar, un grupo de seis con una cuenta de doscientos euros. Voy a tener que trabajar toda la semana gratis para pagarlo.

–¿Qué? ¿Te toca pagarlo a ti?

–Quien tomó nota del pedido fui yo, así que cobrarles era cosa mía, ni siquiera los vi marcharse, había mucha gente y solo éramos dos para atender a todo el mundo.

–¡Qué cabrones!

–Peor, pero vaya, por lo menos los jefes no están casi nunca. ¿Has tomado muchas drogas?

–Nos hemos puesto finos, sí, aquí es fácil, todo el mundo tiene y es barato.

–¿Qué has tomado?

–Todo lo que me han dado menos G.

–Eres un crío, no sabes decir que no. ¿Cómo vas a volver?

–En tren creo, el coche de ida no fue una gran idea.

–Ten cuidado, es la última vez que te dejo solo para hacer algo así, me basta escuchar tu voz para imaginar que a saber lo que habrás hecho.

–Todo irá bien, solo me queda la vuelta.

–OK, te quiero, Nino, y ojo con las chicas.

Cuelgo y los muchachos empiezan a despertarse, Valentin primero, con los ojos llenos de sueño y las manos en los calzoncillos rascándose las bolas.

Me lío un peta matutino y nos lo fumamos contándonos la vida. Yo les hago una versión corta de mis penurias y ellos escuchan flipados.

–Hostia hay que ver la suerte que tienes.

–Cómo, no te sigo.

–Todas tus aventuras, estás en la vida real tú, yo nunca tendré historias como esas.

–Te estás riendo de mí, pintas una polla de treinta metros de alto en el arco de La Defensa solo para divertirte ¿y me dices que envidias mis historietas?

–Pues sí qué quieres. Tienes todo un camino que recorrer tú, yo sé que pase lo que pase no tendré esa suerte, conocer todo eso, vivir sin nada y arreglármelas, estar en la mierda de verdad.

–Tú estás enfermo o no te das cuenta, se te ha ido la pinza. Te digo que no tenemos un pavo y que todo tenemos que robarlo siempre, hasta el papel de váter, ¿y eso te da envidia?

–Pues sí.

–Pero si tan bien te va, ¿por qué vas por ahí robando?

–No sé, por deporte.

–¿Por deporte?

–No a ver espera, porque el que no se entera eres tú, yo tengo unos padres que me pasan un mínimo de dos mil pavos al mes, no pago alquiler porque el apartamento es de mi tía y no necesito hacer nada por nada, y eso a veces me aburre un huevo.

–Ah sí una putada es cierto.

–OK es verdad soy un privilegiado, pero eso no quita que tú vivas cosas reales. Además, estás en los suburbios, eso sí es tener estilo. Estás ahí, con los colegas, toda la peña se conoce, todos cerca los unos de los otros, un ambiente de puta madre.

–Sí es verdad, y luego el jueves pelea de perros, cómo me flipa eso.

–¿De qué?

–¿No lo sabías? Cada jueves por la noche toca pelea de perros en un montón de lugares de los suburbios, es una tradición, pero no te creas es cosa de iniciados, hay que saber.

–Del cagarse, ves eso es lo que te yo decía.

–Y últimamente estamos amaestrando a las ratas para transportar el costo.

–En serio joder.

–Lo que yo te diga, la mía le doy una moneda y me sube una lata del ultramarinos, es una rata agradable, todo el mundo la conoce.

–¿Amaestráis a las ratas? Eso ya es la hostia. Ves Gil te lo dije, los suburbios son demasiado, cómo me molaría.

–Claro precioso.

–Además imagino que siempre estás abajo con tus colegas, en modo peña total.

–Pues claro, todos ahí como uno solo, arreglando el tanque.

–¿El qué?

–El tanque. Tenemos un tanque, unos vecinos serbios lo van trayendo poco a poco por piezas, y nosotros lo montamos en un patio, es como un gran lego, ya te digo, así pasamos el rato.

–Pero ¿la policía no dice nada?

–Valentin, se está cachondeando de ti Nino.

–¿Cómo que me la está metiendo doblada?

–No hay tanques ni ratas amaestradas para ir a buscar latas de Tropico, estás tonto o qué.

Estallo en carcajadas en sus morros y él encaja con deportividad que la vida no es exactamente lo que él piensa. Bajo a reponer cigarrillos. Cuando vuelvo, se disculpa un poco avergonzado y yo me río otra vez diciéndole que no pasa nada.

Un poco molesto, me dice de pagar el billete de vuelta para redimirse un poco de su pecado de buen burgués y dado que el que se come todo el marrón y asume los riesgos sigo siendo yo, acepto sin problemas el billete de cien euros pagado con el dinero de papá.

Les digo que se pasen cuando quieran, que seguimos en contacto. Que así te conocerán a ti, a Malik y a todos los demás, rollo ampliar las posibilidades de cambiar de aires.

Me he lavado todo lo bien que he podido, Gil hasta me ha embadurnado la jeta con crema hidratante para disimular las magulladuras en la frente, y a pesar de la cazadora raspada parezco un estudiante bastante normal.

Una vez en el tren, escondo la pasta y el resto en una bolsa del McDo y la meto en el fondo de la papelera a mi derecha. He hecho bien porque ya es la segunda vez que pasa por aquí un grupo de polis y me pide los papeles, de dónde vengo, adónde voy mientras hurgan en mis cosas. Aparte de mí no han registrado a casi nadie del vagón, empiezo a apretar el culo con solo pensar en la llegada a París.

Esto va mucho más rápido de lo que me esperaba, nada que ver con mi tragedia de ida con autopista al fondo.

Salgo del vagón y camino hacia el andén con la bolsa de deporte otra vez llena agarrada bien fuerte. Puedo oír mi sangre latiendo en las sienes, tengo las manos húmedas y me digo Nino, no es momento para gilipolleces, así que te las arreglas para pasar y punto.

Avanzamos todos en la misma dirección y veo lo que se me viene encima, un muro de guardias de aduanas con las manos enguantadas. Son un montón, todos del lado izquierdo y yo me digo mierda, la voy a cagar, está claro, tengo pinta de ser el sobrino sospechoso de los viejos trajeados que salen del tren al mismo tiempo que yo.

Es cuando pienso en los negros del vagón, busco uno con la mirada. Veo a dos, de unos treinta años, con buena pinta, reloj en la muñeca, la barba y el pelo cortado hace poco, así que me detengo para revisar el vacío de mis bolsillos hasta que me adelantan.

Me pongo a rueda hasta el muro de hijos de puta y bingo, el brazo de la República se interpone en su camino, los apartan a un lado y ahí tienes, registro completo del equipaje mientras que yo, blanco como mi culo, paso droga, dinero de la droga y joyas robadas con las piernas casi rígidas de tanta tensión.

A la entrada del metro me aborda un tipo con unos panfletos en la mano y mete uno en la mía.

–¡Jesús puede salvarte, en serio que puede!

–Está bien eso.

–¡Él puede salvarte! ¡Jesús te ama!

Avanzo y me deshago del papel acelero para cambiar las líneas que hay que cambiar, caminar los pasos que hay que caminar, subir los escalones que hay que subir hasta sentir por fin tu cabello cubriéndome el rostro.

14

Es salir de la estación y toparnos con el azul del cielo. En los aromas de la sal y la tierra seca tú respiras liberada. Sopla el viento y sienta bien, es aire que viene de África hasta nosotros, la arena roja que ha traído consigo se pega al parabrisas.

Me alegra que finalmente hayas venido, que sonrías de estar tan cerca del agua mientras tiras de tu maleta por los canales. Aquí, no lejos del mar, estamos más cerca de tu casa que en cualquier otro lugar y entiendo que eso te haga sentir mejor.

Malik también ha venido, el cigarrillo enciende su sonrisa y saluda al sol a través de sus gafas oscuras.

Pasamos un puente y luego otro, y luego otro hasta remontar unas calles en las que juro que es como volver a los buenos tiempos, escuchar su ruido a lo largo de las ventanas abiertas.

Había olvidado cómo se te cansan las piernas en la costa al ir sin coche, no hablamos para no perder el aliento hasta ver por fin entre las casas.

Azul en el azul sobre el azul, azul que baila y encima las barcas. El mar y el cielo engullen las casas, los postigos siempre abiertos a unas cortinas sencillas que se echan si acaso para esconderse por la noche.

Malik ríe, ríe al aire después del ascenso y su risa se pierde entre las calles silenciosas.

Llegamos por fin al callejón sin salida, lo tomamos cuesta arriba hasta la puerta pintada, llamo tres veces y sale Konki, aún más pequeño que antes, más encorvado.

La ternura de su gesto cuando me reconoce me llega al corazón. Esos ojos suyos me han visto crecer, llenos ahora de alegría al verme sano y fuerte, mayor pero sin olvidar los primeros pasos ni la sensación de los codos apoyados sobre el hule de su cocina.

Nos da la llave de la casita para que nos instalemos mientras llega papá.

Abro la puerta y veo que nada ha cambiado, ni siquiera los olores, el sol ya desciende un poco sobre el mar, puedo sentirlo a través de las paredes. Entonces tomamos la pequeña escalera para salir por la trampilla a la pequeña terraza y al aire inmenso.

Malik lía uno para saludar al barrio y disfrutar dignamente del mar que todo se lo come.

Cuando era niño soñaba que podía caer al mar a través de la ventana. O que el mar se inclinaba hasta invadir la casa y llenarla por completo.

Desde los altavoces de un coche que viene de la cornisa o de más lejos hacia el oeste, oímos a Jul subir hasta aquí en tonos agudos. Las farolas se encienden lentamente y hacen brillar la colina y el agua. El faro gira sobre nosotros y me transporta años atrás, cuando se adentraba a través de mi ventana para lamer las paredes de la habitación.

–¿Por qué os fuisteis de aquí Nino?

–Porque mi madre no quería quedarse. Y a los ocho años cambiar de aires me pareció la mar de emocionante, supongo. De todos modos fue lo más fácil para todos, mi padre no podía llevarme todos los días con Konki para que me cuidase, con la pesca la cosa no cuadraba.

–El nombre de Konki ¿de dónde viene?

–Es español, un catalán. Viene de un pueblo cerca de Barcelona, su familia llegó después de la Guerra Civil.

–Gracias por la clase de historia, pero ¿significa algo?

–Sí en verdad se llama Francisco. Como es siempre tan tranquilo, tan amable, las ancianas de aquí lo llaman Francisco

Con Calma, y nosotros los niños solíamos decir Konki. Para ir más rápido y porque le queda bien.

–Se nota que te tiene cariño. ¿Qué te parece Lale? Ahí tienes a tu gallito, un tipo que clava un palo en el marco de la puerta para hacer flexiones y resulta que aquí es el bebé del barrio, y espérate que no nos saque el álbum de fotos.

–Hay una en la que tengo cuatro años, debe de estar por ahí, tengo las pelotas hinchadas por una picadura de medusa. Si te portas bien te la enseñaré.

–Eso lo explica todo.

–Es una costumbre local de los buzos, frotarles las pelotas con una medusa para convertirlos en hombres hechos y derechos, es algo que activa la sangre.

–¿En serio?

–Qué va, al parecer fui yo solito quien se la puso en el bañador.

–NINO, ¿ESTÁS AHÍ? ¡QUÉ COÑO PASA AHÍ ABAJO!

–Ahí esta mi padre.

Cuando bajamos las escaleras está de espaldas, lavándose las manos en la pica para quitarse la suciedad de la jornada. Lo saludo hola papá.

–¡Qué tal hijo, hacía mucho que no venías a verme!

–Todo bien papá, ¿y tú? Te acuerdas de Malik, ¿verdad?

–Claro que me acuerdo, estás hecho todo un hombre Malik, ¿cómo están tus padres? ¿Has venido a pasar unas vacaciones como antes?

–Es un poco eso, sí, están bien, muchas gracias.

–Y tú ¿tú eres Lale? Nino podrías presentarme a tu novia, ¡sé un poco educado coño!

–Sí Lale te presento a mi padre.

–Venga, vamos a subir a picar algo. Y de paso recoged vuestras cosas.

Muy grande ya no era, pero en unos pocos años todo ha encogido, los techos bajitos, un piso encima del otro y las pequeñas escaleras empinadas para ir de uno al otro como en un barco. La cocina abajo, el dormitorio y el pequeño salón encima, el pequeño dormitorio y la ducha más arriba y al lado la escalera plegable para subir al tejado por la escotilla.

–Te diste tus buenos golpes en estas escaleras, ¿te acuerdas Nino? Cuando era pequeño, su madre y yo pusimos unas barreras en todos los pisos para que no se hiciese daño, era un poco temerario de niño. Nos las hizo ver de todos los colores. ¿No te ha contado cuando se comió las croquetas del gato?

–Papá, que acabamos de llegar.

–Pero deja a tu padre que hable, eso me interesa.

–No sabía que te gustaban las croquetas Nino.

–Pues eso, que un buen día vino a verme tan contento, yo estaba arreglando algo en el callejón, y va y me dice ¡papá papá he desayunado con el gato! Y yo le digo cómo, ¿no quieres un biberón? Pero él me dice no el gato ya me ha dado de comer. Yo no le hice mucho caso porque a esa edad decía muchas tonterías. Pero luego lo oigo chillar allí abajo, tenía los ojos hinchados y va y me dice no veo dónde tengo que hacer pipí. Lo llevé al médico, tenía una alergia. No veía nada de nada pero lo que le preocupaba era mear fuera del orinal.

–Ahora ese tipo de cosas parece que ya no le preocupan demasiado.

–Oh venga, ahora voy con cuidado.

–Me ha dicho que es usted pescador.

–Sí, pero ahora ya no estoy tanto en el agua, ando un poco cascado y con la edad es cada vez más peligroso. Pero cuando era pequeño le gustaba venir conmigo eh Nino.

–Ya, pero no recuerdo una sola salida al mar en que no vomitase.

–Es verdad que en el agua nunca te has manejado demasiado, pero bueno mañana podemos salir a dar un paseo si quieres. Con el Piccolo, es la barca que tengo en el puerto, no creo que con eso tengas problemas.

–¿Y usted pesca con esa?

–No no, yo trabajo en un arrastrero para una compañía. Pero ya no salgo mucho, me encargo más bien del mantenimiento cuando está amarrado. Estar en el agua desde las tres de la mañana hasta la tarde empezaba a ser demasiado para mí, hace ya más de cuarenta años y el cuerpo ya no me sigue. Es verdad que no es un trabajo fácil. Nino siempre dijo que nunca haría eso.

–Sí eso está clarísimo. Y de todos modos en el agua no soy de gran ayuda, me paso el día vomitando. ¿A ti te gusta papá?

–Me gusta ver cómo nace el sol sobre las aguas, de esos momentos tengo para diez vidas. Y pescado todos los días, ahora ya no lo necesito. Pero es verdad que es difícil. A tu madre y a mí nos causó muchos problemas.

–¿No le gustaba a tu madre? Pues mira que mola tener a alguien que trae pescado fresco todos los días.

–Mamá tenía miedo de que te cayeses o de que hubiese un accidente, después de lo de Daniel quería que lo dejases.

–¿Quién es Daniel?

–Era un amigo con el que trabajaba cuando Nino era pequeño. Habíamos planeado comprarnos nuestro propio barco y montar el negocio por cuenta propia. Pero un día se cayó, se dio un golpe en la cabeza y lo perdimos, aún era de noche, no pudimos hacer nada. Eso es algo que no se sabe, pero todos los años muere gente en los barcos de pesca aunque no salga en los periódicos. Y tú Lale, ¿de dónde vienes? Nino me ha dicho alguna que otra cosa pero prefiero que me lo cuentes tú.

–Bueno, mi madre es francesa y mi padre turco, crecí en Francia y luego en Turquía de los trece a los diecisiete.

–¿Dónde en Turquía?

–Estambul, del lado europeo. Mis padres son profesores de francés allí. Me enviaron a París a casa del hermano de mi madre porque no querían que me pasase nada, supongo que era un poco movidita para ellos, hacía muchas tonterías. Un día mi madre me pilló en la calle fumando hierba con una amiga. Tuvo miedo de que me detuviesen o algo, en Turquía esas cosas no se las toman a broma. Tres días después estaba en un avión hacia París.

–¿Y tú también estudias, como Nino?

–Hmm no estoy trabajando. Soy camarera en un bar, me gustaría trabajar en la moda, en una revista. Pero si no no sé, ya veremos.

–Tenéis tiempo, sois jóvenes, cuando se puede escoger es normal no tener las cosas claras, pero hay que aprovecharlo. ¿Y París qué, te gusta?

–La verdad es que no demasiado. Me ha llevado mucho tiempo acostumbrarme, sobre todo porque es una ciudad donde si no eres rico eres más pobre que en cualquier otro sitio.

–Ya imagino que cuando tienes que pagar para todo las cosas no deben de ser fáciles. ¿Y tú qué Malik? No puedo creerlo, estás impresionante, se te ve en plena forma. Hace casi diez años que no venías por aquí.

–No me quejo, fue genial volver a encontrarme con Nino. Trabajo en un bar de noche, desde hace poco soy el encargado. Trabajo mucho, pero me gusta llevar un sitio para gente que fuera no lo tiene tan fácil para verse.

–Aquí eso es verdad que falta un poco. Aparte de los garitos de mierda de la playa y los bares de viejos, no hay mucha cosa. ¿Y tú qué, no tienes pareja?

–Jajaja no, de momento voy de flor en flor.

–Claro que sí. Yo a Nino se lo he dicho siempre, mientras no molestes a los demás haz lo que te dé la gana. Y si les molesta porque son unos capullos, no te detengas por eso.

–Pues se diría que te ha hecho caso el pequeñín, es de los que hace lo que quiere.

–Un cabezota, ahí no hay nada que hacer. Nino, ven abajo conmigo y prepararás la vinagreta.

Me sigue resultando extraño estar aquí, al volver de Bélgica todo sucedió muy rápido.

Le di la pasta a Adam, las joyas al Farfadet, cogí mi dinero, avisé a Malik, compré los billetes para el día siguiente y aquí estamos, por una vez con más dinero en el bolsillo que problemas, aunque sin salir de la miseria.

–Me alegro por ti Nino, está muy bien esta Lale, es una chica inteligente, eso se ve enseguida.

–Sí, nos hemos encontrado, ahora lo hacemos casi todo juntos.

–¿Y tenéis lo necesario?

–Ahí vamos, papá, nos las arreglamos.

–Ya sabes que el crédito que pedimos para la casa está a punto de terminar, solo quedan unos meses. Luego os podré enviar dinero sin problemas.

–¿No tenías que comprarte un coche?

–Sí pero no te preocupes, no lo necesito todos los días, se lo puedo pedir a un amigo cuando me haga falta. Eso puede esperar, primero quiero ayudarte un poco. Ahora que tienes una novia y la cosa va en serio, no quiero que piense que se ha liado con un pobretón.

–Ella no es así. Si tienes que comprarte un coche, cómpratelo, nosotros nos apañamos.

–Lo sé, Nino, era broma, no te pongas tan serio. Y déjame enviarte algo de dinero si eso me hace feliz. Ahora que estás lejos, puedo hacerlo de vez en cuando. Lo que no puedo es enviarte paquetes de diamantes, pero algo es algo. Para que la lleves al cine, no sé, salir por ahí.

–OK, papá, como tú veas, gracias de todos modos.

–¿Has sabido algo de tu madre?

–Ahora hace un tiempo que no, el tema con el otro no acaba de funcionar, así que nos está costando un poco a los dos.

–Está claro que ese tipo es un imbécil. Pero dile algo por lo menos, yo tuve noticias suyas no hace mucho, me preguntó por ti.

–Ya bueno si quiere hablar conmigo sabe dónde encontrarme.

–Estás de broma o qué, si te cambias de número cada cuatro meses y no le dices nada a nadie, tampoco exageres. Haz lo que quieras pero escríbele un mensaje, que no te cuesta nada y a ella le hará ilusión.

–OK lo haré. Y tú ¿no estás con nadie?

–Yo estoy cansado, charlo con Konki, voy al café de vez en cuando a tomarme una copa, echo la lotería y con eso y el trabajo me mantengo ocupado toda la semana. Ya veremos este verano, pero estoy bien solo, tengo tiempo para mí, leo un poco, escucho música. Ya sabes que a tu madre y a mí nos hubiese gustado que no te faltase de nada. Hicimos lo que pudimos, lo que pensamos que sería mejor para ti. En cualquier caso, aquí siempre habrá un lugar para ti, no lo olvides.

–Sabes perfectamente que esta es mi casa favorita de todo el mundo.

–Cuando eres pequeño es verdad que está muy bien, para los niños es un buen sitio, en lugares como este soñar es fácil. Pero cuando tu madre se fue, no nos quedó más remedio, ya lo sabes, ella lo tenía muy claro, y yo aquí solo contigo, con la pesca no nos las hubiésemos arreglado. Yo lo intenté, pero ella no te habría dejado por nada del mundo. Y el juez, ya lo viste, lo tenía decidido de antemano. De todos modos, fue mejor así, aunque veros marchar resultó muy doloroso.

–Lo sé, papá. Y si no nos hubiésemos ido, no habría conocido a Lale.

–Haces bien al ver así las cosas, para nosotros fue muy duro que de aquí te fueses a esos edificios grises. Pero ya no quedaba otra, tu madre no aguantaba más, casi se vuelve loca. Un par de meses más y es ella la que se tira al agua. Y Lale, ¿eres bueno con ella? ¿La tratas bien?

–Por supuesto, además sabe defenderse, hay veces que hasta me defiende a mí.

–Está bien que os protejáis el uno al otro. Cuando quieres a alguien no hay que dejarla ir. Si amas a alguien le deseas lo mejor, si no no es amor, es otra cosa. Coge la ensaladera, yo subiré el resto.

Al día siguiente, nos levantamos a una hora en la que prefiero estar acostado, nos dirigimos al puerto y salimos a motor para ganar el mar. En cuanto sobrepasamos el dique, siento de pronto que no va a funcionar. Menos de una hora más tarde, con papá al timón y yo a las escotas, siento que el desayuno que no me he comido empieza lentamente a ascender hacia los cielos. Hasta que lo arrojo todo por la borda, mientras Malik y mi padre se burlan de mí y tú sonríes con un poco de pena al verme inclinado sobre el oleaje, abofeteado por las olas.

Regresamos al mediodía para ir a comer en un bar de la parte alta, y siento una pizca de compasión por los turistas, que llegaron bastante antes que nosotros y son servidos mucho después, porque así son las cosas, la preferencia nacional del sur, y aquí el sur tiene veinticinco kilómetros cuadrados, con el mar a un lado y las vías del tren al otro. El resto queda lejos, en otra parte.

Esto es la Hess Coast, la tasa de paro más alto, las chicas más guapas y obras por todas partes bajo un sol que en verano bastaría para freír un huevo. Me cruzo con un 34 garabateado en una caja eléctrica. Lo hice yo, ya ha llovido desde entonces. Con rotulador o con típex, para imitar a los tipos que pintaban con espray todos los tejados, las persianas y las infraestructuras del tren Perpignan-Marsella pasando por todos los pueblecitos de por aquí.

Ahí siguen los C4, los SMOLE, los MEZZO, los CLASE, los OVIOL, los KREVET y compañía.

Y nuevos también pero nunca sobre los viejos. Aquí el vandalismo guarda cierto respeto por los ancianos. Un ZOKA SMB tutea a las hadas de las canaletas lejos en lo alto de los tejados, con los contornos agrietados y el polvo que se lo come pero todavía intocado en recuerdo de quien cayó por hacerlo.

Aquí rige el delicioso delirio de la libertad, la poli en los talones eterna juventud, como ponía antes en una de las paredes de por aquí.

Me como una torta de pescado, a la antigua, mientras tú ayudas a mi padre abajo y Malik, como un buen sacerdote que tiene que rezar a una hora fija, se lía un cirio lo suficientemente grande para apaciguar a los dioses.

–Buena gente tu viejo Nino.

–Sí no está mal, es muy fan de Lale.

–Vaya, me sorprendes. ¿Sabes lo que vas a hacer cuando volvamos?

–No, tengo que admitir que me cuesta un poco mirar hacia delante. Lo único que sé es que, si es para que me paguen una mierda y me traten igual, paso de volver a currar. Nunca más. Me gustan más los planes del Farfadet.

–Ahora que todo ha ido bien, puedo decirte que has tenido suerte. No sé si te das cuenta de que con esos líos te arriesgas mogollón, yo de ti me andaría con ojo. ¿Quieres que vea si puedo encontrarte algo en alguna parte?

–Paso, ahora mismo no tengo intención de volver a currar. Mientras tenga algo de pasta prefiero verlas venir que meterme en un trabajo de mierda.

–¿Y Lale?

–Acaba de largarse del bar, le habían pedido que currase gratis una semana para pagar una mesa de turistas que se largó sin pagar. Tiene algunos planes para ir a no sé qué otro sitio, algo de sándwiches creo. Pero a largo plazo, francamente, aparte de querernos, no sé qué podemos hacer.

–Bueno, eso ya es algo. ¿Acaso no es más importante que el resto?

–Sí, solo que sin el resto, por mucho que quieras a alguien los problemas no desaparecen.

–Al menos sabes qué es lo que quieres.

–Y tú, ¿tú qué quieres? ¿Qué estás buscando?

–No sé querido. Simplemente vivir la experiencia de ser quién soy, ya sabes, ser yo y punto.

–No sé cómo te las arreglas para no dudar nunca, hacerlo siempre bien y saber lo que quieres.

–Tú lo que tienes son problemas de blanquito, Nino. No sabes cuántas veces en la vida ha habido algún hijo de puta que de haber podido me habría liquidado, y solo por las razones que ves cuando me miras. Cuando te pasa algo así, te das cuenta de que si no crees en tu vida, si no te enorgulleces de ser quien eres, si escuchas a todos esos cabrones que quieren joderte, entonces estás perdido. A ti no hay nadie que quiera verte muerto excepto el Daesh, que quiere ver muerto a todo el mundo. E incluso en ese caso, al primero de los dos al que apuntarían sería a mí, así que por favor deja ya esa crisis existencial y no hagas que te caigan cuatro años por una gilipollez.

–Es solo que con Lale tengo algo de verdad, algo que no se compra. Solo que no sé si soy capaz de garantizar lo necesario para que no se vaya todo al traste. Necesitamos algo de qué vivir pero sin arrastrarnos. Pero yo tampoco quiero hacer un trabajo de hijo de puta, rollo cocinero de prisión.

–Deja a las putas en paz si no te importa.

–Está bien, relájate un poco.

–Lo que pasa es que encontrar algo que deje tu dignidad intacta, donde no enriquezcas a quienes más odias y que no te machaque el cuerpo, y sin tener además que estafar a la gente ni ser policía, la verdad es que no queda gran cosa. ¿Profesor de artes plásticas?

–Joder, Malik, ¿entiendes ahora por qué estoy tan perdido?

–Te lo tomas demasiado a la tremenda, los dos sois listos y además sois guapos como florecillas, con un poco de suerte debería funcionar.

–Con un poco de suerte… Si ves por ahí a esa perra me das un toque.

–No hay manera, eres como un niño.

Malik me pasa el mai y le doy una buena calada. Lo miro y viajo en el tiempo.

–¿Te acuerdas de cuando nos follábamos el metro?

–¿Bromeas? Claro que lo recuerdo. A menudo pienso en aquella vez que una vieja nos vio subir entre los vagones. Estábamos como una cabra si lo piensas bien.

–¡SOCORRO QUE SE SUICIIIIIDAN POLICÍÍÍA POLICÍÍÍÍÍA! Jajaja podríamos haberla palmado ahí.

–Ahora ya no vale la pena, no lo he vuelto a hacer, ni siquiera acostado en el techo del tren, imagínate acabar partido por la mitad.

–Con el mal fario que arrastro ni siquiera lo intentaría.

–Joder qué adrenalina, pero ahora tenemos cosas mejores, ¿no?

–En cualquier caso esas no nos las perdimos.

–Si lo piensas bien Nino, no nos hemos perdido gran cosa.

–¿Lo dices en serio? Habla por ti colega.

–Por mí y por ti también. Mira, tú nunca has tratado de hacerte sitio, portarte bien, hacer una carrera, pasarte la vida currando como un idiota para ascender ni hacer nada normal. Además, no soportas las órdenes. Ahora estás jodido porque es así, pero si mañana quieres cambiar de rumbo y empezar a vender puertas eléctricas o cualquier otra gilipollez, puedes hacerlo sin problemas, no eres más tonto que cualquier otro. Lo único que pasa es que nunca vas a querer hacer eso. Te conozco Nino, tú prefieres que te maten a vender puertas eléctricas.

–Más o menos. ¿Y entonces qué hacemos?

–No sé, hay que pensarlo, inventar algo. Porque ni tú, ni yo, ni Lale somos de los que se levantan por la noche para ir a ordeñar cabras. Y aparte de ordeñar cabras, la verdad es que no tengo muy claro qué podemos hacer si no queremos vender puertas. Es una metáfora.

–Sí, lo entiendo, tampoco quiero acabar en el bosque.

–¡A LA MESA!

Dejamos el petardo y a los dioses, los recuerdos y los planes de futuro por un bonito momento de alegría en familia. Mi familia eres tú, Malik, y unos cuantos más.

Como en todo lo demás, eso es algo que elijo yo, lo que yo quiero y punto.

Desde arriba nada de nada, solo cara a cara, lo que me entre directamente por los ojos. Mientras comes miro los tuyos y veo luciérnagas y destellos bajo una luz de hielo, y me pregunto por qué tú tan pura me escogiste a mí tan imbécil. Misterios del amor.

En la oscuridad aspiro tu cabello deshecho en el silencio de los peces.

–Nino, ¿tú crees que me quieres para siempre?

–Sí.

–A veces tengo miedo de que lo eches todo a perder.

–Cómo que lo eche todo a perder.

–Ya sabes a qué me refiero. Cuando yo te digo que estoy segura, es que no hay nada que pueda interponerse. Contigo es diferente, tú estás igual de seguro que yo, pero cualquier chica guapa que quiera cazarte, con tal de que sea bien guapa y te ponga, lo tiene hecho.

–Pero Lale, yo nunca dejaría que una zorra arruinase lo nuestro.

–Ya sé que lo crees.

–Por supuesto que lo creo.

–Bien, porque no quiero que me mientas... Es genial tu padre.

–Te conoce de apenas dos días y ya te quiere tanto como yo.

–Yo diría que se siente aliviado de ver que estás bien, que no estás solo.

–Bueno, vamos a esperar un poco antes de romper esa ilusión.

Tengo en la mano tu pie, lo acaricio lentamente mientras te escucho susurrar eso que dicen a veces las chicas en mitad de la noche, esplendor del corazón de la loba que muerde la lengua hasta hacer sangre desde que las palabras existen.

Disfrutamos dos días más bajo el sol de invierno, y luego ya a la estación. Antes de partir, como si por poco se le olvidase algo que probablemente tenía pensado desde el principio, mi padre me da doscientos euros en billetes de veinte. Le doy un beso y ya nos deslizamos entre los rieles y los cables, apenas recuperados pero listos para enfrentarnos a todos los obstáculos que nos separan de una vida de ensueño.

15

Llegamos tarde, a la hora en que circulan los últimos metros. Con la cabeza apoyada en tu hombro miro en cada parada a un montón de gente que hubiese preferido seguir bebiendo unas horas más, seguir moviéndose sin rendir cuentas.

Una vez fuera, caminamos bolsa en mano hasta pasar por debajo del árbol del que llueve mierda todo el día.

El semáforo delante del edificio está arreglado, en las aceras duermen las máquinas que van a renovar su piel. Se han llevado los cadáveres de algunas camionetas. Solo quedan los montones de deshechos, las bolsas de basura y los muebles rotos entre los que husmean las ratas.

Nadie abajo, nadie detrás, así que les pregunto a unos tipos que charlan junto a los columpios chupando lentamente con pajita sus zumos Capri-Sun.

–¿Habéis visto a Adam?

–¿Adam? A Adam lo han pillado, se lo llevaron hace dos días.

–Mierda. ¿Y sabéis dónde lo han metido?

–No no sabemos nada. Si quieres algo ve a la plaza. Pregunta por Noé, dile que vas de parte de Sims, él te lo arreglará bien. Pero ándate con ojo esto está muy movido, están haciendo una gran limpieza antes de destrozarlo todo.

–¿Destrozar todo el qué?

–El barrio, ya está se acabó, en unos meses aquí no habrá nada. Todo lo que queda entre las vías y nosotros se lo van a pulir, ¿no lo sabías?

–No.

–Esto va a cambiar compañero, no sé dónde van a meternos pero esto va a cambiar, está demasiado cerca de París para seguir siendo pobre. No lo olvides, pregunta por Noé.

–OK, gracias, buenas noches.

–Buenas noches, y ten cuidado, van por ahí en un Ford gris, si los ves no sabes nada.

Y así avisado me dirijo lentamente hacia la plaza. Entre los pequeños grupos encuentro el que me interesa, sentados sobre el borde de la jardinera y en sillas plegables de esas que suelen usar los ancianos para ir de pesca o de camping.

–¿Qué pasa, pican?

–Perdona ¿tú eres…?

–Vengo de parte de Sims, busco a Noé.

–Entendido, espérame detrás del edificio llego en un minuto.

Con el tema resuelto, salgo de allí con nueve de los diez billetes azules que me dio papá en el bolsillo, además de un trozo de costo duro en invierno y blando en verano.

Me chupo las escaleras y te encuentro con la cabeza contra la barandilla, los ojos apagados en la oscuridad.

–Está cerrado, Nino.

–Cómo que está cerrado, te he dado las llaves.

–Han cambió la cerradura. Mira, hasta hay un candado. He empujado y tirado en todas direcciones, nada que hacer.

–Joder, pero qué coño es esta mierda, déjame las llaves.

–No vale la pena te digo, he estado dándole golpes hasta que ha salido el viejo de arriba. Me ha mirado como si estuviese loca. Dice que han vendido el edificio, que lo van a demoler, no podía creerse que no lo supiésemos.

–Pero qué mierda es esta. No te muevas ahora vengo, esta puta puerta la abro yo por mis cojones.

Y vuelvo a bajar hecho un basilisco y todas las otras palabras para decir la furia, vuelvo donde los vecinos de Adam y les cuento el asunto con la esperanza de que tengan por ahí una cizalla o una pata de cabra. Al verme tan rabioso uno de los tipos sube a buscar entre sus herramientas de construcción algo con lo que por lo menos se me pasen los nervios, martillo incluido.

Y con el vientre contraído por el odio y la espalda sudada subo a cagarme en la puta madre de ese jodida puerta.

Primero dos golpes y rompo el candado, luego deslizo la parte plana de la pata de cabra entre la hoja y el marco por la parte de arriba, hago palanca para combar la puerta y tú pones un trozo de madera. Abajo lo mismo, luego hago bajar el de arriba y subir el otro dándole en el culo hasta tener las dos cuñas cerca para meterle presión a la puta cerradura. Ahí deslizo la palanca hacia abajo, doy un tirón con todas mis fuerzas, la puerta se abre a medias y las cuñas caen al suelo en un escándalo del cagarse.

Dentro es un puto caos, el pequeño cuarto de baño destrozado, lo mismo que el resto, escombros sobre el parqué hecho trizas y nada de todo lo nuestro por ninguna parte. Corro hacia el agujero del suelo al lado de la ventana y levanto la tablilla suelta, lo mismo, nada. Los seiscientos pavos que tenía escondidos esfumados. Nada de lo nuestro, la vida entera. Te pregunto qué tal y acusas el golpe, de todos modos no hay nada que hacer.

Bajamos rápido con las bolsas en la mano porque acabamos de echar abajo una puerta que no es nuestra, una vez en la calle llamo a Malik para decirle que vamos. Él no entiende nada pero entiende que es grave, así que nos espera.

Es tarde, no hay metro. Caminamos despacio con las bolsas en la mano mientras hago mentalmente el inventario de lo que ya no volveremos a ver nunca. Más que nada la ropa, algunas herramientas que utilizo muy de vez en cuando y poco más. Pero aun así es una putada. Ni siquiera pienso en el dinero robado porque no quiero hacerme mala sangre, calculo lo que llevamos encima, poco menos de mil euros, por lo menos suficiente para comprar una botella de whisky y esperar a que salga el sol.

Paramos en la tienda de la esquina a pillar una Coca-Cola, una botella de Jack, un paquete de papeles largos y un Kinder Bueno para completar el pícnic.

El suelo de la tienda está al nivel de la calle, aunque uno diría que al entrar sigue estando en la acera. Además, es como si el tendero tuviese también cara de asfalto. Mientras me devuelve el cambio sin una palabra aparte del precio, veo que detrás de él tiene un bate colgando con los colores desvanecidos de la bandera jamaicana.

También veo sobre el mostrador un bote miserable, sucio y forrado de celo con un letrero a rotulador «para ayudar a construir una mezquita». Le dejo un euro y el tipo me mira con cara de pasmo.

Pero qué es lo que quieres tendero, cuando tienes el karma en la mierda la cosa no cambia mucho, así que pago un clavo para la mezquita como otro echaría el euro en una fuente. Aquí no hay fuentes a la vista, y del Sena no espero precisamente que haga realidad mis deseos más allá de darle de beber a mis pulmones si un día doy el salto. Mi fuente es tu tienda, y ni siquiera me atrevo a pedir un deseo por miedo a que alguien lo escuche y use su fuerza para evitar que se cumpla.

Cuando llegamos a la parada del bus nocturno que nos llevará lo más cerca posible de donde vive Malik son casi las tres.

Esperamos sentados sin decir ni mu, y para pasar el tiempo me lío un porro lo bastante cargado para girarnos la cabeza tres veces. Cuando llega el bus estoy tan agarrotado como él, tan cansado que solo con pestañear veo brillar cosas invisibles.

Delante de nosotros van sentadas dos morenas con faldas muy cortas, la voz grave y los brazos fuertes, que deben de haber acabado el turno en la calle no hace mucho. Una de ellas fuma un cigarrillo y habla con su amiga en un español que no viene de España mientras nosotros nos arrellanamos en silencio. Tú estás KO, la cabeza en mi regazo. La luz blanca del autobús parpadea extrañamente desde hace un minuto, el autobús se detiene y por la parte de atrás sube él.

Yo lo miro atento porque es más fuerte que yo. Tiene la piel muy negra, los brazos gruesos y el cuerpo sin un gramo de grasa, un tipo bastante joven en camiseta blanca con un agujero debajo de la axila.

Se mueve nervioso, tiembla y se acerca a nosotros, entonces miro enseguida hacia otra parte.

Él se detiene delante de las chicas y empieza a hablarles en inglés. No descifro lo que dice, pero sí las miradas de los demás que lo observan con gravedad.

No insiste, se aparta un poco y me mira fijamente, los ojos enloquecidos y la boca llena de dientes blancos. Se acerca a mí, me acecha entre temblores, luego se congela devorado por las sombras. Se queda quieto un momento y otra vez se vuelve hacia mí, el cuerpo todavía tambaleante. Y se detiene. Se mueve y se detiene.

–What's your name?

–Euh… Nino

La mirada de nuevo perdida tras los cristales.

–If you leave this girl, you will never be happy.

–¿Qué?

No entiendo nada de lo que dice, todo esto es muy extraño, las dos putas bajo la luz aun parpadeante del bus, y él que mastica su rabia con toda la tranquilidad del mundo, la mirada fija en el cristal, y otra vez a comerme la pelota.

–You have to marry her.

–Eh…

–If you leave this girl, you will never be happy in your life, you will be anger.

Y al darse cuenta de que no lo entiendo todo, hace el gesto de ponerse una alianza en el dedo. Luego lo repite mirándome tan fijamente que siento la locura de su cuerpo invadiendo el mío.

Su cabeza regresa de golpe a las tinieblas y en las tinieblas se le congela la mirada, escuchando lo que le cuentan de mí.

–You have to marry her. Don't leave this girl.

Otra vez el gesto de la alianza y el dedo. Con sus ojos clavados en los míos, sonríe y se estremece un poco. Dice otras cosas que no entiendo, se ríe con fuerza y se dirige hacia el tipo que va solo en la parte de delante del bus. En la siguiente parada se baja con el cuerpo agitado por las visiones que le he dejado, y tú te incorporas con la cabeza llena de niebla, petardos y depresión y me preguntas en voz baja.

–¿Con quién hablas, Nino?

–Con nadie. Un tipo raro que había ahí, pero se ha ido.

Seguimos rodando un buen rato, la gente va cambiando y a estas horas empieza a ser el sueño y no tanto el alcohol el que hace caer las miradas y las manos hacia el suelo tembloroso del autobús.

Yo también me duermo después de asegurarme de que aún queda para la parada, hasta que alguien me sacude. No he visto más que la cremallera de su chaqueta y ya siento el odio.

–Control de billetes, por favor.

–¿A estas horas? ¿Va en serio?

–Sí señor vamos en serio. Billetes por favor.

–¿No tenéis nada mejor que hacer?

–¿Tienen los billetes?

–¿Tú cómo lo ves, tenemos pinta de tener los billetes?

–No estoy aquí para adivinanzas, viajar sin billete son cincuenta euros por cabeza si pagan ahora, de lo contrario necesitaré sus papeles y serán ochenta euros cada uno a pagar en siete días, como quieran.

–¿Cuánto ha dicho Nino?

–Ha dicho cincuenta cada uno.

–Joder…

Veo cómo se tensan los músculos de tu cara, no haces ruido pero lloras, y yo miro al tipo considerándolo a él, a su madre y a su padre, pero solo le pregunto si no podemos arreglarlo.

–¿Están seguros de que no tienen billetes, ni siquiera sin validar?

–Sí estamos seguros.

Echa un vistazo a sus colegas ocupados a cierta distancia controlando a otros. Se le ve incómodo, te ha visto bien, se ha dado cuenta de lo que pasa cuando tocas donde duele. Un poco molesto por ser el malo de la película, saca su máquina y me habla en voz baja.

–Puedo poner una falta de validación del billete, son treinta y cinco en lugar de cincuenta, pero hay que pagar inmediatamente con tarjeta. Es lo único que puedo hacer por ustedes.

–Está bien, pago.

Y me saco la tarjeta de marras. Así lo ha querido la ironía, el destino o quien sea que lleve este asunto, pero todo cuanto poseo por vías legales, la paga por el inventario del otro día, coincide exactamente con lo que tengo que darle ahora al tipo de la Gestaputa. Tecleo el código tratando de no pensar en nada salvo en mantener la corrección ante quien acaba de hacerme un favor envenenado, y el favorecedor de los cojones tiene la jeta de mirarnos arrepentido.

–Venga, y ánimo.

Quiero ver su sangre, paso de la villa de mis sueños, solo quiero ver su puta sangre mearle en la jeta y tirar sus restos al fuego. Hacerlo todo sin pensar y asumir mañana al despertar los asesinatos que me toque asumir.

Las sienes me van al puto mil, tengo calor y tengo frío, siento que mi mano moja la tuya.

–Déjalo no sirve de nada, no podemos hacer nada.

–¿Ánimo? ¿Era necesario decir eso?

–Por favor, Nino, solo quiero que lleguemos.

Y por suerte llegamos al mismo tiempo que los últimos estertores de la noche. Abajo en las escaleras no hay nadie porque probablemente están demasiado frías.

Subimos arrastrando lo que queda de nosotros, y Malik abre los ojos con dolor, prepara té mientras, sin decir nada, tú vas a acostarte en el único lugar del mundo donde todavía queda algo de espacio para nosotros.

–¿Qué ha pasado, Nino?

–Hemos llegado y nos habían precintado el piso.

–¿Cómo? ¿Han cambiado las cerraduras?

–Sí.

–¿Sin avisar?

–Sí. Me he puesto como loco con Lale, he reventado la puerta y nada. Ya lo habían sacado todo, el piso estaba destrozado. Yo había escondido algo de pasta, un poco menos de la mitad de la pasta del Farfadet, robado.

–Mierda, ¿cuándo pagaste el alquiler por última vez?

–Hace menos de dos semanas. Van a demoler el edificio, lo sabía todo el mundo menos nosotros. Nos ha jodido.

–Qué hijo de puta. ¿Sabes dónde vive?

–Tengo su dirección, le pagaba en efectivo y dejaba la pasta en el buzón. No sé cuál es su piso pero el edificio sí.

–No lo olvides, uno de estos días le haremos una visita de cortesía. De momento vamos a calmarnos un poco, podéis quedaros en la habitación pequeña el tiempo que queráis. ¿Hay algo que necesites?

–Un vaso vacío, he pillado una de Jack para celebrar toda esta mierda.

–Has hecho bien, hace tiempo que no teníamos una razón tan buena para brindar.

–¿Malik?

–Dime, cielo.

–Creo que vamos a casarnos.

–Mierda, eso es aún mejor, ¿se lo has pedido?

–No todavía no, lo he estado pensando justo ahora, de camino en el bus.

–Ven, vamos a mi habitación a charlar.

Fumamos y bebemos, y al abrigo de las tonterías que nos unen olvido un poco lo mucho que me detesta la vida mientras le comento el juramento que quiero hacerte.

16

–Nino no me quedan pastillas, voy a tener que ir al médico para que me haga una receta.

–¿No podemos robarlas en alguna parte?

–No, mientras tanto lo que habrá que robar son condones. Y tampones, tampoco me quedan.

–¿Cómo te encuentras?

–No muy bien.

Yo tampoco estoy bien. Malik en Berlín y nosotros jodidos.

–¿Vamos al cine?

–¿Tú crees que podemos?

–Creo que hoy me suda la polla.

–OK, ¿y qué quieres ver?

–No sé, creo que también me suda la polla.

Así que nos ponemos la chupa y tiramos hacia los multicines más cercanos. En la taquilla, el chaval nos pregunta si somos estudiantes, le decimos que no pero igual nos hace el descuento porque ve que no tenemos dinero para ser estudiantes.

Nos ponemos cómodos con las gafas 3D a chuparnos un bodrio con disparos todo el rato, aunque dejarse el cerebro en el vestíbulo y que te duchen las orejas con mil explosiones la verdad es que sienta bien.

Pasan los días y yo tocándome las pelotas, me paso por lo del Farfadet y no tiene nada para mí, resulta que usa el teléfono como un mando a distancia para la televisión porque se ha bajado una aplicación. Solo tiene que esperar a que pase un anuncio por las dos pantallas y entonces cambia de canal, o pagar veinte euros para eliminar los anuncios y poder cambiar cuando quiera. De haber sabido que el futuro era esto no nos hubiésemos molestado, yo por lo menos no habría venido. Soy como todo el mundo, preso de esta época de subnormales.

Me voy a casa a esperarte, me miro las manos y veo que bajo la uña del dedo índice derecho tengo atascada una materia negra. Es costo, siempre llevo algo de costo bajo la uña, así que la froto con el cepillo que hay sobre el lavabo. Cualquier cosa me desquicia pero tú llegas a casa en paz, alegre tampoco pero menos agobiada que al irte.

El plan de hoy no estaba mal, tenías que cuidar a tres niños durante una boda, menos de diez horas, más de cien euros, todo un día de fiesta.

–¿Cómo ha ido?

–Muy tranquilo, la gente era muy amable. Deja que te cuente, tengo buenas noticias. Estaba jugando con los niños viene un tipo y se pone a hablar conmigo, pensaba que era de la familia, una prima o algo así. Estamos ahí charlando y en eso que me pregunta que qué hago. Yo me río y le digo que aunque no lo parezca estoy trabajando. No se lo esperaba. Resulta que curra para un grupo de prensa, tienen un montón de publicaciones especializadas en viajes, arte, moda, cosas supercool del tipo que a mí me gustan, un poco lo que yo quería hacer antes de todo esto.

–Antes de conocerme quieres decir.

–Venga Nino, tú eres lo mejor que me ha pasado, todo lo demás no es culpa tuya, se nos ha venido encima todo al mismo tiempo y ya está.

–¿Y entonces?

–Me ha invitado a su oficina a charlar, es amigo del novio, un tipo simpático. Estoy contenta, la verdad es que todo eso lo había dejado atrás.

–De puta madre ¿no? ¿Cómo es el tipo?

–No sé qué decirte, rollo papá de cuarenta y cinco o cincuenta años, canoso pero de buen ver, un viejo con Stan Smith.

–Ya veo, ¿y cuándo habéis quedado?

–El fin de semana. Venga, dime, ¿quién es la mejor?

Eres tú, siempre eres tú, y a mí me alivia que alguien te dirija la palabra y se interese por ti y por lo que a ti te gusta, que encuentres un territorio en el que hablar de un mundo que yo no sé ver y que tú me cuentas por la noche.

–De camino he cogido este bolso. Ya no tengo bolsos, excepto el viejo que está en las últimas, y no puedo presentarme allí hecha un pingo.

–Has hecho bien, ¿dónde lo has encontrado?

–En una tienda de segunda mano, también he robado un suéter. No tenía del todo claro si me gustaba de verdad así que por qué pagarlo.

El tipo te toma en prácticas para un mes y a pesar de que en realidad no te pagan estamos contentos. Tienes un pase para el comedor y una comida gratis al día, algo es algo. Empiezas con las secciones pequeñas, con el café, con los recados y él te dice que muy bien. Está en lo cierto, parece que te está yendo bien mientras que yo estoy saliéndome de la órbita.

Cuando no estás delante, Malik me presiona para saber cuándo te voy a dar el anillo. No lo sé, ahora no tengo pasta pero el Farfadet está al tanto, me ha prometido que guardará la piedra.

Deambulo por la ciudad haciendo tiempo hasta que termines, evito los barrios demasiado chic porque llevo una ropa hecha polvo y tengo las Nike más que desgastadas. Mi pequeña miseria y mi gran ego zigzaguean en la calle entre la basura y las persianas.

Paso por el museo Picasso, entro porque fuera hace frío y a mi edad es gratis.

El tiempo de los museos quedó atrás. Al principio íbamos a veces, sobre todo tú, pero luego con todo esto nos ha tocado centrarnos en otras cosas.

Le enseño el carné al guardia de seguridad, me lo devuelve y, no sé muy bien cómo, termino delante de él. No es muy alto, bastante joven y se parece a mí, con un ojo muy negro y el otro más claro puesto más arriba.

Enseguida me veo sumergido en todo aquello, y ahí estoy como fuera del mundo cuando el vigilante se acerca a mí, me mira de arriba abajo, pasa por mi chaqueta y se fija en las zapatillas porque en una de ellas tengo un pequeño agujero, en el dedo gordo del pie derecho. Se me enganchó en una valla al saltar y se ve un trocito de mi calcetín gris. Es algo que nunca me ha molestado, no le doy muchas vueltas a esas cosas. Además los zapatos antes que nada son para caminar. Pero él sigue mirando, alza la vista hacia mí y expira un aire pesado de desprecio o desdén mientras mueve la cabeza, luego se va. De repente siento cómo a través de la zapatilla rota se me mete dentro una vergüenza que asciende por la pierna y se me come el cuerpo entero, siento tanta rabia que me rebanaría el pie, un pie que no puedo esconder, así que salgo a toda prisa.

Camino rápido y en el primer Go Sport que encuentro me pillo unas de tela y salgo corriendo con ellas, mientras que detrás alguien grita y suena la alarma.

–¿Has visto mis nuevas zapatillas?

–Ha intentado follarme Nino.

–Qué, cómo que ha intentado follarte.

–Me ha pedido que le llevase unas prendas al lugar de producción, un viejo apartamento. He ido. No había nada preparado, nadie, solo él. Entonces me saca la vieja excusa, ahora que estamos los dos aquí… E intenta besarme. Me he ido enseguida. Joder, lo he estado haciendo lo mejor que he podido durante un mes, recuperando un poco la confianza. Por fin alguien que parece creer en mí, que me da un poco de responsabilidad a pesar de que no me paga. Y resulta que todo era para follarme. No puedo creer que haya sido tan estúpida. Lo mejor será que me vaya acostumbrando, lo único realmente interesante que tengo es el culo, el resto no le importa a nadie. Antes pensaba que bueno, estaba ahí, pero podía ponerme algo encima y ya está. Pero no, siempre es lo mismo. Lo peor es que allí trabajan muchas chicas de mi edad. Yo las miro y pienso que somos iguales, que nos gustan las mismas cosas, pero eso a mí me está vedado. Lo único que me proponen es que les chupe el rabo por la mitad de la calderilla que llevan encima. Qué rabia, Nino.

Los días están vacíos de un Malik ausente y de ti, que te ahogas en alta mar bajo una noche lluviosa. Sucedió sin que me diese cuenta, el telón te cubrió de repente. Yo sabía que tu cuerpo estaba cambiando lentamente, pero pensaba que era tu forma de esperar la llegada de un aire más cálido, que todo se arreglaría con luz y con agua. Que estábamos los dos, embarcados pero firmes, que todo lo que nos sucedía nos sucedía juntos. Pero ahora veo que a ti te ha estado sucediendo más que a mí, que no era solo una aventura.

Ahora duermes, duermes quince horas y estás cansada todo el tiempo.

El doctor te ha dado unas pastillas, te pasas el día drogada. Guardas el secador en la nevera, olvidas las cosas y vives en una tristeza que hasta la risa con que te ríes me mata por dentro. Tu cuerpo se te está comiendo y tú me dices que por qué no dejarte follar por dinero. Si es eso o pasarse la vida detrás de una caja o en una oficina mientras espero a hacerme vieja, mejor hacer lo que más pasta da. Yo voy robando cosas para hacerme con un billete de vez en cuando, de todas formas no puedo trabajar y esperar un mes a que me paguen. Mientras tú te envuelves en terribles cortinas negras, Malik vuelve y lo veo en una terraza con Violette y Élena, su novia. Eso por lo menos no está nada mal, ver que esta al final ha encontrado a alguien.

Las chicas son geniales, enseguida entienden que esto es una mierda y también la sensación que tengo yo de que poco a poco sin prisas todo a nuestro alrededor te va empujando hacia el precipicio.

–Cuando se corte el pelo o las uñas quémalo todo. No vaya a ser que alguien quiera echarle mal de ojo.

–Malik, ¿tú le has echado mal de ojo a Lale?

–Deja de decir chorradas quieres.

–¿Conoces a alguien que pudiese querer hacerle daño?

–No, Abuela Sauce, no conozco a nadie, pero para que te venga la mala no hace falta que haya alguien maquinándolo detrás, es solo que así va el mundo.

–El mundo va así por algo.

–Y entonces, qué puedo hacer yo.

Cada trago que doy tengo la impresión de estar bebiendo cuchillos.

A menudo por la noche recuerdo todo lo que hace tu boca. No sueño con tu cuerpo, sueño con tu alegría. Entonces llega Boris, él tampoco está en su mejor momento, su madre tiene Alzheimer y se está yendo a la mierda. Al principio lo manejaban en familia, pero como su padre ha muerto, han tenido que meterla en la residencia de un colega porque se iba de compras por la noche.

–¿Y has probado la hierba?

–¿Qué quieres decir?

–Bueno, no sé, en infusiones o así, para ayudarla a dormir y que no se angustie tanto por no saber nunca dónde está o quién le habla.

–No, como no fumo no sé dónde encontrar algo que le vaya bien. Pero buscando en internet sí que es verdad que he encontrado algunas publicaciones que lo aconsejan. Por lo menos en otros países sí se hace.

–Si quieres intentarlo podemos mirarlo, yo si quieres te consigo algo natural. En infusión igual le va bien, si dices que se despierta de esas maneras.

–No sé qué hacer, al punto al que hemos llegado es eso o los sedantes, la cosa se está poniendo imposible. A mi hermana y a mí ya no nos llega para ocuparnos de ella. Hemos hecho lo que hemos podido, pero con el trabajo eso de salir a perseguirla por la noche ya no es una opción. Por lo menos hemos tenido la suerte de encontrarle sitio en una institución especializada donde tengo a alguien de confianza, pero no deja de ser un hogar para moribundos. No lo soporto, no sé qué hacer.

–Pasa por casa de Malik si quieres, yo te paso algo y tú ves si funciona.

–¿Hay que poner mucho?

–No, haremos bolsitas pequeñas como si fuese té.

–Y Nino, sobre lo de Lale piensa en lo que ha dicho Élena, quema bien sus uñas.

–OK, gracias por el consejo brujas, estoy seguro de que con eso dejará de tener ganas de que todo reviente.

–No desprecies las cosas que no entiendes.

–Yo no desprecio nada Violette, es solo que tirar las cartas y esnifar salvia no va a hacer que lluevan billetes.

Me voy a prepararle a Boris algo para su madre, cojo bolsitas de té, las abro delicadamente, reemplazo una hierba por la otra y vuelvo a cerrarlas con la grapadora.

Me pregunta cuánto me debe, nada, primero mira a ver si funciona. Y se va a buscar a su madre, que en algún lugar de su cabeza debe de estar haciendo la ola.

Puede que le ayude, el Farfadet me ha pasado su contacto, un auténtico botánico. El tipo solo vende a un círculo restringido a un precio que le parece correcto, como un buen amante de la naturaleza. Extraño lugar París para apreciar ese tipo de cosas, pero a veinte euros los tres gramos de satisfacción, he pillado la bolsita y me he venido aquí sin decir ni mu.

Ahora estoy de fiesta yo solo, tengo una pasti en la sangre cierro los ojos sin fuerza con los dientes apretados. Flipo entre sombras rosas y azules y luego estoy contigo, a veces las noches son demasiado cortas. Me gustaría poder bailar treinta horas seguidas en la oscuridad. Me quedo con mi piel pegada a la tuya, engullido por la cama.

Tengo que llevar tus papeles médicos a la Seguridad Social porque no tenemos tarjeta, solo un número anotado en alguna parte que aún no hemos perdido.

Con los poderes en mano, voy en tu nombre a pedir los plazos de reembolso. En las pantallas colgadas en la gran sala de las ventanillas, veo unos vídeos que explican a quienes están dispuestos a claudicar que cuando te duele la espalda lo mejor es no dejar de moverte y volver al trabajo. Nos toman por auténticos gilipollas.

Trato de averiguar qué es exactamente lo que te estás tomando, pero con todas esas cajas no es sencillo. Y luego está tu ropa. Antes sin tener nada siempre llevabas cosas diferentes, ahora solo esos jerséis de cuello alto tan feos que no te quitas ni para dormir. Echo de menos tus vestidos y tú todo lo demás.

–Ha funcionado bien, de hecho ha funcionado superbién, ¿podrías hacerme más?

–¿Cuántas te hacen falta?

–Unas quince, así se las dejo a mi amigo y él por la noche le hace una tisana. Es increíble, duerme como un bebé, come mucho mejor y pasa el día más o menos normal. Está un poco ida pero mucho más alegre, le sienta de maravilla.

–Genial, entonces te lo preparo. Para quince serán cuarenta euros.

Y Boris me da los billetes, aliviado al ver que puedo ofrecerle lo que busca. Con eso pagamos lo que fumamos, y menos mal porque si no igual estarías a saber dónde en una habitación con paredes acolchadas.

A veces caminamos y luego te caes, ya ni siquiera te aferras a ti misma. Solo a mí, enmarañada conmigo. Nos sentamos en un escalón hasta que se te pasa todo, los mareos y las divagaciones del alma. Un viejo con traje nos mira raro desde la esquina, y tú me dices furiosa que debe de ser de esos que pagan trescientos pavos por una mamada. Yo no me levanto, solo espero a que se te pase. Boris vuelve la semana siguiente, un poco nervioso.

–Nino, tengo que decirte algo.

–Dime, te escucho.

–Yanis, mi amigo médico, el que trabaja en el centro donde está mi madre, no puede creerse cómo funcionan tus bolsitas. La han tranquilizado por completo, no da crédito. Ha comprobado que eso es más eficaz que lo que les dan normalmente para dormir, que tiene tantos efectos secundarios que luego tienen que compensarlo con otros medicamentos.

–Fetén, me alegro de que tu madre esté mejor.

–Lo ha comentado con algunos familiares de pacientes, todos quieren probarlo.

–¿Y eso cuántas bolsitas son?

–Cien a la semana.

–¿Y es discreto tu amigo?

–Solo se arriesga a que lo echen, así que sí, es bastante prudente.

–OK, deja que vea cómo nos organizamos.

–¿Cuánto necesitas?

Calculo de cabeza, cuarenta por siete son doscientos ochenta, por cuatro son mil ciento y pico. Es casi un sueldo en menos de un mes y sin nadie jodiéndome la vida. Para comprar la hierba tendré que retirar la pasta, pero puedo quedarme con un buen margen al tiempo que garantizo un precio que es todo menos mezquino para que las ancianitas duerman bien.

El jardinero me da el OK a pasarme lo que le pido y a ir a recogerlo una vez al mes. Hago el primer viaje, menos mal que no está lejos porque ir por ahí con droga encima o con el dinero de los demás no me mola nada.

Recuerdo cuando Charlie me contó la vez que se dio cuenta de que lo que llevaba a la ida eran plaquetas de chocolate y a la vuelta un sobre con billetes. Estaba hasta los cojones, los clientes de la compañía no corrían el menor riesgo y él, que sí, lo hacía por una miseria y pedaleando como un loco. Aquí por lo menos las pequeñas ganancias me las quedo yo.

Cada semana tengo algo para ayudar a Malik con el alquiler y para comprar un poco de lo que necesitamos sin tener que apretar el culo cada vez que paso por caja, aunque por principios siempre llevo algo escondido en alguna parte.

Poco a poco vamos recuperando lo que nos quitaron.

Me he pillado un par de botas, unas Timberland. Negras, porque tal como yo las uso mejor evitar los tonos claros. Mola llevar algo nuevo en los pies, me siento un poco bobo pero no puedo evitar sentir orgullo al ver su reflejo en los escaparates.

La medicación te aturde por completo, ya vas por el tercer doctor y cada vez es lo mismo, te dicen trágate esto y poco más, y tú a la farmacia, te lo tragas y te colocas, y eso que ya casi nunca fumas.

A veces me dices cosas horribles que luego olvidas por completo, me haces preguntas que no puedo responder con demasiada convicción, pruebo tu Lexomil para estar en tu misma onda.

Otros, que siguen en casa de los viejos, ese truco lo aprovechan. Ahora casi tengo un salario con la maría, pero aunque a veces te traigo algo de ropa casi nunca te la pones.

Por fin el tiempo empieza a templarse, pero para hacer qué ahora que ya no duermes. Nueve horas en cuatro días, eso es lo que has conseguido arrancarle al sueño para que tu corazón siga latiendo, y los tipos de la bata te siguen dando pastillas que no arreglan nada y te aturden.

Yo tampoco duermo bien, no haces más que moverte como si estuviese enjaulada y cada vez que te llamo y no contestas me asusto.

Por suerte a veces Malik y los chicos, que las han visto de todos los colores y han aprendido a reírse a pesar de las calamidades, convierten la noche en un espectáculo, y Charlie disfrazado de puta de los bajos fondos improvisa canciones con las que logra espantar algunos de tus demonios y mudarlos en una pizca de locura.

Cocinamos lo que más te gusta porque es lo único que podemos hacer, está claro que para ti vivir es como morir para Sarkozy, complicado.

–Pero en serio ¿por qué la gente se toma tan en serio eso de follar? Ahora mismo tener hijos es criminal, un delito ecológico, eso es lo que es. En un mundo tan jodido como este dar a luz a unos seres que no saben de qué va la cosa me parece asqueroso. ¿Por qué no se obliga a la gente a cuidar de los que ya han nacido y están solos?

–Al menos los maricas follamos sin tener hijos, jodemos a los católicos y conservamos la especie.

–En cualquier caso si todo el mundo hiciese como esos putos beatos de todas las religiones tanto da una que otra, todos tendríamos quince y palmaríamos aún más rápido. ¿Qué es eso de que ser gay es contra natura? Tener sexo entre primos para conservar las putas esencias, eso sí que es de degenerados. Yo estoy segura de que la homosexualidad es la respuesta de la naturaleza a toda ese mierda, el último reflejo de la evolución para que la vida dure un poquito más sobre la Tierra. Al final todo el mundo será lesbiana o marica, dejaremos de tener hijos, desaparecerán las familias y solo habrá buena música y ropa bien cortada que podremos llevar sin que nadie nos moleste.

–Yo voto por ti, Lale.

–Ves, Nino, Malik por lo menos está de acuerdo conmigo.

–Pero yo también estoy de acuerdo.

–Estás de acuerdo porque él está de acuerdo, de lo contrario seguro que tendrías algo que decir para demostrarme que me equivoco porque no te gusta que yo tenga una buena idea que tú no hayas pensado antes.

–Eso es un reflejo de hetero pura sangre, incurable, ahí no hay nada que hacer.

–Claro que sí, cébate conmigo.

–Es verdad Nino, muchas veces no la escuchas cuando habla. Apenas empieza tú ya lo has pillado y quieres decirlo tú en vez de ella.

–Ah.

–¿Cómo que ah? ¿Eso es todo lo que tienes que decir?

–Vale lo siento no lo hago aposta, pero vaya cuando hayáis acabado de demoler el patriarcado me lo decís, estaré en la cocina.

–También podrías aceptar un comentario de vez en cuando, que no te vas a morir.

–No me voy a morir pero me toca las pelotas.

–Oh no, Ninette, no sigas que vas a hacerme llorar.

–Tampoco es preciso que la toméis siempre conmigo.

–Preciso no es.

–Pues eso, meteos con los árboles y los pajaritos, yo mientras me voy a bajar la basura, prefiero estar con ella que con vosotros.

Así que bajo las bolsas los seis pisos y me enciendo un cigarrillo para calmar la pereza que a veces me da tanta gilipollez. Ya casi es primavera pero aún no se nota.

Saco cuentas de lo que nos queda después de pagar lo imprescindible. Tú te gastas más de la mitad de lo que ganas en unos especialistas que a cambio te prescriben su mandanga para disimular los síntomas, para que no duermas tanto o para que puedas dormir, y así ganarse lo que les vas a pagar en la siguiente visita. El resto es comida, alquiler y droga.

A setenta y cinco céntimos la caja de Xanax vamos tirando, a menudo estamos en algún lugar entre el cielo y la tierra, como tumbados sobre algo blando que todo lo envuelve y te deja medio tarado. El resto es fumeteo, copas en un club y pelotazos de cristal cayendo lentamente hasta disolverse en mí.

Me siento como Frodo tirado en las laderas del volcán en medio de la lava y pensando en el sabor de las fresas, también yo estoy ahí esperando completamente jodido a que se presente un águila gigante y me lleve de regreso. El único plan que tengo es que no vuelvan a darme órdenes.

–Nino habías dicho que lavarías los platos.

–Se me ha pasado.

–Siempre se te pasa.

–Es Lale otra vez comiéndome la pelota. No entiendo qué le pasa.

–No es Lale, es que te da la flojera. Yo tampoco sé qué le pasa pero necesita descansar, estos últimos meses ha estado muy tensa.

–El otro día me la encontré llorando en la oscuridad, sentada sobre la lavadora. Ayer estuvimos peleándonos a gritos durante horas, es entrarle un poco al trapo y no hay forma de pararla, la cosa solo se apacigua si soy yo el que cede. Entonces se duerme.

–Pues entonces cede.

–¿Y yo qué? ¿Yo no tengo derecho a que se me vaya la pinza de vez en cuando?

–Ahora no.

–¿Y por qué?

–Porque está enferma Nino. No es que esté enfadada, está enferma. Tú no estás enfermo, tú te colocas. Ponerte del revés es normal, todos tenemos nuestras razones, irse de farra no es nada malo. Pero si te pasas la vida en la disco y sigues metiendo la pata, al final olvidarás lo que realmente te importa.

–A veces por la noche me quedo quieto para asegurarme de que la oigo respirar. Le están metiendo tanta mierda, solo les falta darle un kit de suicidio.

–Lo que necesita son unas vacaciones.

–Si lo de las bolsitas sigue rulando como debe será pronto.

–¿Lo tienes claro ese asunto? ¿De dónde sacaste la idea? La próxima vez escribe una película y la vendes.

–No sé, es la vida, la vida es absurda así que pensé después de todo por qué no, hay que intentarlo. Además, a los viejos les sienta bien. En poco tiempo ganaré una buena pasta.

–Nino, que vendas marihuana a unas abuelitas que así se desahogan con su té de hierbas es genial, pero te conozco tú no eres un capo, así que ándate con ojo y no te metas en rollos que te superan.

–Venga, tío, que solo trapicheo con un té especial para residencia de ancianos, no es que me haya creído que soy el rey del gueto. Y tú ¿cómo vas con tus historias?

–Es complicado, estoy harto de dirigir el bar creo, me lleva demasiado tiempo. Ayer estuve con mi madre, ella también está harta de su trabajo de oficina, de no haber hecho nada útil en todos estos años. Le ve más sentido a lo que hacía su madre, que era señora de la limpieza. Dice que al menos después la casa estaba limpia, así que ya ves no demasiado bien. Me propuso que nos juntásemos, que abriésemos algo más acorde con nosotros.

–¿Y tú qué opinas?

–No sé, igual sí, nos llevamos bastante bien. Tengo que pensarlo un poco.

–O hacerle caso y montar algo tuyo, inventarlo como tú decías.

–Pero para eso hacen falta medios.

–Precisamente Boris me ha presentado a Yanis, su amigo médico. Resulta que ha hablado con dos jefes de departamento de otras instituciones que vienen de la misma promoción, los tipos han tenido que limpiar estómagos de cadáveres con la lengua para llegar adonde están, así que no hace falta decir que saben guardar un secreto. Andan tan metidos en la mierda por falta de medios que están dispuestos a saltarse el reglamento y poner en marcha un plan B para mejorar la atención. Tendrías que ver lo que cuentan, hay quien los deja nadar en su propia mierda, toda la noche gritando, es realmente asqueroso.

–¿Tres residencias no son un poco demasiado?

–Son bolsitas de té con un sabor un poco extraño, eso es todo.

–¿Un poco extraño? Huele a hierba a kilómetros Nino. Desde que estás aquí todo huele a hierba, hasta mi pelo.

–Lo sé, he hecho una nueva receta.

–¿Una nueva receta? ¿Ahora haces recetas?

–Tengo tres, una de canela, una de jazmín que es perfecta y la última que todavía no acaba de funcionar, con clavo, aunque a esta hay que darle un par de vueltas. Pero en cuanto al olor, ya no huele a nada.

–¿Y eso hará cuántas bolsitas?

–Nada mal. He sacado las cuentas, necesitarían unas dos mil quinientas bolsitas al mes.

–¿Dos mil quinientas?

–Sí, en total. Incluso haciéndoles un buen precio, una vez pagada la hierba y lo demás, me queda un beneficio de un poco menos de dos mil. No está mal ¿no?

17

–Estamos de mierda hasta el cuello Nino.

–Cómo que hasta el cuello.

–Tenemos que pararlo todo, un puto adolescente nos ha jodido, estos casi tres meses ha ido todo perfecto, pero ese niñato de los cojones acaba de arruinarlo todo, ha grabado un vídeo de su abuela partiéndose la caja después de tomarse su té, estamos de mierda hasta el cuello, hay que pararlo todo.

–Joder a ver cuéntame, ¿qué ha pasado?

–Fue una noche a ver a su abuela, a darle una sorpresa, pero llegó justo después de la hora del té. Enseguida se dio cuenta del ciego que llevaba. Sus padres ya estaban al tanto, pero una tía que también paga la plaza no sabía nada, y su hija, la prima del chaval en cuestión, le enseñó el vídeo que rula por ahí. Yanis me llamó, están bien jodidos. No es cosa de broma, quieren meterles un puto juicio.

–Mierda, entonces tengo que pararlo todo.

–Sí, y además ya, estamos a un tris del escándalo. ¿Te imaginas las noticias?, tres residencias de ancianos con médicos que les dan cannabis bebidito a los ancianos.

–Mierda, ¿y qué van a hacer?

–Ellos se han deshecho de todo y el otro ha puesto una denuncia. De momento se han decidido contar que tuvieron que darle un poco de morfina porque estaba sufriendo y que eso fue lo que la puso en ese estado, la idea es matar el asunto así hasta que todo se calme. El personal había admitido que era lo mejor que se podía hacer, que era un alivio para todos, que así podían trabajar en mejores condiciones, por lo que ellos no van a alzar la liebre. Lo que más les preocupa es que la policía vaya más lejos y pida análisis de orina de los pacientes o empiece a buscar en la basura. Cuentan con que se traguen la versión de los médicos porque lo otro no parece una historia seria. Pero ten cuidado, de momento te voy a pillar unas últimas bolsitas para mi madre si te quedan y luego lo dejamos. Con canela por favor, son sus favoritas.

El tipo abusa pero si es lo único que la hace sentir mejor lo entiendo, así que le vendo las treinta que quedan y le pido que se ande con ojo.

Luego recojo todo el montaje y me voy lejos de aquí a tirarlo a un basurero subterráneo. Siento un poco de miedo pero creo que tengo el tema controlado. A la vuelta, lo limpio todo y cuando Malik vuelve me encuentra en plena limpieza general fregando el suelo.

–¿Qué te pasa Nino? ¿Estás teniendo una crisis mística?

–No hago limpieza.

–Por eso lo digo, porque verte a ti haciendo limpieza parecía hasta hace nada tan improbable como tragarte una misa de Pascua, ¿estás seguro de que no has visto pasar a una virgen con un velo en la cabeza?

–¡JEANNE, SOCORRO!

Y por supuesto se parte el culo al verme hacer un Le Pen en su salón mientras agito la fregona. Un poco de distracción para no tener que explicarle lo que está pasando y ganar un poco de tiempo a la espera de que pase la marejada.

Tú te chupas unas cuatro películas al día en el ordenador de Malik, es el único momento en el que puedes dejar de pensar. Te sobresaltas por nada, digo Lale en mitad del silencio y el corazón te da un vuelco.

A base de pastillas han acabado con tus nervios y eres como una lechuza caminando por la noche en medio de la autopista. Espero que nos devuelvan lo que ni siquiera llegaron a concedernos, la oportunidad de poner un pie en la existencia. Aunque no sé muy bien si lo deseo, tengo los brazos como cargados de piedras y prefiero escupir que decir hola.

He guardado los billetes detrás de la rejilla que esconde la carcasa de la fibra óptica en el rellano. Como desde que lo perdimos todo en el otro apartamento no tengo destornillador, he usado un cuchillo plano. Tengo un poco menos de tres mil sujetos con una goma. Es bonito, como hay todo tipo de billetes el rollo es de varios colores.

Ahora no sé qué hacer. Estoy tan frustrado por lo que ha pasado contigo y con todo lo demás que aparte de dar vueltas por el barrio y caminar fumando cigarrillos no tengo ni idea. A veces rasco un Goal y nunca gano. Recibo un mensaje de Malik.

Tengo a la poli en la puerta ¡¡¿qué coño es esto?!! Le he dicho a Lale que te has ido un par de días y a la pasma que te largaste sin decir nada, no quiero verte aquí y no contactes con nadie, te escribiré, eres un puto desastre. Y borra el puto mensaje.

Malik ha dicho puto. Esto es serio, estoy hasta el cuello.

Me quedo en shock unos minutos hasta que me doy cuenta de que no voy a poder escribirte ni volver a casa. Qué es lo que dijimos cuando empezamos, que tendríamos cuidado.

Eso es, tener cuidado. Igual es que me he dejado algo por el camino. Qué llevo en el bolsillo, dieciocho euros, seis cigarrillos, un mechero, veintitrés por ciento de batería y cinco veces menos crédito que no debería usar. Le envío a Malik una cabeza de ángel blanca a la que me responde con una peineta negra, así que ya no le digo nada y sigo caminando.

No tengo nada que fumar, ni siquiera una de mis bolsitas de té. No sé adónde ir, con la poli buscándome no puedo presentarme donde Farfadet. Charlie no está aquí, Violette no es una opción, y si voy a casa de Ava volverá a ponerse a gritarme, y eso no lo soporto.

Así que hago lo que todos los vagabundos. Camino con las manos en los bolsillos, me muevo por los bulevares, Roma, plaza de Clichy, Blanche, Pigalle. Me muevo.

Por todas partes gente joven y lo que de ellos queda bajo el rojo de los neones, cuero y color negro y si hay suerte pasta en los bolsillos. Es la vida, las cosas van como van, el dado solo tiene seis caras.

Ya bien entrada la noche busco un sitio donde echarme porque estoy cansado. Como todavía tengo la tarjeta puedo abrir un cajero, la paso por el detector que usan bien los que quieren dinero bien los que buscan cobijo. Yo tengo el privilegio de uno y la necesidad del otro, así que me aprovecho y me echo en un rincón, con la capucha puesta para tapar la luz de las bombillas.

Alguien que no puede abrir me golpea con la puerta y me despierta. No es especialmente agresivo, debe de pensar que soy un chaval que ha bebido demasiado, pero igual no puedo quedarme. Vuelvo a caminar y lentamente a la deriva, sin darme cuenta, llego donde vive Élodie. No la he visto desde la última vez, no quisiera molestarla y que tuviese que hablar conmigo de algo que quizá prefiera olvidar.

Me escabullo porque no sé qué hacer pero es que no tengo nada, estoy cansado, apesto y tengo sed, así que llamo.

Ella me abre y subo al primero un poco tenso, entro en el apartamento, no es muy grande pero bastante bonito.

–¿Qué haces aquí? ¿Estás bien?

–¿Puedo descansar un par de minutos?

–Por supuesto, ¿quieres algo?

–Un vaso de agua por favor, me muero de sed.

Así que sentado en el sofá, el vaso en la mano con mis sucios dedos dejando sus huellas en él, le cuento a Élodie todo lo que ha pasado desde que jugué a la ardilla voladora con aquel cabrón en su escalera.

–Mierda, esta vez te has superado.

–Y tú, ¿cómo estás?

–Bien, lo siento, no te llamé después de la última vez.

–No te preocupes, yo en tu lugar hubiese hecho lo mismo, si quieres no hace falta que hablemos de eso.

–Sí prefiero dejarlo. Puedes quedarte aquí hasta que las cosas se calmen, esto no es grande pero puedo arreglarte una cama en el sofá.

–Gracias, no sé adónde ir. ¿Puedo usar tu teléfono?

En cuanto descuelgas te pones a gritar toda la rabia que esto te da, ni siquiera es contra mí, es contra todo lo demás. La policía quiere hacerme algunas preguntas, han dejado una citación por si vuelvo.

Me pasas a Malik quien no me tranquiliza para nada. Que Boris me ha delatado, que lo siente. Al muy idiota lo pilló la policía cuando pasó por la residencia, y llevaba encima una de las últimas bolsitas.

Trato de mantener la calma. La poli me busca, no tengo un pavo, te tengo a ti pero no puedo verte y eso es todo.

Me quedo aquí y me paso el tiempo bebiendo té de verdad con Élo, que sale a estudiar por la mañana y vuelve por la noche.

Durante el día me aburro. Abro libros que andan por ahí y los cierro enseguida. Pienso en cuál fue mi reacción la última vez que todo pintaba tan mal, lo que pasa es que ahora es peor. Por qué no lo he hecho antes, tengo que romper la sim.

Busco mi teléfono por todas partes y pasada media hora, cuando renuncio a la idea de no volver a arriesgarme porque de qué me va a servir si no soy capaz ni de saber dónde lo tengo, el muy hijo de puta empieza a sonar.

Me da escalofríos. Lo encuentro en uno de mis zapatos, apenas tengo tiempo para preguntarme quién es y el número me da una sorpresa.

Es el mismo prefijo de Valentin, me llaman de Bélgica. Puede que sea él, no sé, no creo que sea la poli y aunque no debería, como ya no creo en nada y me aburro contesto, así al menos paso el rato.

–Hola, ¿quién es?

–¿Nino? ¿Hola? ¿Nino eres tú?

–¿Quién es?

–Soy Adriaan.

–¿Adriaan? ¿Quién es Adriaan?

–¿No te acuerdas? Nos conocimos en Bruselas en una fiesta con Shawn y los otros. Ahora mismo voy un poco de culo pero me alegra haberte encontrado, no ha sido fácil. ¿Estás en París?

–¿Por qué?

–Mira, Nino, no nos conocemos pero te he tenido en mente desde la última vez, no sé me quedé contigo. Te explico, acaban de confirmarme como director de un film, una campaña para una gran marca de aquí. Tengo carta blanca en el casting y todo lo demás, quieren realmente que lo haga a mi manera. He pensado en ti para el vídeo, seríais tú y varios más, pero de verdad me gustaría contar contigo. Hay pasta en la jugada, yo ahora estoy por aquí, lo ideal sería hacer una prueba juntos, para poder verte a plena luz del día y darte más detalles.

–¿Para una marca? ¿Yo?

–Sí me dan carta blanca, trabajo con quien yo diga. ¿Hola?

–Sí estoy aquí.

–¿Mañana por la mañana estás disponible?

–Eh sí.

–OK te envío la dirección y el horario, ahora tengo que dejarte, hasta mañana Nino.

Me llega la dirección, anoto su número y luego rompo mi sim con la esperanza de estar haciendo lo correcto, porque es que ahora no hago más que dudar de todo lo que a primera vista me parece sensato.

18

–Toma, te hemos comprado una tarjeta con un número.

Estamos los tres en el bar de Malik que aún no está abierto, sentados a la barra tomando un zumo de fresa. He venido a contaros lo que me pasó ayer por la noche.

–¿Y cómo ha ido?

–Bueno pues llegué y ahí estaba él con unas Birkenstock en los pies, en un lugar supergrande con un jardín y un montón de libros de arte. Hablamos dos minutos y me pidió que me quitase la camiseta, luego me hizo fotos. Con una cámara y con su teléfono. Luego me grabó y me hizo hacer cosas raras con las manos. Le di una dirección de correo electrónico que me había creado justo antes en casa de Élo y él me escribió al rato para confirmar que me quería. El rodaje es en cuatro días, no sé qué voy a hacer.

–¿Cómo que no sabes lo que vas a hacer? Vas a ir Nino.

–Claro que vas a ir.

–¿Con toda la que está cayendo creéis que es una buena idea?

–Nino escúchame, esto es la oportunidad de sacarnos de la mierda, aún no te ha dicho cuánto te van a pagar pero será mucho, una campaña como esa, grabada en cine, te van a caer por lo menos quince mil euros.

–¿Qué?

–Sí, no tienes elección, Nino, vas a ir y nosotros estaremos ahí.

–No entiendo qué es lo que ve en mí, ni siquiera sé si voy a saber hacerlo.

–Todo saldrá bien, solo tienes que poner cara de malo cuando el objetivo te enfoque, el resto saldrá por sí mismo. No puedes dejar pasar esta oportunidad, así que aparcas todas las otras historias y te centras en esto. Malik y yo lo hemos estado hablando y hemos decidido que tendrías que poder volver. La policía solo te ha puesto una citación. No parece que te estén buscando como si fueses un bandido. Te ayudaremos a prepararte, yo ya te he robado algo de ropa.

–Lale tiene razón, si no vas es que eres el rey de los idiotas. Estabas buscando una forma de cambiar tu vida, pues bien ahí lo tienes, ni siquiera has tenido que buscarlo tú, lo ha hecho alguien por ti. En poco tiempo podrías ganar lo necesario para cambiar lo que te dé la gana. Así que vas a ir.

–OK, pero ¿qué hacemos?

–Te vienes conmigo, volvemos a casa de Malik, no hay tiempo que perder. Y vas a dejar los porros, necesitas tener la mejor cara posible.

Dejamos a Malik en la barra y al llegar a su casa vacías unas bolsas a mis pies con lo suficiente para vestir a todos los que duermen bajo los puentes de París. No sé cómo te lo has montado, ni siquiera te lo pregunto de tan flipado como estoy al verte ahí delante hecha una bola de fuego, dispuesta a arrastrarme por este camino que acaba de abrirse, y donde dudo si poner un pie.

¿Por qué? Porque estoy asustado.

Y cuando te pregunto qué ha pasado con el estuche de caramelitos blancos que te metías ahora sí ahora también me dices que lo has tirado todo al váter, los peces de las tuberías deben de estar flipando.

Descartamos cualquier cosa que parezca un chándal y al final escoges unos vaqueros claros y una camiseta blanca. Me miro en el espejo, es verdad que no está mal. Tú me miras desde todos los ángulos, me quitas algunos pelo con las pinzas de depilar y me das una serie de consejos.

–Cuando llegues saludas a todo el mundo, eres educado y no dices vulgaridades, mantén la calma pase lo que pase.

–¿Y si algo sale mal?

–Te ha elegido a ti porque tienes una cara que no ha visto en ningún otro sitio. Lo único que tienes que hacer es no derrumbarte ni enviarlo todo a la mierda solo porque algo no te guste. No hagas como haces siempre, esfuérzate un poco. Tienes la oportunidad de sacarnos de la mierda, tienes todos los números. Así que pórtate bien, estate tranquilito, pero no sonrías todo el tiempo, ya verás cómo todo sale bien. ¿Dónde rodáis?

–En un palacete, no sé dónde exactamente. Lale, esto me estresa a muerte.

–Cruzar la frontera con joyas robadas y placas de costo, eso es estresante a muerte, y lo hiciste sin problemas. Al lado de eso, lo de mañana no es nada.

Llego a la dirección siguiendo las indicaciones que me han enviado por mail. Qué sensación más extraña, un mail que funciona, es la primera vez que tengo uno.

Pulso el código indicado, se abre la enorme puerta y enseguida estoy en el piso correcto. Vuelvo a bajar, me enciendo un cigarrillo. Me siento raro. No estoy cómodo, no estoy nada cómodo. Encuentro en mi bolsillo el paquete de chicles que me has dado para que no apestase. Respiro, mastico un minuto una de esas cintas azules y la escupo para no llegar masticando, como tú me has dicho. Subo otra vez y llamo.

Me abre la puerta una chica de mi edad con vaqueros y zapatillas y me acompaña al set, no sé de qué va esto pero allá vamos.

Hay mucha gente, algunos con cascos en las orejas y un pequeño micrófono delante, localizo a Adriaan gracias a su pelo brillante, él no me ha visto.

Afortunadamente, la chica que me acompaña no me suelta, y una vez que Adriaan se da cuenta de que estoy aquí y hace una señal con la mano, me lleva al inmenso patio con una fuente que preside el centro del edificio.

Hay un montón de tiendas de campaña blancas sin puertas, me dejo llevar hasta el fondo de una de ellas donde me confían a Matéo y Sonia.

Son los estilistas, los que eligen cómo me voy a vestir, y no hay tiempo que perder así que al poco estoy casi desnudo. Afortunadamente también has pensado en eso y voy de estreno, sin agujeros ni elásticos dados de sí. Tengo el paquete firmemente sujeto al resto, así que no hay riesgo de que en un movimiento brusco se me salga un cojón a hacer la reverencia.

Hablan inglés entre ellos y no pillo ni papa. A veces italiano también, lo cual no cambia las cosas. Me miran casi tanto como a sus teléfonos y pronto estoy embutido en un traje negro y fino, muy chic.

Me cae perfectamente y Matéo dice Increííííble dando palmas, yo no lo veo tan claro, pero tal como me has mandado no digo nada.

En los pies, zapatos de cuero negro con unos calcetines tan sedosos que es como si me hubiese puesto unos bebés de foca.

Una vez vestido, una nueva señora-micro se me lleva hablando sola hasta otra tienda. Voy a caer entre cuatro manos que me masajean la cabeza y la cara mientras hablan mal de un montón de gente que no conozco. Es como si no estuviese aquí, mi alma es menos densa que la crema que ahora me untan por todas partes.

Luego cambio de mesa, me masajean las manos, me cortan las uñas, me hacen no sé qué para repeler los pequeños trozos de piel que molestan. Una vez listo, subo las escaleras y llego a un salón enorme lleno de mesas cubiertas por manteles negros en las que han dispuesto cosas maravillosas en cantidades alucinantes. Sándwiches con formas extrañas y cortados por la mitad. Botellas de agua de marcas que no conozco en una nevera donde se alinean perfectamente todas las bebidas que puedas desear. Debe de haber unas treinta personas en total pero comida para cuatro veces más.

Todo lleno de grandes bandejas de repostería cargadas de unas cosas que no he visto más que a través de los escaparates de tiendas en las que nunca he entrado. Tengo hambre pero no me atrevo, solo cojo un Twix.

Allí hay otros chicos, tres en trajes tan bonitos como el mío, y es verdad que son guapos, todos con unas caras que en la calle no se ven todos los días.

Hablamos un poco, dicen man cada tres segundos, hablan de chicas conocidas que yo no conozco y una de sus lujosas mochilas allí en un rincón huele a maría desde aquí.

Otra señora-micro viene a recogernos y nos lleva a un plató iluminado por todas partes. Hay un gran andamio a cada lado, conectados entre sí por pasarelas atravesadas por gente vestida de negro que no para de hacer cosas que no entiendo.

Adriaan viene y nos explica qué hacer para los ensayos. Hay dos niveles de pasarela, uno arriba que es donde los técnicos van de un lado a otro, y otra abajo, por la que caminaremos y haremos otras cosas mientras nos filman.

Ensayamos la cosa y es cierto que no es tan complicado. Al principio lo hago normal, pero me dicen que me esfuerce un poco en la dureza del gesto y es fácil, me basta con pensar en algo que me molesta, como un buzón o un controlador de billetes de bus.

Mientras hacen algunos ajustes, me doy una vuelta para ver el lugar y topo con un gran espejo donde no me reconozco, parece una película. Veo que soy yo, pero allá al fondo de todo lo que me han puesto para sacar el máximo partido de una mandíbula fina y cuadrada rollo chic.

Me dan una botella de agua con una pajita para no tener que retocarme el maquillaje cada vez que bebo, luego hacemos poses en unas estructuras metálicas.

Nos cambian para la toma definitiva, me preguntan si puedo hacer una flexión lentamente, y como estoy acostumbrado desde hace mucho tiempo no tengo ni que esforzarme. Es una flexión de lujo, un pedazo de flexión con gente detrás de la cámara diciéndome genial Nino, vuelve a empezar otra vez pero está muy bien, la cabeza más hacia allá, magnífico y otras cosas que no me han dicho muchas veces.

Es la flexión final después de todas las que he hecho en mi madero clavado en la pared, después de las de la Legión gritándome bajo la lluvia.

Una vez terminada la toma, me repasan con crema las manos porque se han enrojecido un poco. Luego encadenan primeros planos de los detalles de la ropa y voy ganando confianza. Nos hacen pasar uno por uno en fila, cogidos de los hombros, fingiendo que somos grandes amigos y que reímos juntos caminando por el castillo.

Ahí no sé manejarme tanto, pero como el ambiente es relajado me dejo llevar por las risas naturales y forzadas de los demás, por la música y la belleza de lo que llevo puesto hasta que al final parece que lo he hecho toda mi vida.

El día termina temprano. Para ellos está bien, tienen lo que necesitan, el resto lo harán en el montaje con toneladas de efectos en todas partes.

Una asistente de la asistente de no sé quién me hace firmar el contrato, dieciocho mil euros. No me lo creo. Por un día. Dieciocho mil euros, ni siquiera sé qué pinta tienen en efectivo, en qué tipo de bolsa caben.

Acabo de ganar un saco de billetes. He robado un banco, al menos una oficina provincial de Crédit Agricole. Me he pulido un furgón blindado, he hecho saltar la puerta con una carga de explosivos y una vez tenía a los guardias echados en el suelo he abierto la boca y me he puesto las manos en las orejas para evitar el golpe de grisú y luego he cogido las bolsas con la pasta y me he largado de allí. Acabo de dar mi puto golpe. Ya está, lo he hecho.

Al comprobar la info, lee mi nombre y me pregunta ¿de verdad te llamas Paradis? ¿Nino Paradis? Yo asiento y ella me mira con ternura y dice me encanta, es un nombre magnífico. Ahí tienes, esta tampoco me la habían dicho nunca.

Tengo que pasarle por mail mi número de cuenta, cuando vea que es de La Poste flipará.

Adriaan viene a verme y me dice que ha ido genial, exactamente lo que él quería, que me va a dar el contacto de un amigo que es booker. Imagino que se refiere a un bookmaker para modelos, el que toma las apuestas en las carreras de galgos.

He pasado de cazar en la niebla al concurso de belleza canina. Alguien ha visto que esta jeta mía metida en un traje chic podía servir para vender el traje en cuestión en todo el planeta y se acabó lo de chapotear en el fango para levantar las perdices. Joder, mucho mejor.

Ya me estaba yendo pero me vuelvo enseguida para ir a darle mi número nuevo, y me conjuro para conservarlo por lo menos seis meses. Para no hacer nada que pudiese llevarme a repetir los gestos que uno hace cuando se hunde. Se acabó el hundirse, a menos que sea en una piscina.

19

Crecen las flores para mostrarse al mundo y yo me siento atravesado por una energía nueva. Tengo rosas en la boca, pensamientos en los párpados y un montón de tulipanes en el corazón.

Aún no he visto un pavo, el pago está por llegar, no sé exactamente cuándo, pero llegará. Mientras tanto, tengo el rulo de billetes para ir tirando y a ti para quererte porque es lo mejor que puedo hacer.

Me fumo un Craven en una terraza mientras espero a Charlie. He dejado atrás todo lo que huela mínimamente a problemas y me siento tan guapo como una langosta azul. Ahora no me cuesta tanto sonreír cuando me hablan. No finjo tanto como antes, tengo menos razones para hacerlo.

Finalmente ahí está mi pequeña sinvergüenza, resoplando sobre su bicicleta y con el casco un poco torcido, se lo quita derrapando delante de mí, cómodo como nadie sobre cualquier cosa que lleve dos ruedas.

–¡Nino! Entonces ¿qué? ¿Te los has follado a todos?

–Es increíble ni yo mismo me lo creo.

–¿Te pagas pronto unas vacaciones pues?

–Te lo prometo, en cuanto llegue la pasta nos piramos todos juntos a algún lugar cerca del mar. ¿Has visto a tu muchachito de turno?

–No, me ha plantado, está en Alemania. Lo tuyo con Lale no es cosa normal lo sabes no, nunca he visto a un pareja como vosotros. No sé si te has dado cuenta, pero eso no le sale a nadie.

–Nos hemos encontrado sí, y luego está que los dos tenemos claro que eso es más importante que todo lo demás, y cuando eso lo tienes claro no quieres joderlo.

–Nunca te lo he preguntado pero ¿cómo os conocisteis?

–Como en un sueño, en fin no exactamente pero casi. Yo estaba en un bar tan tranquilo y empecé a charlar con una piva. Nos divertimos, yo estoy borracho y con ganas de follar, así que le entro y por una vez el tema va bien. Vamos fuera a fumar, la cosa marcha, ya estoy casi abrazándola y esperando a que tenga algún sitio al que ir porque mi cuchitril queda al otro lado de la ciudad, y entonces llega ella.

–¿La primera vez que os vistes te lo estabas haciendo con una chica?

–Sí. Volví la cabeza y la vi, ella me miró directamente a los ojos al pasar delante de mí y ya, la otra ni existía. La dejé allí plantada, dejé también allí mi vaso lleno le dije que iba a mear, fui como si nada a la barra al lado de Lale con la excusa de pedir otra, y ya.

–¿Qué pasó?

–Se volvió hacia mí y me dijo ¿puedo invitarte a una copa?

–Halaaa qué fuerte.

–En dos segundos nos estábamos comiendo con la mirada, yo no sabía muy bien qué decirle, entonces se presenta la otra chica y al darse cuenta de que no había ido a mear empieza a agobiarme.

–Mierda.

–Eso parecía pero no, ahí es donde me quedé turuleta. Lale la miró con aire de psicópata y le dijo a este tipo ya lo estás olvidando, ahora está conmigo.

–¿En serio?

–Flipa. Y ahí a la chica se le va la pinza, así que Lale le dice que la acompañe al baño para comentarlo y la otra que la sigue. Al cabo de dos minutos salió de allí con el pelo mojado y se esfumó para siempre.

–¿El pelo mojado?

–Lale le había metido la cabeza en la taza y luego tiró de la cadena.

–Nooo.

–Síií.

–Qué bueno. ¿Estuviste con muchas antes de ella?

–No, no muchas. La primera fue en verano después del instituto. Pasamos las vacaciones juntos y luego nada. Luego una vez me acosté con una chica en una fiesta y luego Pauline, otra con la que Malik se juntaba dicho y hecho cuando lo conocí. Luego conocí a Lale y eso es todo. ¿Y tú con los chicos?

–En realidad para mí pillar es fácil, pero si no estoy enamorado el sexo no me gusta mucho, me deprime.

–Ya llegará, si yo fuese gay me gustarías.

–¿De verdad?

–Pues claro que de verdad, especialmente ahora, con lo bronceado y cachas que estás todo el día por ahí en bici. No te preocupes verás como llega.

–Eres un buen tipo Nino, eso es muy bonito. Además ahora no es como al principio, sé lo que tengo que hacer para manejar la jugada. Nosotros no somos como vosotros, no tenemos diez mil manuales de instrucciones, tenemos algunas viejas películas de autores más bien mierdas y eso es todo. Si me hubieses visto hace unos años era un desastre.

–Qué dices, los únicos manuales de instrucciones que he tenido yo han sido el porno. Yo la info sobre los culos no sé dónde la encuentras, pero en mi caso no fue una enfermera la que me enseñó en el colegio cómo hacerlo.

–¿Y el porno hetero cómo es?

–¿Nunca has visto una? Bueno pues no es complicado, la chica se la chupa al tío, luego el tío le da la vuelta a la chica y se la folla y la cosa termina soltándolo todo en algún lugar, normalmente en la cara. Así por encima ese es el plan básico.

Por lo menos ese es el plan que tienes en la cabeza cuando a los diecisiete te encuentras desnudo con una chica. Obviamente no funciona, pero ni siquiera piensas en buscar lo que realmente te da placer, crees que el placer consiste en ser el tipo al que viste cabalgando en internet.

–¿Eso es lo que tú hiciste?

–Al principio sí, cuando lo pienso me parece triste, es todo un enorme malentendido. Porque es que las chicas a menudo piensan lo mismo pero al revés, y eso no arregla las cosas, creen que son los chicos los que dirigen el cotarro y que ellas tienen que estar de acuerdo. Con toda esa mierda me llevó casi un año disfrutar de verdad.

–¿Y hubo algo que te hizo cambiar?

–Te vas a reír, pero fue Pauline, la chica con la que curró un tiempo Malik, va y me mete el dedo en el culo mientras lo hacíamos.

–Jajaja, Nino, eres la hostia.

–Eso me liberó por completo. Y tú, cuenta.

–Oh fue un vecino un poco mayor que yo, yo tenía catorce años y me folló, luego me dijo que si se lo decía a alguien me partía la cara, y ya.

–Mierda.

–Sí, una bonita entrada en materia también.

–Oye, ¿lo mismo?

Pedimos una ronda de Long Island mientras el sol pasa sin prisas por detrás de los grandes edificios que nos rodean.

Llego a casa borracho y te cuento cómo ha ido con Charlie, cómo le va, la buena pinta que tiene. Tú haces cara de fastidio y me recuerdas cuando no hace mucho nos contaba un pinchazo que tuvo y cómo le tocó robar una rueda en la calle para sacarle la cámara de aire, cambiarla rápidamente en el vestíbulo de un edificio y hacer su entrega a tiempo.

Es verdad, una putada, pero como para mí ver a Charlie llegar en su bici es siempre una buena noticia, un motivo de felicidad, olvido demasiado rápido lo que se cuece detrás.

Pasan un par de días y me llama el booker, por fin tiene tiempo para reunirse conmigo y me cita para el día siguiente. Llego al edificio y me presento en la agencia. Se abre la primera puerta, me dan el código en inglés a través del interfono para la segunda y yo necesito concentrarme para traducir mentalmente los números. Me miro en el espejo del ascensor para asegurarme de que todo está en su lugar. Un poco más de sol, un poco menos de fumeteo y un poco más de flexiones, está claro que tengo la jeta mejor que los últimos meses.

Empujo la puerta entreabierta y entró en un gran espacio blanco. Es enorme, con ventanas dos veces más altas que yo.

A la derecha hay una pared tapizada con pequeños casilleros de plástico con fotos de gente joven y guapa, y encima varios relojes todos iguales que marcan la hora de Londres, Nueva York, Milán, Tokio y Los Ángeles.

Me dirijo a un escritorio inmenso donde trabajan cuatro personas detrás de cuatro ordenadores con pantallas grandes como teles, dos a dos cara a cara.

Nadie me mira, hay dos que gritan por teléfono al mismo tiempo, uno en inglés y el otro en no sé qué. Me quedo de pie detrás, no sé qué hacer con tanto espacio a mi alrededor, es como nadar mar adentro, realmente desagradable.

Al final me ven, llega un tipo por detrás con un café en la mano y me habla en inglés señalándome hacia dónde ir.

Me hace rellenar una hoja de datos en la que tengo que apuntar toda una serie de cosas sobre mi cuerpo que nunca he sabido, mi contorno de cadera, de busto, mi talla de zapatos en medida americana.

Me dice don't worry y toma él mismo las que faltan, puntuándolas cada vez con un OK o un very good.

–Do you workout Nino?

–What?

–Do you workout, push-up, you doing sport?

–Eh yeh yo workout.

–OK good, you're drinking?

–Sometimes?

–OK, you have to stop it, alcohol is really really bad for your body.

–No me digas.

–What?

–No just say OK.

–OK. Here we're doing big business. Tomorrow you can be in New York or Tokyo, it's OK? You don't have any other job, you're free?

–Yes, no job.

–OK perfect. Vamos a hacer las fotos.

Joder, el capullo habla mi idioma, ¿por qué no me habla en mi idioma desde el principio? Probablemente para ver lo verde que estoy. Me hace quitar la camiseta y grabar un vídeo en el que digo con aire jovial y demasiado cool hi I'm Nino I'm tall 1.85, I'm twenty years old and I'm from France. Diciendo Francia en francés, porque es más elegante me dice.

OK tío, tú sí que sabes. También fotos de perfil derecho izquierdo tres cuartos de los dos lados, con la cabeza hacia él, more gorgeous, more intense, more powerful y yo hago lo que puedo pero la transición es un poco brusca y las paredes a mi alrededor demasiado blancas para que me relaje.

Luego me quito los pantalones, me quedo casi desnudo y te bendigo por haberme preguntado cuando ya estaba en la puerta a punto de salir si llevaba algo debajo.

Las fotos las hace de pie, me ametralla como un puto desquiciado, pero no puedo decir nada porque es su curro.

Por fin terminamos. Está contento, tiene todo lo que necesita. Me dice que no beba y que ni me acerque a cualquier cosa que suene a fritura, fast-food o cocina italiana.

Me paso el tiempo haciendo flexiones, porque qué voy a hacer teniendo en cuenta todo lo que supone, además es la única buena costumbre que he tomado yo solito.

Por la noche me envía una serie de direcciones en París y las horas a las que tengo que ir al día siguiente.

Empiezo por la mañana en una calle con servicio de aparcacoches delante de cada edificio, estoy completamente perdido pero entiendo rápidamente que lo mejor que puedo hacer es seguir a los tipos altos delgados y bien vestidos que pasan por allí y entran todos por la misma puerta. Llego a un gran pasillo donde hay por lo menos cuarenta tipos esperando con todos los tonos de piel posibles, como en la Legión, aunque ese es el único punto en común.

Espero una hora y me llaman. Me piden la credencial, la tarjetita que llevan todos consigo donde figura su foto, su talla de todo y que yo no tengo. No problem, ¿cómo te llamas? ¿Nino Paradis? Demasiado. OK Nino por favor quítate la camiseta, camina hasta la pared y vuelve hacia nosotros. OK gracias, siguiente.

Todo el día es así y no siento que esté haciendo gran cosa.

Pero me llama para un trabajo, media jornada, trescientos euros, así que obviamente digo sí.

El tema es en un sótano extraño, una especie de aparcamiento al que solo se puede acceder por una escalera. Abajo todo el mundo es chino excepto los modelos y los peluqueros, por lo demás está lleno de chicas no muy altas con gorros en la cabeza, unos cascos de teléfono muy raros y enormes sonrisas.

Me visten con cosas horribles, tengo la impresión de llevar plástico y animales muertos bajo los que sudo muchísimo. Me peinan como a un bastardo, con un mechón azul pegado a la frente y el resto al aire como si hubiese intentado follarme un enchufe.

Pasa un tipo y le pregunta a la peluquera responsable de esa carnicería si no se suponía que me iban a rapar. Sí, pero es que a ella le parece mejor así, y yo prefiero tener esa pinta de idiota durante unas horas por la tarifa acordada que salir de aquí tan al fresco como si saliese de la quimio. Por lo demás, no hay mucho que hacer, nos visten unas chicas jóvenes y guapas, y como conecto bien con la vestidora que tiene que meter un kilo de pantalón en cada calcetín, va y me pregunta si tengo Instagram. Le digo no y eso le sorprende, pero como es muy educada no dice nada y sigue a lo suyo.

Caminamos en círculos alrededor de un bloque de cemento mientras un montón de gente mayor y más fea mira atentamente lo que hacemos desde los laterales de la sala.

Por la tarde me marcho y ya de camino me llaman hablando en inglés pero lo paro en seco porque me da pereza hacer el cuadro. Tiene algo para mí este fin de semana en Italia, cuatrocientos euros por dos días.

Tengo que levantarme temprano y hacer el trayecto hasta Orly con una maleta pequeña, casi lo único que llevo que no es robado. Viajo en low-cost durante poco más de una hora para aterrizar cerca de Bolonia.

Apenas llego al hall, veo a un tipo vestido con traje y sonriendo, lleva una tableta en las manos con mi nombre en mayúsculas M. PARADIS brillando en la pantalla. Cuando lo tengo delante los pajarillos de su boca cantan un Welcome to Italia mister Paradis, I'm Giorgio, your driver.

Pero qué coño es esto, este tipo es quince años mayor que yo y me llama señor. No entiendo por qué, pero antes de que le responda ya me ha quitado la maleta de las manos y la lleva hasta el coche.

Allí me ofrece algo para beber y me da una toalla limpia y caliente, caramelos y un cable lo suficientemente largo para cargar mi teléfono desde el asiento de atrás. Yo le digo que sí a todo menos al cable, porque sigo teniendo mi smartphone de mierda y ese cable no le vale. Ese es para el último modelo de una marca que nunca me he planteado que pueda pagar.

Cuando llego es casi lo mismo que con los otros clientes, excepto que ahora todo el mundo está de mal humor. Me cambian unas quince veces en un estudio que parece una extraña rampa de skate, todo blanco y sin ningún ángulo en la pared.

Me hacen fotos con cada modelito, no tengo que moverme, recto con los brazos a lo largo del cuerpo y luego lo mismo pero de espaldas. Trato de sonreír pero enseguida me dicen no vale la pena. Hay un montón de mochilas que me van poniendo una tras otra. El fotógrafo, que también está cabreado pero además va pasado de cocaína, no deja de lanzarme come on beautiful, sell me that shit! dirigiéndose a mí.

Duermo en un hotel cómodo y limpio, la cama es del tamaño de mi cuarto de cuando era pequeño y hay hasta una puta bañera. Cuando me sumerjo en ella pienso que ojalá estuvieses aquí y mola tanto que me pongo a cantar y luego a berrear Paranoid que he puesto a tope en el teléfono y se escucha entre chisporroteos. Aunque no por mucho tiempo porque llaman a la puerta y, con una educación que no había visto en ninguna parte, me preguntan si no podría cantar un poquitín más bajito, la ventana está abierta y en la calle se oye todo.

Claro hombre no hay problema, es tan agradable que sean agradables contigo mientras estás chapoteando tan tranquilo que no tengo el menor problema. Por la noche me encuentro solo en el restaurante del hotel en medio de un montón de gente que por lo menos me dobla la edad y que nos mira fijamente a mí y a mi sudadera con capucha, como los viejos del Carrefour.

Pero todo esto ahora queda lejos. Debo de parecer un poco idiota porque sonrío todo el tiempo y eso divierte a la camarera, que me dice que parezco feliz.

No pierdo el tiempo explicándole que es porque he podido lavarme acostado por primera vez en años y pido tagliatelle con pato, es lo más caro y todos los gastos del hotel corren a cuenta del cliente.

Al día siguiente todo es igual, la gente sigue con la misma mala cara. Una vez que estoy buscando el baño para ir a mear, porque aquí tengo derecho a hacerlo cuando quiera sin que me toquen las pelotas, me equivoco de puerta y resulta que es un armario enorme del tamaño de nuestra casa con decenas de cuadros amontonados. Cuando llego a la planta baja pregunto qué es aquello, y una de las desganadas me explica que pueden escoger entre comprar arte o pagar impuestos, así que compran arte pero como no saben qué hacer con él, van amontonando los lienzos aquí y allá en los armarios del edificio.

Yo a lo mío hago como me has dicho, ante todo lo que me pasa y no sé cómo manejar hago como si fuera normal, así que solo le digo OK. Pensaba que el mundo no era más que una putada, pero visto desde dentro todavía es más raro, así que intrigado y desconfiado sigo adelante.

Al final de la jornada paso por el hotel a recoger la maleta y en la habitación me doy cuenta de que el cuadro horrible que hay encima de la cama con un sol enfermo que parece abortar un feto no es solo un cuadro. Hay una pequeña rueda dentada y detrás una caja fuerte que puedo abrir. Te llamo emocionado para contártelo, pero como tú sabes más de la vida que yo, me dices que es normal y yo quedo como un tonto. Me dices que ya que estoy aquí no tengo más que coger lo que hay en el minibar, un minibar que descubro con ojos maravillados, hasta que me doy cuenta. Qué hacen estos bestias metiendo los paquetes de cacahuetes y el whisky en la nevera, y sin dejar de darle vueltas a la pregunta lo meto todo en la maleta.

Al salir del hotel veo a Giorgio que me espera junto a su sedán centelleante con su hello mister Paradis que pronuncia con un acento de rallador de tomates.

Para mí es una locura porque las únicas veces que la gente me ha llamado señor han sido para pedirme los papeles o para darme malas noticias.

Ya de vuelta en París, cruzamos a menudo la ronda periférica pero siempre para ir de fiesta, con la boca en tu cuello de verano me gusta sentir cómo te mueves y a veces tocarte discretamente las braguitas.

Malik está radiante, atravesamos playas de felicidad durante unas noches que a menudo terminan en mitad de la siguiente. Siento tu sudor en mis manos y eso me excita, todos tus olores hacen que me latan las venas, quisiera follar todo el rato todos los días.

Me paso una semana haciendo cola con cientos de otros chicos. Repito siempre los mismos gestos, quitarme la camiseta e ir y venir en línea recta delante de una gente que a menudo va vestida de forma muy extraña.

Hago lo que hace Malik y por muy rara que vea la cosa no digo nada. Pero a veces es demasiado, menos mal que estoy solo porque si fuésemos dos no podría evitar partirnos de risa.

Nadie me llama, no debo de caminar lo suficientemente recto. Pero a los chinos sí les va mi jeta y hago fotos para tiendas on line de marcas de allí.

En el plató del día, la estilista china me hace sacarme las orejas del gorro, y cada vez que vuelve a embobarse en su teléfono mientras espera a la siguiente toma, el fotógrafo francés suelta un pero qué coño pasa aquí, y le dice a alguien que está ahí solo para eso que vuelva a ponerme las orejas por dentro.

No es como en las películas, comemos sándwiches de pollo con mayonesa de la panadería de al lado y yo aquí, vestido con mono y botas de esquí y con las putas orejitas ahora dentro ahora fuera. Tengo un calor insoportable y a mi alrededor hay un montón de gente que no hace nada, que conoce a alguien que a su vez conoce a alguien y ahí está a saber para qué.

Y así una y otra vez, qué otra cosa voy a hacer hasta que salga la película y llegue la pasta. Pues que me envíen a casa de un artista, un amigo del booker, no tengo elección, hay que ir porque es amigo suyo.

Me toca vestirme con unos suéteres de lana horripilantes y sostener un pez muerto en cada mano bajo un sol de justicia desde muy pronto por la mañana hasta muy tarde por la noche y sin ver un pavo. Cuando llego a casa me juro que no voy a volver a hacer algo así en mi vida. Me lavo las manos y me cago en el mequetrefe este, que se piensa que está proponiendo una reinterpretación de los símbolos cristianos y lo que está haciendo es una mierda.

Apago el teléfono, que últimamente me tiene más frito que de costumbre, y dejo pasar unos días sin hacer nada aparte de pasarlo bien con vosotros.

Nos la pasamos en casa de Ava, sin pegar un palo al agua en todo el día por el calor que hace, fumando petardos de papel largo y pimplándonos una lata detrás de otra. Ava saca las agujas y yo, tumbado en su cama sin camisa, le dejo meterme en la piel pinchazo a pinchazo toda una serie de símbolos que a menudo se refieren a ti.

Charlie, Malik, Violette y tú os reís en mi cara porque me duele cada vez que me pincha, es normal, aunque a veces se pone feo cuando presiona demasiado fuerte y la aguja toca una costilla. Me llevo el peta a los labios y disfruto de cada instante de dolor aspirando su humo caliente.

Veo la luz que recorta en el parqué el cuadrado sobre el que te has puesto, nunca rehúyes los rayos del sol, solo te giras de vez en cuando vestida con tu hermosa ropa interior.

Hemos asaltado una venta privada, la idea me la dio una vestidora, que fue quien me pasó las invitaciones. Cuando llegamos nos damos cuenta de que con tres de los bolsos que tienen a la venta podríamos comer durante años, así que no nos hacemos de rogar y robamos todo lo que podemos. En unas cajas enormes encontramos unas piezas de lencería que ahora llevas puestas todos los días. Me encanta, y celebro que aunque sea aquí amontonados los siete en una habitación, al menos puedas broncearte vestida con algo que te gusta.

Intrigada por lo que hace Ava, Violette también quiere intentarlo, así que le permito que me tatúe una V en el culo. Me importa una mierda, nada de todo esto es para siempre, morirá conmigo y comparado con el resto mi vida no significa nada.

Todo el mundo quiere imitarla, así que pinchazo tras pinchazo acabo con una letra de cada uno inscrita en una nalga o la otra, un trozo de ti bajo mi piel, y aunque me toca pasarme un tiempo con el culo al aire lleno de crema hidratante para que cicatrice, estoy la mar de feliz. No me ves no me pillas, tres palabras en cada hombro. Espero que me dure.

20

Llega el día D, la noche tan esperada, y viene a buscarme un coche al que tú también te subes porque ya no hago nada sin ti. Llegamos a un edificio en cuya puerta figuran las iniciales de quien ha levantado aquí su imperio. Una habitación enorme llena de percheros dorados. Gente por todas partes que nos sonríe con sus dientes blanquísimos. Nos preguntan qué queremos beber y yo por supuesto digo champán porque aunque aquí hasta el agua tiene buena pinta, no es eso lo que quiero probar.

Tú te has puesto un vestido pelín zorrilla pero tan caro que te hace sentir poderosa. Yo un traje con el que poco a poco siento en la espalda fluir la felicidad, allí donde antes solo corría el sudor, a veces frío y a veces caliente.

Tengo que cenar en un gran restaurante antes de encontrarnos todos para el estreno, de camino Adriaan me avisa, puede que oiga cosas que no estoy acostumbrado a oír. También que todo esto es efímero, que no vaya a creerme que eso va a ser siempre así. Yo le digo que aunque la mona se vista de seda mona se queda. Él está de acuerdo, le tranquiliza ver que tomo cierta distancia con el mundo en que me estoy metiendo.

Está un poco preocupado, no quiere verme arder entre las ácidas brasas de quienes deciden la carrera de los demás y crean las tendencias a base de pillaje. Yo le digo que no se preocupe, que sé cuidarme, pero cuando llegamos entiendo mejor a qué se refiere.

Hay un montón de mujeres con unos vestidos que es imposible ponerse en la calle. Pieles engastadas de pedrería, a veces completamente desnudas debajo. La verdad es que resulta impresionante, aunque cada vez que me cruzo con piedras centelleantes pienso en el Farfadet. En fin, les cuento las etapas de mi vida menos complicadas porque no quiero que flipen. Era una excusa para ver más allá del vacío, mantener el ritmo impuesto por el mundo.

Nos sirven una comida tramposa, toda una serie de platos que parecen deliciosos pero en verdad no lo son, ni fríos ni calientes como las conversaciones a mi alrededor, que se refieren principalmente a personas a las que una vez más conoce todo el mundo excepto yo. Pero no finjo que sí. La chica de mi derecha me pregunta de dónde vengo, le digo que pretendo seguir mi camino fuera de una familia unida y ella responde que igual. Que acaban de comprarle un apartamento y que ella solita lo ha reformado, sus padres solo le han pagado a dos albañiles para que la ayuden y nada más, ha tomado todas las decisiones sin ayuda de nadie.

Adriaan me apunta por lo bajo que también suelen pagar para tomar decisiones.

Me preguntan cómo conocí a Adriaan, solo él sabe lo que hacía allí realmente. Él me susurra que no cuente nada aparte de la fiesta porque lo demás supondría cruzar la línea y yo lo veo bien, queda más misterioso.

No soy el único joven, hay otros y son prudentes. Todos se esfuerzan en parecerse a la imagen que quieren vender. Tal vez les vaya realmente bien en la vida, mientras que yo solo te tengo a ti. El resto, no veo el final porque para mí tú estás al final de cada cosa.

Nos encontramos en la puerta del club que han contratado entero para la ocasión, hay gente de nuestra edad que recoge nuestros abrigos y bolsos en el guardarropa y nos devuelven las sonrisas.

Obviamente Malik está aquí, hasta conoce a alguno que otro porque así es él, tiene amigos en todas partes, os dejo bailando mientras mi ángel de la guardia del servicio VIP me pregunta si quiero beber algo. Estoy en la barra, todo es gratis y aun así no hay colas ni gente amontonada y pienso que soy idiota, de haberlo sabido me habría traído a más colegas. Quiero whisky, pero veo que el tipo de detrás de la barra con cara de afligido se pone un poco nervioso. No encuentra la botella, así que le pido otra cosa, pero el de al lado insiste diciéndome que le paga lo suficiente para que lo encuentre. Por una décima de segundo creo que está hablando de mí.

Dentro no es como yo me imaginaba, no hay nadie bailando y la música pasa como si nada.

Ocupamos el lugar montando el mismo lío que de costumbre, con la diferencia que aquí para meterse coca no hay que esconderse en el baño, la farla aquí nieva en todas las narices, de los quince a los setenta y cinco años.

Tu vestido es hermoso y tú en su interior aún más hermosa que la hermosura que te rodea. Aunque no soy el único al que los ojos le hacen chiribitas al verte y te compone poemas de cabeza. Al volver del baño topo con unos viejos que tratan de arrimarse a ti y a los que no recibes precisamente con poesía, las únicas estrellas que ven los pobres son al caer sobre sus culos grasientos ante tu reacción.

Es raro, porque cada vez estoy más y más borracho, pero veo mucho mejor todo lo que sucede a mi alrededor. Veo a la que no tiene más que su bolso de marca para defenderse, para enmascarar toda la mierda que a simple vista no se ve. Veo los torsos delgados, las mandíbulas delgadas que a la gente de por aquí que corta el pastel le gusta colmar.

Todo este tiempo me he estado lamentando de lo solos que estamos, pero el mundo está lleno de peña igual o peor. Veo a un montón de gente que, cubierta de oropeles, se ve obligada a mantener un nivel de vida que no es el suyo con la esperanza de hacerse un sitio entre los que sí. Los imagino comiéndose las uñas por la noche, pensando que aún tienen una oportunidad.

Veo a toda esta juventud que se chamusca en lugar de broncearse, que busca la verdad en lo alto de una montaña de falsedades.

21

Me pican los ojos por la luz, oigo ruidos pero no veo nada hasta que te pones entre el sol y yo. Empezar el día con tu cuerpo no deja de asombrarme, con esa sonrisa capaz de lograr que los ángeles sucumban, no quisiera estar en ningún otro sitio.

Me traes unas cosas redondas y doradas que reducimos a migajas con los dientes mientras Malik entra cantando. Con todo el mogollón lo había olvidado, pero es mi cumpleaños. Entra por la ventana con todo el amor del mundo.

La frescura se inflama bajo los rayos del sol que llegan del fondo del cielo mientras camino hacia el cajero más cercano.

Hago cola para sacar dinero porque ahora la tarjeta sí funciona.

A mi lado, los ganchos de las peluquería asaltan a las mujeres que pasan ofreciéndoles cortes de pelo. Un tipo alto con el blanco de los ojos de color amarillo me mira fijamente y yo con la cabeza en otra parte, llevada por los olores de la calle, aunque más que a mí lo que está mirando son mis pies.

–Molan esos zapatos.

–Sí unas Timberland.

–¿Cuánto cuestan?

–Unos cien euros.

–Ah. Algún día tendré unas así.

Le digo que espero que sí. Me toca, así que tecleo el código y casi febril, con el corazón cantando de la emoción, sonrío al símbolo verde que aparece en la pantalla de la máquina diciéndome que todo va bien mientras escupe billetes.

Me paso el día riéndome de nada yo solo mientras, de espaldas a mí, estos van citando a la gente que hace falta para celebrarlo. Miro alrededor y todo me parece bonito, muy bonito. Bebo de un vaso que dejo al sol para disfrutar de sus brillos, me lo llevo a la boca y está tibio y me gusta. Me fumo uno de los mejores cigarrillos de mi vida.

Al final acudo al bar y allí estáis vosotros, Malik ha presentado su renuncia pero aprovecha que es su última semana y nos lo abre solo para nosotros el día que normalmente está cerrado. No puedo estar más contento, han venido casi todos mis amigos y los amigos de mis amigos, apenas llegar me chupo veintiún chupitos porque no queda otra.

Por mucho que los hayan colocado formando un arco iris sobre la barra, cuantos más colorines me meto más repugnante me parece la cosa. Pero aun así todos me aplauden porque el tema tiene su mérito y apenas llego al final ya estoy borracho.

Es una pasada ser la excusa de la diversión de los demás. Violette, como pez en el agua detrás del equipo de música, pincha una versión samba de cumpleaños feliz que inmediatamente acelera mis náuseas.

Tú sonríes al verme con los ojos brillantes, y el personal se pone en fila para ir pasando por turnos por el almacén a pillar algo con que disfrazarse, poniéndose cosas que nos cambian completamente.

Ava y Bishop juegan a las vestidoras y me desnudan para confeccionarme una especie de shorts con los tubos del viejo tirador de cerveza. Una vez el contubernio organizado esto es la hostia. Malik y tú, al final de la pasarela improvisada siguiendo las baldosas, aviváis el entusiasmo de los demás dando palmas. Todo lo que había en el sótano va desfilando por la pasarela, desde sujetadores de hierro hasta tangas hechos con ramas de plantas, pero la mejor eres tú vestida con un mantel y flores de plástico mientras alguien camina a tu lado con el ventilador de la terraza en marcha para hacer que tu pelo vuele agitado.

Yo espero con ansia a que lleguen los que aún están en el curro, y en el bolsillo siento el anillo engastado.

El Farfadet por supuesto se ha quedado en casa. Demasiado lejos, demasiado calor fuera, yo creo que ni siquiera un incendio lo haría salir de su agujero. Pero yo el anillo lo llevo en el bolsillo. Nadie lo ha visto, no se lo he dicho a nadie. Estoy feliz por todo lo que está pasando aunque no puedo sacarme estos nervios de encima por encontrar el momento adecuado. Tú no sospechas nada, y yo no puedo sino devolverte unas sonrisas un poco más raras que las tuyas porque no dejas de preguntarme si me pasa algo. No me pasa nada, pero en el calor de mi mano, en la oscuridad de la tela, el anillo está mojado de tanto apretarlo por miedo a perderlo.

Justo cuando siento que el deseo de tomar tu mano y deslizarte el anillo en el dedo es más fuerte que el miedo, Malik me hace una discreta señal. De todos modos tampoco tengo tanta prisa, no me importa alargar el momento un poquito y seguir imaginando la cara que vas a poner cuando veas que la piedra es del color de tus ojos. Mientras el desfile de modelos se va de madre, te digo que voy al baño y acudo donde Malik que está en la parte de atrás.

Ya en el reservado me da un paquete muy bien decorado que dejo un momento de lado mientas me lío la única vela que de verdad me apetece soplarme hoy.

Quería que estuviésemos solos para dármelo, arrellanado en el sofá delante de mí espera pacientemente con una sonrisa a que yo acabe y lo abra. Mientras desgarro el envoltorio le suena el teléfono. La cara le cambia de golpe, dice solamente qué, luego un silencio y luego cuelga.

–Era la hermana de Charlie. Lo han atropellado esta tarde cuando iba a hacer una entrega. Ha muerto Nino.

Si no estuviese sentado me habría caído de culo, derrumbado por el peso de mi propio cuerpo. Malik me mira y yo lo miro y no decimos nada.

Cuando por fin me dice y ahora qué hacemos yo me pongo tenso, enseguida me doy cuenta de que poco importa lo que sea que tengan preparado porque se ha ido todo a la mierda. De repente despierta otra vez en nosotros lo que había permanecido en letargo durante demasiado tiempo. Siento que el veneno de la vida vuelve a recorrer mi interior y todo es claro y cristalino, ya no espero nada bueno.

Nada ya de este mundo que arroja camiones sobre lo único hermoso que hay bajo el sol justo el día que me propongo jurarte amor eterno. Mi mirada sigue fija en Malik que mantiene la suya en la mía.

Encontrar un lugar aquí ya no tiene ninguna importancia, ahora nos espera el peor de los infiernos.

Papel certificado por el Forest Stewardship Council®

MIXTO
Papel procedente de fuentes responsables
FSC® C117695